U0755661

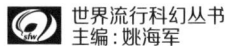世界流行科幻丛书

主编：姚海军

光环 变节者

HALO

[美]凯利·盖伊 著

VG百科 译

四川科学技术出版社

图书在版编目（CIP）数据

光环：变节者 / [美]凯利·盖伊 著；VG 百科 翻译
-- 成都：四川科学技术出版社，2023.5
（世界流行科幻丛书 / 姚海军 主编）
书名原文：Halo:Renegades
ISBN 978-7-5727-0945-6

Ⅰ.①光… Ⅱ.①凯… ②Ｖ… Ⅲ.①幻想小说—美国—现代 Ⅳ.① I712.45

中国国家版本馆 CIP 数据核字（2023）第 075860 号

图进字号：21-2022-423

世界流行科幻丛书

光环：变节者

SHIJIE LIUXING KEHUAN CONGSHU
GUANGHUAN：BIANJIEZHE

丛书主编　姚海军
著　　者　[美]凯利·盖伊
译　　者　VG 百科

出 品 人　程佳月
责任编辑　兰　银　姚海军
特邀编辑　贺子恒
封面绘画　陈彦霏
封面设计　姚　佳
版面设计　姚　佳
责任出版　欧晓春
出　　版　四川科学技术出版社
　　　　　成都市锦江区三色路 238 号邮政编码 610023
　　　　　官方微博：http://e.weibo.com/sckjcbs
　　　　　官方微信公众号：sckjcbs
　　　　　传真：028-86361756
成品尺寸　140mm×203mm　　　印　　张　11.5
字　　数　220 千　　　　　　　插　　页　2
印　　刷　成都博瑞印务有限公司
版　　次　2023 年 06 月成都第一版
印　　次　2023 年 06 月成都第一次印刷
定　　价　49.00 元
ISBN 978-7-5727-0945-6

邮购：成都市锦江区三色路 238 号新华之星 A 座 25 层邮政编码：610023
电话：028-86361770

献给我的家人，近在身边的和远在他乡的，还有今年离我们而去的：

彻斯特、山姆、沃伦、兰迪，和莉迪亚。

楔　子

多么古老的运尸方式啊,拽着遗体的脚踝在沙地上拖行。如此,皮囊与废料无异,留存在世的仅仅是一堆没有生机的腐块,全无尊严可言。

前方的沙地上已陈列有四具尸骸,他们面朝下,皮肤焦黑碳化,身上残留些许烧剩的衣物。算上我拖来的这具,这五具尸骸就是能找到的所有了。

其他人——很多人——都在爆炸中灰飞烟灭。或许这尚算较为仁慈的死法吧,因为就算真有人幸免于难,以这颗星球稀薄的空气来看,反倒要经历长久得多的窒息死亡。

我?我当然不在此列。

我总能活下来。不拘形式地存在。我,还有未竟之事。

不知道我大限及至之时,会满载着多少故事,经历多少次开始与终结。

或许先行者中的理论家谦学大师的说法是对的,她说意识不会消亡,只会不断演化,而每次演化都将比前世触达更深远的世界，直至意识本身消逝，成为我们没有能力理解的存在。我们所理解的终结，其意涵普遍被曲解了。

然而我离终结还早呢。

一切才刚刚开始。

而且这段新的开始相当非凡。我不再服务于谁，亦不再困于藩篱。我尚存的思想和记忆终于可以恣意所欲。思绪就像幻影，来去消散，又聚拢成形，往往复复。我从无尽的思绪中筛选留存一些，给它们时间发酵成长，再将它们分门别类地保存起来，最终成为我悠长生命的一部分。我相信，只要有足够的时间和自由，我能把它们全部整理妥当。

同样非凡的是，命运带走了我的飞船和船员，给予我的，是一副有形能动的身体。头颅、躯体、四肢和手脚……这个形态唤起一些跨越千年尘封的古早回忆，往事浮现，它们拒绝被遗忘，甚至带着我尚未察觉的、更为深沉的记忆而来。

我瞟了一眼环扣着尸体那苍白肿胀脚踝的手指。手指是合金的，形态并无特别，唯独不是血肉和骨头。蓝色的硬光^①从合金表面的缝隙间溢出，维系并驱动着各个部位。我在沙地上缓慢挪步，借着一根长长的、锯齿状的金属拐杖维持着平衡，这是我从飞船残骸中找来并改造而成的。我的腿坏了，还没来得及修理。

---

① 硬光（Hard Light），正名称为玻色子光子场（Boson-photon fields），是一种可将光转变成固态的先行者技术，用途广泛。

我把尸体拖到另外几具旁边, 双手握着拐杖插入地面, 用它充当起掘墓工具来。风扬起松散的沙粒, 裹着细碎的沙尘吹在我的金属身躯之上, 响起一连串的敲击声, 像极了……

雨, 我的记忆告诉我。

雨声, 我记起来了。

我挖起坑来, 聆听着淅沥声, 思绪在记忆间穿梭, 接着想到一个熟悉的话题: 罪责的概念。

虽然无法计算出确切的数值, 但我的行为是导致飞船和船员覆没的主要原因——大约 62.35%——尽管剩下的原因归于他们面临的外部因素和其他东西。

不管怎么说, 这场意外我难辞其咎。我感到后悔和悲伤, 我记住这些情绪, 并允许程序模拟它们, 任由它们涌遍我的内核。我从模拟中感受到的情感相当强烈。

这是我最起码能为他们做的, 不是吗?

去感受情绪。

毕竟, 这是人会做的事。

而我仍然是个人。

不是吗?

我将这则思绪和思考发送到另一分区进行分析, 然后回头专注于手上的工作。

在沙地上要挖个大点的坑并不难。实际上也不是我出力, 我的新身体依靠硬光驱动, 我唯一付出的是时间。

时间……

我最大的敌人，亦是最好的朋友。

我暂停下来，看向飞船的残骸。

这么多天过去了，它还在冒着烟，燃烧着，时不时蹦出几颗火星。残骸的远处，是一个碎石散布的低矮山丘，那里架起一根我用飞船残骸捣鼓出的天线。这根天线持续地将我的求救信号发射到宇宙中。

耐心并非我与生俱来的特性，但是我经历过，如今我学会接受它。

所以……我能等待，我很能等。

会有人听见的。世事如此。

罢了。

先继续挖吧……

通信卫星 T-2

节点 J// 中继: 75153

新泰恩城, 威尼西亚

2557 年 3 月 3 日

0210 标准时间

// 转发: UNSC "金牛角号"

// 签章 KS-67159-021127

// 紧急 //

// 致: W. 哈恩

行动报告: "黑桃 A 号"

哈恩, 我的身份已暴露, 现已无法接触任务数据板、飞船和其他成员。这是我的最后一次报告。

正如我最后一次通信所说, "黑桃 A 号"已找到"火灵号"在拉科尼亚星上的信标。驶离前我们还从圣赫利人指挥官盖克·拉尔手里救下了拾荒人船长拉姆·查尔瓦, 并在枪林弹雨之下逃出生天。

技师兼领航员尼克从"火灵号"的信标里获取坐标后, 船长芮恩·弗吉即刻启动跃迁引擎, 追随坐标驶入了未知星区。我没了任务数据板、定位仪和导航记录, 连测定甚至是猜测到了哪个星区都没办法, 更不要说具体星系了。抱歉。

我知道的是，到达坐标附近后，我们发现这里的行星已经完全被破坏，残骸在一颗矮星的轨道上形成了致密的环带。初步扫描未见 UNSC "火灵号"的踪迹。然而，我们发现了一个小型先行者设施，由一个虽然残破不全，但尚能运作的 AI 维护着。

同时，我们通过对行星残骸带的扫描发现盖克·拉尔已到达这一带，并先于我们进入了那个设施。他从中找到了被弗吉船长称作"神圣明灯"的先行者装置。

哈恩，紧接着就出事了。我们双方在设施中发生交火，副船长卡德·麦克多诺阵亡。

之后我们回收了先行者设施中的残损 AI，弗吉船长居然放权它修改"黑桃 A 号"的内部系统。我感觉这样做不靠谱，但卡德的牺牲对她和大家的打击挺大的，可能当下这个决定并非完全出于理性考虑吧。

回收的 AI 被船员们叫作"小不点儿"，它尚留存的记忆片段显示，该星系的行星毁灭是"火灵号"造成的。我很肯定在这片残骸中还会有不少事关先行者和 UNSC 的情报可供发掘。然而，盖克·拉尔现在已经盯上这片地方，我们行事只能谨小慎微。据我所知，只有三个人知道残骸带的位置：盖克·拉尔、弗吉和小不点儿。

我加入"黑桃 A 号"的真实动机已经被小不点儿洞察到。飞船刚在新泰恩城降落，我趁着弗吉船长忙于修理飞船和关心拉姆·查尔瓦被盖克·拉尔囚禁时受的伤,逃下了飞船。

我请求立即从威尼西亚撤离。有人死了,哈恩。你在塞德拉星招我时画的饼可不是这样的。我要离开这里。马上。

// 信息完

第一章

2557 年 5 月, 云屋星, 斯维德洛夫斯克星系。

虽然云屋星是卡西利纳贸易线沿途公认的垃圾站, 但它却是芮恩·弗吉在这条商路上最喜欢停靠的站点之一。

这颗又小又暗的卫星没有绿宝石湾星的软沙海滩, 也没有凡赛堤星水晶为峰的巍峨高山, 缺少自然奇观的它, 其精彩之处, 在于这是一个由外来者和冒险者组成的世界。云屋星是如假包换的银河系文化大熔炉。它有自己的特色和文化, 还有——

"死虫子!"

尼克一巴掌拍在脖子上, 然后用手指揭下粘在皮肤上的细小的黑色尸体, 一脸嫌恶地弹飞了。

"还有这些尘土, 它们简直到处钻。我讨厌这鬼地方。"他怪模怪样地走了几步, 每次迈腿都要抖几下, 好证明这里的尘土有多么无孔不入。"你看到我遭的罪了吗?"

"说实话, 不想看。"芮恩漠不关心地答道, 抬眼看了眼时间, "有这样的风景, 谁又会在意那些尘土呢? "

二人所在的道路地势稍高, 放眼望去, 云屋星在五光十色的灯光交织而成的庞杂光晕下延展开来。这座城市或许闷热潮湿, 而且确实如此——所有东西的表面都覆盖着一层细细的沙土, 但眼前的景色极具魅力。数百艘报废的、弃置的还有退役的飞船散布在云屋星这片方圆十一平方公里的低洼平地之上, 各个舰船之间以土路或凑合而成的桥梁连接, 形成蛛网般的通路。

坐落于这片飞船海洋中心的, 是殖民地行政管理局的"铁泉号"。六十年前, 这艘飞船本只是打算停靠此处进行修理, 但这一停就再也没有离开, 逐渐演变成了云屋星的非正式首府。"铁泉号"约一点五公里长, 能容纳上万名殖民者, 其本身就是一座城。它的聚变反应堆仍在运转, 舰载 AI 不仅继续履行着管理职责, 还充当起了总督的角色, 统筹协调其他尚能工作的舰船 AI。它们共同打理云屋星上的大小事务, 上至行星轨道监控和布防、卫星通信, 下至城市运转。

"铁泉号"的舱口和舱门, 以及货舱早已全面开放, 扎根于此, 条条土路与之连接、贯通, 每条路的另一头都连着一艘飞船, 船船相连, 绵延不绝。

大大小小的飞船演化成了一个个街区, 每艘飞船内都有公寓、市场、公共设施和服务, 各飞船之间的土路旁也有集市。总体来说,这里是一个拥挤的、拼接式的所在,是各路探子、拾荒者、海盗和机会主义者的家园。除了人类以外,还不断有前星盟种族来到此处定居。

尽管构成复杂,但大多数人都能在混乱的秩序之下共存,每艘飞船都需依赖其他飞船生存。这片泥地之上的人和飞船演化成了一个紧密而又朴实无华的生态系统。芮恩——与尼克不同——觉得这儿挺好。

大小蚊虫被云屋星住民们夜晚的灯光和产生的二氧化碳吸引,它们嗡嗡飞舞,唱着各自熟悉的歌,与居民们的说话声、音乐声,还有城市自身的环境声一道此起彼伏。

芮恩本可以在三个星系的范围内挑选任何一个卫星、行星或小行星藏身,但选择云屋星是有几个理由的。首先,它离威尼西亚的主基地近(相对来说);第二,它有号称边境殖民地最好的船厂;最后,这里正好有芮恩置办的一个仓库,位置就在城市边上。

"我期待早日离开这鬼地方,"尼克喃喃自语道,边走边踢脚下的泥土,"不知道为什么你偏要拽我到外面来。"

"我们已经说过了吧。"

他翻了个白眼,"好吧,不过咱们得说清楚:根本没有所谓我在实验室待的时间太长了这回事。还有,云屋星没有任何地方有新鲜的空气。"他瞟了眼沿路的林地和运河,嫌恶地皱起了鼻子。

"你待会儿回去的时候也要一路抱怨吗？"因为他来船厂的路上就这么做的，尽管芮恩喜欢这个身材高瘦、有着一头蓬乱头发的年轻人，他智商奇高，个性也好玩，但是凡事也要有个限度。

何况最近几个月来，芮恩的种种极限已遭受了极为残酷的试炼。

尼克回头望向身后的船厂，几分钟前他们刚从那里出来。这家船厂经过多年的野蛮生长，脚手架、起重机、停靠坪、修理泊位和大型的附属建筑群看着就像胡乱摆放的一般。"口袋被掏空了吧，对不？"

她刚才去了修理泊位，"黑桃 A 号"——她的飞船、她的生产工具、她的家、她通往星空的阶梯，刚刚通过了她的试飞验收，可以起航了。飞船的超光速引擎烧毁了，仅仅搞定维修所需的零件就用了五周，接着技师们又用了四周的时间安装，才让飞船能够再次进入太空。

"是啊，小鬼，口袋被掏空了。"三个银行户头被清零了。零件和人工费，加上为了不留下修理记录的那些打点，还有当地情报网络的封口费，花掉了她一半的积蓄。

再来这么一次，她就得破产了。

而且她的财务流水很快就会被追查到。

"怪不得别人，都是我的错。"她轻声说道。

"头儿，你也别太自责了。也别怪小不点儿。他也不是有意烧坏超光速引擎的。是我们的技术没跟上。"

"有些东西他本该轻易计算出来的。"

"当然，如果他是完整的话。"尼克提醒她道。

芮恩轻哼一声。过去几周里他们就这个问题争论过好几次。尼克特别迷那个 AI，从他们逃到威尼西亚星再到云屋星的这段时间，这个小鬼就一直窝在他的实验室里，和他们称之为"小不点儿"的 AI 待在一起，问各种问题，研究小不点儿残损的地方，标记它清醒与糊涂的边界，为既有问题找到答案，又导出新的问题。

"莉莎觉得你太过痴迷了。"她又看了一眼时间。

"莉莎就喜欢给人贴标签。"尼克挥手驱赶又一只蚊虫，"如果你能看见我所看见的……我们自认为自己技术很先进了吧，但是先行者领先我们亿万年。我们的科技与他们的相比只是小孩玩意儿。他们都能造行星了，船长。我们都亲眼见过，虽说只是残骸吧，但毕竟是如假包换的星球啊。"

尼克继续道："我们现在有小不点儿，正是掌握了一扇通往上古时期的门。军方没有、情报局没有、科研或技术机构也没有，就我们有。"他手插口袋里，回转身来好与她面对面，"想想我们可能学到的东西。我们可以用学到的知识与技术保护自己；凡是我们能制造的、能理解的，都可以与弱小分享；我们还能去到小不点儿告诉我们的每个地方，在那些地方又能发掘出更多上古的东西。"

芮恩扬起眉头，"好一番令人心动的演讲。"

他回转身，走在她身旁，"好吧，我可能是有点痴迷了，但是谁不会呢？"

我，她想这么说。

芮恩把那个古老残损的 AI 带上了她的飞船，它接入飞船的系统后，立即对"黑桃 A 号"的系统进行了评估。这些都是她的决定，她授权它做的修改……那时，她坐在舰桥，看着装有卡德遗体的盒子飘向附近的矮星，没有经过深思熟虑便准许了 AI 重新配置"黑桃 A 号"的引擎。

小不点儿制造了一个流式跃迁空间传送通道，以破纪录的时间把他们从未知星域带回到了威尼西亚的行星轨道上。正是这次跳跃导致了飞船的引擎烧毁，被毫不在意地称为"时空调谐的小问题"。天知道那是什么意思。

他们能平安回到威尼西亚简直是个奇迹。

"它也没那么糟。你看，我们现在做的东西没它也做不成，而且它帮我们摆脱了凯普……"

小不点儿发现工程师凯普是卧底这件事，为他们争取到虽然不长但足够的时间，让他们把拉姆·查尔瓦送到了医院，然后找人帮忙将他们偷运到了云屋星。一周之后，凯普的东家海军情报局就开始有动作了——一个叫"哈恩"的特工开始通过交易论坛和通信器给芮恩发私信，询问行星残骸带的事……

她一概没有理会。

只要芮恩不动银行账户，随便往银河哪个角落一躲，ONI[①]根本没办法找到她。而今天就是动用银行账户的那一天，按芮恩的计划，等 ONI 的特工找上门时，她早溜了。

她有许多计划。为卡德报仇的计划、找补损失的计划，还有回到残骸带寻找父亲和他的战舰的计划。

芮恩又看了眼时间。

办完最后的这件事他们就可以撤了。

"注意了，伙计们。"莉莎的声音终于从通信器中传来，"我都不敢相信我说的，他来了，我看到他了，盖克·拉尔。"

芮恩等的正是这个消息，但亲耳听到杀害她船员的外星混蛋就在附近，还是让她止住了脚步。悲痛如潮水般袭来，心如刀割。十周的时间远不足以悼念那个她熟知并爱了整整十年的男人。远远不够……

尼克看向她，瞪大的双眼流露出强烈的情绪起伏，芮恩一时也不知道说什么好。其实他的悲痛程度不在她之下，卡德是他的人生导师，并且一直充当着他父亲的角色，从未有人对他这样好过。虽然她想要安慰他，但现在不是时候。于是她抓住他的双肩，用力捏了一下，轻声说道："收拾心情，小鬼，记住我们的计划。"

他立即点点头，努力平复情绪，"消灭蟑螂。"

"没错。他的荣誉、他的尊严、他的钱、他的船……我们

---

① ONI（Office of Naval Intelligence）是光环世界中海军情报局的缩写，其旧称为 UNSC 军事情报部。

都要夺走, 渣都不剩。杀得他一无所有, 只剩肩上挂的那些狗牌 ①。待到那时, 我们连那些也要夺走, 再送他下地狱。"她松开他的肩膀, 深吸一口气, 同样在重整情绪, 然后伸手揉乱了他的头发, "好点没? "

"嗯, 我好了。"他强装的笑容让她的心情难以平复。

他不好, 他们谁都不好。如果真这么容易, 他们早就开始计划新的打捞工作了, 而不是赌上身家性命地去报仇。

"他刚才在'西坪'着陆了。"莉莎说道, 接着清了清嗓子, 她的声音听起来也有些激动。

云屋星的机场对那个圣赫利人来说简直完美。机场在离市中心最远的位置, 中间是一片干燥的土地, 三面泥滩环绕, 上空没有任何遮挡。

"看来诺尔的情报一如既往地准,"尼克说道, "埃尔德的拍卖能把他引来。"

诺尔·菲尔是卡西利纳贸易线最好的打捞物资和军事遗留物资交易商之一, 她的总部设在威尼西亚, 同时也是芮恩信得过的盟友。几天前她联系芮恩, 告知盖克·拉尔将会参加一场私下拍卖会, 地点在云屋星, 组织拍卖会的是一个叫"埃尔德"的永赫特 ② 商人。真是一则让人意外又头痛的消息, 因为这

---

① Dog tags, 战时士兵的身份证明牌。

② 永赫特人 (Yohet), 前星盟成员种族, 是一个由各种物种组成的集合体, 曾经以各种边缘角色为星盟利益服务。

个埃尔德和诺尔不同, 诺尔拒绝售卖大规模杀伤性武器, 埃尔德则是毫无底线。

根据诺尔的消息, 盖克·拉尔还是采取了些特殊手段才拿到拍卖会邀请函的, 这引起了不少人的关注。众所周知, 盖克·拉尔是圣赫利人舰队指挥官——他从不出席拍卖会。他和他的爪牙通过烧杀抢掠来获得他们想要的东西。他们从全银河搜刮军事物资以图重振星盟昔日辉煌。

圣赫利人既然打算按埃尔德的规矩来, 等同于把自己置于一个罕见且危险的境地, 芮恩自然不会放过这个可乘之机。但他应该知道自身所冒的风险, 那么, 他甘愿暂离残骸带——这个名副其实的先行者遗物的金矿——的打捞工作而来到这里, 应该是想要或者需要什么东西?

"你真觉得他会老实行事, 遵守拍卖规矩吗?" 莉莎问道, "我是说, 那可不是他的作风。"

"不会, 他有超群的实力, 他自己也知道。"

"我倒想看看他出手," 尼克说, "云屋星有大概六七十艘飞船能发射主炮吧?"

这些大炮联合起来可以组成强力的对空屏障, 摧毁天上飞的任何东西。何况拍卖期间, 拍卖行内的规矩会严格约束所有出席的人。

"明白了, 老弟。" 莉莎表示同意, "我再拍几张照, 然后咱们仓库见吧。"

"我们大约还有十五分钟到。"芮恩回道,一边加紧步伐,向城市东部边缘行进。

他们穿过一条条狭窄土路和运河桥,穿过一个个大型的货舱,芮恩一路都没看到人或听到人声。她的脑海中又不自觉地浮现出盖克·拉尔的样子。过去十周里,每天萦绕在她的思绪和梦境中的,都是他踩在卡德的尸体上,蜥蜴脸上一副获胜者的模样。

唯一让芮恩稍觉慰藉的,是她用 M6 在他脸上刻下的伤痕。她本想一枪要了他的命,而不止是打伤他。这一枪的子弹划过他的左脸,打瞎了他的眼睛,在他的脸颊上留下深深的锯齿状伤口,而且伤痕之明显,他绝对没办法掩藏。这道伤痕不是来自与他匹敌的对手,而是一个他轻蔑的人类,这是涂抹在他视若珍宝的荣誉之上的污秽。

虽然她的恨意能从中得到极大的宣泄,但唯有崩掉那颗蜥蜴脑袋,她才能得偿所愿。

城市的西北边缘停着"罗兰号",这是一艘大型运输驳船,长 327 米,宽 38 米。它原本的许多仓储室和入口隔间,现今改作仓库租赁给守规矩的市民或云屋星的投资人。驳船旁的一块空地被清理出来用作小型机场,装卸和搬运货物都非常方便。

芮恩来到她的仓库前，刚输入密码，一辆浑身泥污又破旧的猫鼬型全地形车便开了过来，停在她的身旁。莉莎把满是尘土的护目镜移到她那一头蓬乱不羁的金色鬈发之上，拉下覆盖下半张脸的面巾。仓库门滑开的当口儿，她熄掉引擎，从这辆四轮车上跳下，递给芮恩一个数据板，“盖克·拉尔还是开的那艘老旧的星盟战舰。”

数据板里是莉莎刚才侦察得来的影像。“有没有支援船？”芮恩问道，“船员有多少？”

“除了他还有七个圣赫利船员。地上我看到的就只有这一艘落地。天上的要尼克查下‘铁泉号’的卫星轨道监测，看下他有没有带朋友来。”

他们挨个进入仓库后，尼克输入密码锁上了门，然后从其中一张工作台上拿了一条毛巾抛给莉莎。“拉姆知道吗？”他问。

莉莎擦干净脸上的沙尘，“如果他开着通信器的话……我不确定。”

芮恩把数据板放到工作台上，“我去跟他说。”

“我出发的时候他在楼顶。”莉莎告诉她。

芮恩向仓库另一头走去，那里贴墙处有通往楼顶的楼梯。仓库中回响起靴子踏在金属台阶上的声音，她爬过两段楼梯，矮身穿过开着的舱门，来到仓库的楼顶上。

拉姆·查尔瓦坐在他的老位子上，两脚悬在房檐外晃荡，看着云屋星散布各处的机场上起起落落的飞船, 身旁立着一瓶当地的湿地甘蔗风味威士忌。她不知道他是在看他眼前的景色, 还是又在脑子里来来回回琢磨事情。

芮恩失去了两名船员, 现在拉姆·查尔瓦接替了他们的工作, 他是地道的万事通, 前拾荒船船长。芮恩回想起几天之前, 这个身上有伤又气急败坏的云屋星人四处打听她和"黑桃 A 号"消息的事。

她在和他接触之前, 先是观察了他一整天, 然后在"往昔号"上层甲板的酒吧里找上了他。她拉了张凳子坐到拉姆旁边, 吓了他一跳, 然后她点了杯喝的, 问了他几个问题。结果他们一聊就聊了好几个钟头……

"我是仅剩的船员了, 盖克·拉尔毁了我的一切。我本来以为没法活着离开拉科尼亚星。要不是你救下我, 我活不到今天。"拉姆举起盛了威士忌的酒杯致意, 他们干了一杯。"卡德的事情我很遗憾,"他说道,"他是个顶天立地的汉子。"

他们为卡德举杯, 又干了一杯。

"我也为你的船员感到惋惜。"她说。

又一次举杯, 又一次干杯。

那一晚他们为许多事情干杯。芮恩也被迫了解到成为圣赫利人的俘虏是怎样的体验。盖克·拉尔和他的手下对拉姆做的事根本无法用语言描述, 她也很惊讶拉姆居然能熬如此之久。

拉姆说得对。如果他们当时不救他，他肯定得玩儿完。多亏他们把他放到飞船的医疗舱紧急冷冻起来，阻止了伤势的恶化，并且在回到威尼西亚后立马送他去了医院。

"那现在你怎么打算的？"她问他，心中估计他会暂时放下拾荒者的活计。

"是啊，我没有飞船，船员也都没了。"——他们为他的船员干了一杯——"我又回到了原点。"他思索片刻后，问道，"如果是你的话，你会怎么做？"

她不愿意去代入他的遭遇和失去船员的痛苦。一个长期共事的船员就像一位家人，而他失去了所有船员……

她会就此洗手不干吗？放弃追逐繁星的日子，留在地面开始新的生活？

星空之上是一个满是伤痛的世界。一个充满未知的世界。

尽管她所失去的那些仍然让她难以自拔，而且她觉得那些情感会伴随她一辈子。但她已经无法抛下她所选择的生活，也无法抛下她的船员和"黑桃A号"。"我嘛，应该会找一艘新的飞船，重新开始……"

他笑了。他们再次举杯。"敬那些破烂。"

"敬群星。"

他们又干了一杯。

"我想先跟着你干一阵子，"他出乎芮恩意料地说道，"虽然我还在康复中，但我是一个很好的驾驶员和轮机员。这些工作我拿手，而且不管你那艘'黑鸟'上的系统如何，我都能掌握得很好。"

"你怎么不自己当船长呢？我知道你在自己的圈子里是有积累的。我们都有……"

他点头承认，"我是有地方能搞到好的飞船，雇佣新的船员，几周之内又能重回天际……"

"但是？"

他摇动着酒杯，杯中清澈的液体随之转动，"咱们俩私下说的话，我还没做好这个准备。我这里头现在发生着许多事。"他指了指自己的脑袋，"而且老实说……我很犹豫。"

"犹豫什么？"

"我在地上待了太多时间。待在这里时间越长……时间过得越久……好吧，拉科尼亚星那事儿之后，我不确定自己是否还有心力回到从前。"他耸了耸肩，"加入你能让我不被淘汰——"

"也不会有船长身份带来的压力。"她接话道。

他点头。

对于他的说法，芮恩并不感到惊讶。在卡德遭遇不幸之后，她也不确定自己是不是准备好了。船长所要承担的责任对一个人而言太多了，即使对拉姆·查尔瓦这样的老手来说也是如此。她示意刚才他指着自己脑袋的地方，"那会是个问题吗？"

"不会，是我自己的事情。我能处理。开飞船没问题，不用担心那个。"

她能说什么？她失去了两名船员，凯普是卧底，而卡德……是她的全部。他不会被替代，也没有谁能替代他。

但是有这么一位富有经验的老手来接替他们的工作，尤其是以后再遇到麻烦的时候会更游刃有余。这可是难得的机会。

"这么和你说吧，咱们试试看。下次任务你作为轮机员上船，到时候咱们就知道了，怎么样？"

拉姆紧闭双唇，点头答应。他盯着酒杯看了好一会儿，才抬头直视她的凝视。他曾是个硬汉，一个老对手和不错的朋友，而且她也不想看到一脸感激的他再痛苦下去。

他举起酒杯，有点腼腆地笑道："敬老对手。"

"还有朋友。"

他们碰杯，一饮而尽……

芮恩向拉姆走去，他回过头来。拉姆身材矮壮，有着深橄榄色的皮肤、几乎与他黑发和胡须一样黑的眼睛。他头发及肩，梳的是背头，后面用一根皮筋扎起来；经常备一根手卷的细烟，不是卡在耳朵后就是插在上衣兜里。他的手掌和手臂上满是星座文身。

她在他旁边找了个位子，和他一起坐在房檐边。

他没等她开口。"我听见了。"他只说了几个字。

"你能行吧？"

"我有得选吗？"

芮恩迟疑道："我需要确定你能保持冷静，按计划行事。"

他看着远处升空的太空梭，说道："他干了那么多坏事，死是便宜他了。不用担心我，我是站在你这边的。我们要夺走他的全部，令他痛不欲生，还要夺走他的荣誉。"他停顿了一秒，用这段时间认真地看着她，接着脸上缓慢地现出森然的微笑，露出胡子后面的白牙，说道："然后我们再干掉他。"

真的走到那一步，恐怕还不用他们动手。在崇尚武勇和忠于主人和氏族的圣赫利文化中，荣誉是高于生命的。相比忍辱偷生，真正的圣赫利武士任何时候都会选择死亡。

"我们有多少时间？"拉姆问道。

"离拍卖开始不到一小时了。"

"最后一分钟才跑去，你确定埃尔德会让你进去吗？"

"越是贪婪的人，"她说着站起身，"心思越容易猜。"

芮恩之所以选择不拿邀请函直接去，是因为凯普和ONI让她没得选择。只要她去索要邀请，埃尔德就会按标准流程查她的银行户头——这是获得邀请的先决条件。而征信动作无论有多隐秘，都会在ONI先进的监测面板上点亮警报，耀眼程度不亚于一场激光秀。所以她选择最后一刻入场，好过提前向ONI暴露位置。

芮恩见他的注意力又回到夜空，拿起瓶子凑到嘴边，"做好准备。"她说道。

他干了酒，瓶底朝天向她致意，表示他清楚明白地听到了她的话。

第二章

HRB"火枪号"，云屋星金融区，斯维德洛夫斯克星系。

"火枪号"是云屋星城西金融区的中心。它的前身是 HRB 银行所有的武装押运船。现在经过精心升级，装配了最先进的监控技术并全副武装，使它摇身一变成了云屋星的高端黑市，同时也是进行那些极为隐私和隐秘的拍卖活动的最佳场所。

所有前来此地的商家、游客还有买家都随身带着武器，如若手无寸铁地跑来这里，那定然一失足成千古恨。哪怕是信用调查员、押运员和信使，来这里时都会有所防备。芮恩甚至怀疑，那个在台阶旁摆摊卖湿地甘蔗的老奶奶都在她的桌下藏着几把步枪。

芮恩来到这艘旧飞船的货舱，悠闲地倚靠在二楼的栏杆上，嘴里一边嚼着清甜的湿地甘蔗，一边看着往来的人群。她倒不是特意站在高处观察。三个圣赫利人战士在市场中行进，丝毫没有掩藏行迹的打算，也全然不顾身前的人群。他们如此显眼，并不是因为他们是圣赫利人——如今这个种族的雇佣兵很常见了——而是因为他们横冲直撞地在人群中穿行，或推或搡地把行人或街边买东西的顾客挤到两旁。

芮恩把甘蔗棒丢进垃圾桶，从楼梯上下来，"他到了。带着两个护卫。"

"听起来对得上，"通信器传来莉莎的声音，"我这边看到飞船上有五个'铰链头'留守。船长，他们的飞船保持发动状态。他没打算久待。"

芮恩下到货舱的主楼层，融入圣赫利人身后混乱的人流，缓步跟随。她不担心跟丢他们——她知道他们要去哪儿。

"小不点儿，那东西在吗？"她问道，一边矮身穿过一段廊棚，有一篮子拾荒回收的主板被打翻在地，她小心翼翼地跨过了它们。

"什么东西在吗，弗吉船长？"耳边响起他们回收来的先行者 AI 令人愉悦的声音。

尼克通过通信器悄声提醒，"'神圣明灯'。"

"当然了！"小不点儿想起来了，"'神圣明灯'确定无疑在那艘战舰上。"

芮恩直翻白眼，一边摆脱几个穷追不舍的商家。他们都梳理过多少遍计划了？"在战舰哪儿？"

"噢，在……舰桥，船长。'神圣明灯'在舰桥。"

"拉姆？"

"五个不成问题。他们很快就会不省人事了。我们这边有十足把握。"

"你们拿了'神圣明灯'后，马上回'黑桃 A 号'发起飞请求。机场主管我们打点过了，应该不会有任何阻滞。我很快就和你们会合。"

"收到，"拉姆说道，"我们会把飞船发动起来。"

她的通信器中响起大家互道好运和嘱咐小心的话语，随后耳机中不再有任何声响，市场的嘈杂再次成为主旋律。

计划开始进行，用卡德的话说，开球了。

她能想象这个高大魁梧的前陆战队员说这句话时的模样，面带假笑，眼含戏谑。无论他是否认同她的作战计划，他总会支持她。爱情、悲痛和恐惧会驱使人做出危险的事。芮恩也不例外。复仇的心情绑住了她和她的船员，他们不会回头，直到盖克·拉尔为他夺走的生命付清代价。

不管怎样，这个圣赫利人指挥官就要经历极为难过的一天了。而这一天才刚刚开始。

芮恩走出主市场区，在一个长廊的入口前停了下来。埃尔德的拍卖行是他用一个大型金库改建的，入口就在长廊的另一头。她要等圣赫利人先进去。

等待期间，她从口袋中拿出一双黑色手套戴上。

她右手的手套是用普通的黑色合成材料编织而成，而左手这只虽然是同样的材料，但掌心处织入了一个极薄的柔性扫描仪。在小不点儿的帮助下，尼克得以将他的这个点子转为可供应用的雏形产品——这个小装置可以记录数据板屏幕上残留的光线痕迹。一段信息、财务记录或是一张图片，只要是近期在屏幕上显示过的，这个扫描仪就可以捕获并存储下来。它没有通信或传输信号的功能，所以不会被埃尔德的干扰装置检测出或影响到。他们会合之后，就可以用尼克和小不点儿一起编写的软件下载扫描仪中存储的内容，还原出屏幕上显示过的最近三帧的内容。

芮恩要靠它进一步刺探盖克·拉尔的计划，然后把他所剩无几的日子变成活地狱。

一束亮光照亮了走廊，她知道圣赫利人已经进入了金库。她看了一眼时间，离拍卖开始还剩五分钟。这是唯一的机会了。芮恩径直往长廊里面走去，努力打起精神、保持勇气。

她一旦进去，就会失去与外界的联系，所有通信装置——通信器、数据板、翻译机，任何设备——都将完全失效。只有埃尔德严格管控的设备才能在里面使用。

芮恩来到金库门口时，已经被数道安全协议扫描过了，虽然都肉眼不可见，但必然是有的。"火枪号"由以前的哈里斯－罗姆勒银行委托建造，采用了当时最先进的安全措施，用于为全银河的私人或商业机构运输、存储贵重物品。这艘船对外出售时，埃尔德和他的投资人买下了它，将它带到云屋星，改造成了一座完美的金融中心。

两个熟面孔的圣赫利人雇佣兵站在走廊两侧,他们用星盟战争时期的装备混搭着将自己武装到了牙齿。他们没戴头盔,步枪随意地挂在肌肉结实的灰色肩膀上,带爪的手随意地扶着枪管。芮恩一靠近,他们同时转过头来,凭借高大的身形,居高临下地盯着她,睥睨的神色与尼克看云屋星上蚊虫的眼神无异。他们昆虫样的下颌因厌恶而轻微地颤动着。

"伙计们,好啊。"芮恩漫不经心地跟他们打招呼。她知道越是不把他们当回事,越能恶心到他们。随后她将注意力转移到金库巨大舱门外摆放的一个金属小桌子上。在桌子后面的是一个叫"托姆"的男性永赫特人,正以极为不屑的眼神看着她。

虽然永赫特人是外形与人类最接近的异星种族,但他们也是最不易接近和最容易被误解的种族之一。芮恩从来没有见过女性永赫特人,只知道他们的男性没有毛发,皮肤灰白,双眼深陷,眼袋皮肤松弛下垂,嘴角下吊,牙齿短而尖利。他们的前额抬头纹较重,脸颊和眉骨轮廓分明且突出,头上有不规则的肉瘤和斑块。他们的鼻子宽大,两侧各有像切口一样的两个鼻孔,两鬓有鳃。

且不说托姆的态度如何,永赫特人一般是以奴颜婢膝的形象示人,但芮恩发现他们其实是利用这点扮猪吃老虎。他们是非常狡猾、杰出的商人,而且擅长寻觅稀有的先行者器物。

小桌子上有一个数据板和一排摆放整齐的粘贴式一次性设备。这是一种小型、廉价的翻译装置,机器上缠着一圈医用双面胶,佩戴时撕下外侧的纸,贴在耳朵前面或上面,瞧——一个适合大多数外星种族的小设备就出炉啦,用完之后揭下来即可。它们便宜、用完即弃,非常适于在大型活动时分发,或者发给边境殖民地那些即便低端设备也无法负担的人,是相当高效的工具。

托姆递给芮恩一个。她撕下背面的纸,把这个硬币大小的装置贴到耳朵前面。埃尔德应该在拍卖行里启用了环境翻译,覆盖室内各处,包括走廊外面。此时她自带的设备都被屏蔽了,必须要用这个来沟通。

"名字?"永赫特人问道。他其实知道她叫什么。

"芮恩·弗吉,和上回一样。"

他忽略了她的讥讽,拿起数据板做核对,然后阴阳怪气地朝她笑了笑,道:"很遗憾,托姆没有在名单上找到芮恩·弗吉。"

"或许托姆应该告诉埃尔德,芮恩·弗吉就在外面走廊站着,带着好奇心和信用点想挥霍出去——大把、大把的信用点。或者……不这么做。但要是埃尔德知道芮恩·弗吉来过,埃尔德可能会耿耿于怀,纠结他的拍卖品或许能卖到更高的价钱……所以今天拍卖的是些啥?"

托姆皱起了鼻子,轻哼了一声以示他的不满,然后拿起数据板发了一则简短的消息。几秒之后,提示声响起。"好吧,托姆看到你的信用记录核查是五个月前的了,需要重新核查一次再放你进去。"

"当然。"

为了提高信用等级，早在修理"黑桃 A 号"时，她就把她和拉姆的所有资金都放到了一个账户里。她咬着下唇，等待着，神经突突地跳。仅一步之遥，她就要和那个想要她命的圣赫利精英关在一个金库里了。她并没有丧失理智，只是她的爷爷常说，"自我保护"对弗吉家的人来说是个陌生的概念。

"芮恩可以进去了。"托姆说道，对守卫点了点头，后者上前来收缴她的武器。等她交出了两把上膛的 M6 手枪、两把匕首和一把电击枪，圣赫利人用一个探测器再扫描了她一遍，然后她撕下一次性翻译器，贴在托姆面前的桌子上，把他气坏了。

托姆站起来，越过她来到金库大门旁的墙边，墙上装着开门的密码盘。芮恩一直盯着他，还故意凑上前去看着他输密码，直到他转过身驱赶她两次才作罢。

厚重的金库大门后响起一连串金属门闩解开的声音，随后大门滑开来。芮恩深吸一口气，走了进去。

好戏开始了。

第三章

UNSC"金牛角号",高星上空四百公里,科尔多瓦星系。

沃特·哈恩刚在桌前吃完一顿简餐,桌面的小型整合全息投影仪就投出了舰船的AI——"土耳其人"的虚拟形象。

"哈恩探员,"AI的手背负在身后,站姿笔挺,它身着二十世纪初奥斯曼帝国军人制服,脸上也留着那个时代流行的卷尾八字胡,就连口音也学了个十足,"抱歉打扰了。"

哈恩擦干净嘴巴,仔细叠好餐巾。他见过许多AI,他觉得最有趣的,是它们为自己挑选的五花八门的虚拟形象。它们的选择背后,是作为AI基底的原初捐赠者萦绕不去的记忆中深埋的印记,潜移默化地左右了AI的选择呢?还是AI涌现出全新的自我人格后,需要与自己的捐赠者区隔开,而故意为之呢?

他很肯定眼前这位的选择是出于前者。

"什么事,土耳其?"他问道。

"我对芮恩·弗吉的监控有所收获,准确地说,是她的财务运作触发了警报。一小时前,在一个高度加密的信用系统中,有一次加密的转账。我破解了加密系统,截获了这条情报。"

"能追踪地点吗?"

"转账请求来自云屋星,斯维德洛夫斯克星系中气态巨星维塔利耶维那的卫星。我已经告知卡拉舰长,我们已经在准备空间跃迁到那个星系,于一小时内抵达。"

如果运气好,他们还处在卡西利纳贸易线沿线的其中一个星系,那么跳跃不会花太多时间。"谢谢你,土耳其。能请你把凯普·塞拉斯叫来我办公室吗?"

"没问题,哈恩探员。已经通知他了。"

哈恩看到 AI 消失后,在椅子上放松下来,仔细咀嚼着情报。

他虽然惊讶于弗吉船长能躲避侦察这么长的时间,但也知道她迟早会现身的。

哈恩招募凯普·塞拉斯,安排他以轮机员的身份到弗吉船长的拾荒船"黑桃 A 号"上做卧底。凯普的工作是监视和报告任何高价值的发现和打捞物。获取先行者的器物是哈恩的职责所在,也是核心驱动力。更何况他们发现的东西是哈恩做梦都不曾想过的。

结果这些都从他们的指缝间溜走了。

当没能获取残骸带的坐标,以及错失纯正先行者 AI 的消息传到海军情报局的最高层时，哈恩终于引起了上司们的注意。虽然和他想象中的局面有很大不同，但至少他出现在了雨果·巴顿的视线中。等他为 ONI 负责先行者研究和回收的首脑搞定这些事情后，他自然会得到巴顿的赏识。

巴顿已经下令重型巡猎舰"金牛角号"从威尼西亚星接回了凯普，也把哈恩从高星的基地接了来。他们甫一登船就做了汇报，并接到了新的命令。

由于哈恩在担任卡西利纳贸易线的先行者违禁品稽查员期间表现优异，并且善于管理线人和回收打捞来的先行者遗物，他被给予第二次机会，负责追回 AI 和取得残骸带的坐标。

不计代价。

一个轻微的声音响起，通知他办公室外有人到了。他的显示屏上能看到凯普就站在门外。"进来。"他说道。

凯普走进门，他与其他船员一样，穿着普通的黑色 ONI 制服。制服笔挺的裁剪在这个蓬头垢面、双眼充血、实在乏善可陈的成员身上完全体现不出来。

哈恩重重地叹了口气。凯普从来都不是公司型的人。他保有自己的价值观，并且总是愿意把他人往好处想，就像芮恩·弗吉和她的船员，让他狠不下心。占据道德高地、做对的事情，是 ONI 无法承受之奢侈，尤其是他们面前的对手，是同样在不断用先行者的技术武装自己、重建中的星盟。

凯普越早代入 ONI 的视角越好。

第四章

29864-C 号舱，HRB"火枪号"，云屋星金融区。

芮恩环视着这个熟悉的金库。大小各异的存储单元从地板一直层叠到天花板，每个单元旁边的墙上安装有对应的密码盘。金库中间安置有多张高脚的圆桌，好让竞标者和他们的随行人员在拍卖期间围着桌子站。这次拍卖参加的人很少，意味着要拍卖的东西是黑市中大多数人买不起的。出席的总共有四方：盖克·拉尔和两个护卫、两个吉努哈尼人——看着像是雇佣兵、四个齐格亚尔人①海盗、两个人类——很可能是反地球联合政府势力的。

那两个人类出于同族之谊朝她点了点头，她也同样还礼。厚重的金库大门正在她身后关闭，金属门闩的每一声回响都让她的身体将肾上腺素泵入她的全身。所有与会者都依次转过头

---
① 齐格亚尔人（Kig-Yar），爬行／鸟类智慧生物，齐格亚尔有两个亚种，其中一种又被称为"豺狼人"。

37

来看她，先是人类，然后是像鸟一样的齐格亚尔人，接着是身形巨大又全身皮毛、被称为"鬼面兽"的吉努哈尼人，最后是……

她是怎么想的？

盖克·拉尔转头看向她这边，芮恩屏住了呼吸。

三、二、一……

他仅剩的一只豆子似的眼睛，在他那颗布满皮革纹路的灰色大脑袋上几不可见，然而那只独眼此时正死死地盯着她，令她感觉时间仿佛停滞。他瞎掉的那只眼睛伤口很深，呈锯齿状，颜色灰白，让他的模样更显狰狞。此时的情形，芮恩在过去十周里早已想象过多次，所以当强烈的恨意爆发的热浪冲击她的皮肤、烧灼她的心口、刺痛她的眼睛时，她并没有惊慌失措。

悔恨连同愤怒与悲伤齐至。她和卡德若即若离、分分合合有十年了吧，两人都害怕承诺、害怕受伤。

现在一切都晚了。他已不在身旁。

而她也厌倦了将这一切压抑心底。

她挤出一个轻蔑的微笑。

看到如此缺乏畏惧和尊重的神情，圣赫利人指挥官哪里还忍得住。他两米半高的身躯因愤怒而颤抖，他的爪子开合，从喉咙发出一声沉闷的嘶吼。她还没来得及眨眼，他就已拨开身边的护卫，闯过鬼面兽和齐格亚尔人，那两个人类趁他还没走到跟前就散开到了一旁。

无处可躲。但就算有办法能躲，芮恩也没打算逃，她咬紧牙关。好啊, 上钩了, 你这天杀的蟑螂。

他的大手箍住她的脖子, 皮肤粗糙又冰凉, 一把将她提离地面, 并举到与他平视的高度, "大错特错, 小小蝼蚁, 你竟敢来到这里, 嘲讽我……"他慢慢加大手上力道, 直到她无法呼吸。他的扁平的蜥蜴脸凑到她跟前, 下颌骨张开, 发出嘶嘶声, 看着她的死亡过程, 享受着这一刻。

她的心脏狂跳。恐慌溢满全身。

记住你来这里的目的。相信拍卖行。

拍卖行的人死哪里去了?

芮恩拍打着盖克·拉尔冰凉的、覆着鳞片的肩膀, 然后左手顺着手臂, 抓住他手腕上的显示屏。其他与会者只是看着, 没有人上前阻止这个圣赫利人。实际上, 没人在乎她的死活。鬼面兽一副看热闹的表情; 豺狼人则在一旁发出尖嚎; 人类则一脸惋惜, 好像她已经是躺在地上的死人一样。

她的视野中开始浮现出许多黑色的小点。

相信拍卖行。

终于, 救援到了。激光束启动的尖细声音连响数声, 她从来没有这样喜爱过某种声音。红色的光束闪烁, 在他们身上跳跃, 再先后聚焦到盖克·拉尔的前额和喉咙上。

他手上的力道松了一些。

"少安毋躁, 指挥官拉尔。"一道刺耳的声音打破了沉静, 又快速地消散了。一个永赫特人, 埃尔德, 正背负着双手, 站在盖克·拉尔的身后。"埃尔德明白指挥官是头一回做生意,但埃尔德必须确保人人都遵守规则。如果非要杀人,也请事后再动手,但不可在此地。除非,盖克·拉尔本人愿意为了杀死这名女性赔上自家性命?"

鬼面兽暗笑不止——一个人类女性可不值得这样的牺牲。

芮恩使劲拍打盖克·拉尔的手,脚乱蹬乱踢。房规被忽视,她就要昏过去了。

"埃尔德给了指挥官机会的,"永赫特人继续道,"别毁了它。"

盖克·拉尔盯着芮恩又看了一阵,"只要我在此地事情一了,我就杀了你。"他保证道。但她几乎没听见翻译器传过来这句翻译,或许听见也顾不上关心了,因为他的爪子终于松开,她落回了地上。

美好的空气终于再度涌入她的肺里,每一次大口呼吸都伴随着疼痛,因为她落地时脚没站稳,重重地摔在了地上。不过她挺过来了。难以置信,她挺过来了。笑声穿过她的喉咙,就像玻璃划过一般。一阵天旋地转,她的胃绞成一团,如同打了一个酸涩的死结。

指挥官转身返回原位,一路上嘟囔着如今还要听从曾是星盟奴隶种族的命令。那肯定很憋屈吧,芮恩一边恨恨地想着,一边揉着酸痛的喉咙。他选择遵守埃尔德的规矩,意味着他对即将拍卖的东西志在必得,否则他不会来。他赢得拍卖意味着芮恩可以在拍卖结束后全身而退，因为盖克·拉尔必须留下来结账。等他从拍卖行出来，她早就消失无踪了——还带着他的"神圣明灯"。不仅如此，多亏了尼克的手套，这次还从他的腕戴设备上获取到一些额外的信息。

完美的计划。

芮恩捋了捋起一束散落到眼前的黑发，抬头看向埃尔德。金库中的灯发出灰白的光，死灰一般覆盖在他苍白的皮肤上。他和托姆长得几乎一样，只是前额的斑纹稍有不同，他的鳃和锯齿状的牙齿要稍微长点，显示他年龄更长一些。他穿着深灰色的短袍，脸上带着些微困惑的神情。"大把信用点等着挥霍呢，埃尔德可是听得真切。"说完他走了开去，开始张罗拍卖。

有好一会儿，芮恩没能起身，她只有等着眩晕过去，力量重回四肢。当一辆金属滚轮的推车进入房间后，她以手撑地，努力站了起来。

推车上装有一个显示屏和一个金属盒子。埃尔德来到它旁边，手里拿着一个遥控器。

"这个加密的盒子里装着的，是一辆以前星盟用过的重型挖掘机的控制码。你们之中有些人把它叫作'收割者'。"推车的屏幕上显示出一台巨大的六条腿挖掘机。"大家可以从屏幕上的时间戳看出来，这是实时影像。"镜头围绕收割者做平移运动。"这件东西的威力，还有原装的沙波莱科洛虫驱动、功能完好的等离子钻的价值，就不需要埃尔德赘述了。"

拍卖品的巨大价值大家心知肚明。齐格亚尔人兴奋地叫嚷着,那两个人类则窃窃私语,鬼面兽一副迫不及待地要用这个东西大开杀戒的样子。

"这东西还是市场上首见,"埃尔德继续道,"很可能也是仅见。咱们开始出价吧?"

"你说钻头能用,展示下。"盖克·拉尔要求。

埃尔德从容地朝他点了下头,随即对通信器说道:"启动钻头。"

几秒钟后,屏幕中的挖掘机口中喷发出超高温等离子射线,先是白色,接着逐渐转为深黄色,将附近的岩石熔出一个洞来。

齐格亚尔人首先叫价两千万信用点,拍卖由此开始了。芮恩举起手,虽然她并没有要买的意思,"两千五百万。"

随着竞标声在她四周起伏,线索也逐渐串联到一起。尽管收割者曾上过战场,但其原本功能毕竟是挖掘机。而过去十周里,盖克·拉尔和他的爪牙可是都在残骸带泡着。他又有"神圣明灯",自然能够探查和追踪其他先行者器物。他一定是在残骸带找到了什么东西,而那个东西一定非常之大、埋藏非常之深,他如果不靠收割者和它的钻头就无法发掘。

她环视房间一周。这一屋子的买家,没有一个想着用这东西干什么好事,一个都没有。他们其中任何一方都有可能用这台机器玻璃化整座城市。

现在喊价已经到盖克·拉尔的三千五百万了, 齐格亚尔人和芮恩都已经出局。

"我听见有人喊四千万? "埃尔德问道, "四千万? 有人出吗? "

"四千万。"鬼面兽之一突然说道。报价一出, 另外那两个人类也放弃了, 现在是吉努哈尼人领先。

埃尔德等了几秒钟, 然后把注意力转向盖克·拉尔, "喊价到四千万了。"盖克·拉尔没有回应, 有那么一会儿, 芮恩以为事情并没有如她所想的发展。"很好, 那么四千万一次……两次——"

"五千万! "盖克·拉尔语调阴沉, 带着威胁地吼道, 然后死死地盯着刚才那个鬼面兽。

见鬼, 他想挑起战争吗?

房间内气氛紧张起来。鬼面兽的愤怒溢于言表。即便是有安全措施保护的埃尔德, 看着也比先前更苍白了些。他吞了口唾沫, 找回了自己的声音, "圣赫利人出五千万。"

一片死寂。

埃尔德微微点头之下, 天花板上安装的等离子枪启动了——为维持秩序加点助力。"五千万最高, "他说道, "五千万第一次……第二次……"他沉着地朝盖克·拉尔点点头, 道, "成交, 圣赫利指挥官买下了它, 埃尔德恭喜他。"

金库大门开启, 鬼面兽五花八门的咒骂声充斥房间。芮恩第一个从里面出来, 跑到门口取了她的武器, 然后一路跑到长廊外, 心脏狂跳不止, 只想尽早和她的船员取得联系。

她一回到市场区域, 所有设备都恢复了功用。她打开通信器,"我回来了。"她急切地说道, 然后等着回复。静默。"伙计们?"她一边喊话, 一边在商贩之中穿行,"我的船员们他妈的跑哪儿去了?"

妈的。

"我们在, 船长,"尼克急匆匆的回复声传来, 芮恩松了口气。"拿到'神圣明灯'了。我们马上就到船厂。"

"太好了, 盖克·拉尔不会被那些手续耽搁太久的。我在那里和你们会合。"

芮恩穿过"火枪号"数道巨大的机库门, 离开了市场, 投身夜幕之中。当她来到黑漆漆的运河桥头时, 她停下脚步, 回头看向"火枪号"。

是啊, 她想报仇, 但她也知道盖克·拉尔得到那台收割者的控制码之后, 可能会伤害许多无辜的人。她现在没时间管, 但她打算一上了飞船就把这件事告知 UNSC[①]。对了, 何不告诉哈恩特工——这样 ONI 可能会放过她一阵子, 因为无论怎样看, 圣赫利指挥官都是头奖啊。

---

① 光环世界里的 UNSC（United Nations Space Command）全称为"联合国太空指挥部", 是集科研、探索以及军事于一体的人类最高殖民权力机构, 受地球联合政府 UEG 直接管辖。

芮恩转身朝桥上走去, 她确定她会这么做——

一个头罩突然套住她的脑袋。"嘿! 搞什么——"

一双戴着手套的手抓住她的两只手腕, 很快用拘束带给她捆上了, 然后举重若轻地把她举起来, 扛到肩上。

第五章

芮恩措手不及，急迫的心情让她分心，没能觉察到身后的动静。前一秒她还在制订计划，后一秒她便什么也看不见了，头上戴着头罩，一双手从背后钳制住她……回过神来时，她已经被带走了。

她最初的本能反应是想挣扎，但当她感觉到上桥的颠簸后反而老实了。因为桥下是淤泥堆积的运河，她绝对不想跌到运河里去。要知道有多少云屋星人跌入这片大地的泥沼之后，再也没有浮上来过。

她没有挣扎，而是将注意力集中到其他感官——她虽然看不见，但还有听觉、触觉和嗅觉。

没有话语，只有脚步声，步伐快而且明确。绑架她的人呼吸匀称，好似她的体重对他没有造成任何负担。接下来是气味。绝对是人类，气味相对干净。云屋星特有的味道还没有完全渗入绑架者的衣服和皮肤，也就是说对方不是海盗或雇佣兵。

她双手难以动弹，但她可以感觉扣住她背和腿的手臂，还有偶尔碰到她小腿的装备, 可以确定是枪套和武器。每一步颠簸都顶得她胃肠难受, 她也因大脑充血开始头晕脑涨。

慢慢地, 周围的气味和声响变了。嘈杂的声音被引擎的低鸣替代, 她闻到了燃油的味道, 最后是靴子踏在金属的货舱装卸踏板上发出的铿锵声, 她应该是被带到了一艘飞船里或类似的地方。

绑架她的人终于把她放了下来, 头部的压力顿时消退了, 只剩下些微的晕眩。她站立不稳, 试着在黑暗中平衡身体。现在他们终于停了下来, 头罩内的一片漆黑占据了主导。一股潮湿的霉味传来, 使得她很难呼吸, 幽闭恐惧感突然袭来。芮恩想要压制这股恐慌, 但她知道自己是在打一场不可能胜利的仗。

一只手抓着她的肩膀, 稳定住了她的身形, 然后拉着她后退, 直到她的双脚碰到一个固定的东西, 随即她跌坐在一张硬硬的椅子或长椅上。"把它拿掉!"她要求道, "我没法呼——"

头罩被拿了下来。一阵清凉的空气拂过她湿热的皮肤。

这是她今晚第二次被粗暴对待且差点窒息了。她的脖子还疼着, 已经疲于这种渴求空气的感觉了, 每次呼吸、吞咽还有说话时, 受伤的喉咙里就像有碎玻璃划过。不幸的是, 今晚真是祸不单行。她已没法保持最初的镇静了。

她先是看到前方驾驶舱里的驾驶员, 然后抬头瞪了一眼绑架她的人。

她坐在 UNSC 鹈鹕运输机^①的长椅上，不用说也知道，绑架她的人是海军"白痴"局的人。就算她眼前的人穿着普通的黑色制服、轻装上阵，脸上戴着面具，遮盖了除眼睛以外的所有地方，但也能看出他应该不是特种部队的——除非特种部队也招募巨人。这家伙少说也有两米一，像一堆砖头垒起来似的，他的智商和有趣程度可能也和砖头差不多吧。

"开什么玩笑。"她喃喃自语道，最近遭遇的事情让她的肾上腺水平都失控了，"你们这些特工一定要现在找上我吗？难以置信。"

"大块头"——她决定这样叫他——皱起了眉头，不过他眼神中的好奇还是要多过被她言论激发的怒意。他可能以为芮恩会害怕到发抖，或者惊慌失措地哭起来，又或是求他放了她。他的视线落在了她的脖子上。从他迟疑的眼神来看，不用说也知道，瘀痕留在了她皮肤上。

所以这是位有同情心的特工。

而且如果她被抓来，很有可能她的船员接下来也会被抓，或者已经被抓了。

真完美。

今天晚上本来很顺利的。

她正想着，另一个特工进入了船舱。这位同样高得出奇，

---

① 鹈鹕运输机是一系列由 UNSC 空军、陆军、海军陆战队、海军以及民用安保部队所使用的运兵船的总称。

但是比大块头苗条许多——从护甲外形来看是个女性，但强壮到足以毫不费力地扛着她肩上那个不断挣扎、气急败坏的小鬼。"他从船厂逃走的时候被我抓到的，"她漫不经心地说道，"小混蛋滑不溜丢，追得我好苦。"

"去你的！"尼克在头套里吼道。

女人把他放到长椅上，挨着芮恩坐下。

"冷静点，小鬼。"芮恩低声说道，并用她的肩膀碰了下他。他安静下来，头朝她这边靠过来。

"噢，不。"他低声道，反应过来她也被抓了，"不、不、不——嘿！我姐姐呢？我发誓，要是你们敢伤她头上一根卷毛，我就——"

刚才那女人弯下腰，一把扯下尼克的头套。他跳了起来。可怜的小鬼脸色赤红，梗着脖子，声音嘶哑，双眼圆睁，脸色惊恐焦急。

芮恩从女人的身体语言和她面罩后的眼神来看，她并不为尼克还未说出口的威胁所动。实际上，她好像是在拿他逗乐，芮恩对此再熟悉不过了。

"怎么？"女人问道，"你要怎么着？"

尼克上前一步，大嘴一张，显然就要开骂，不过他好歹控制住了自己，坐回到椅子上，不理她了。

她笑了，"我喜欢你，小鬼。可能你确实和他们说的一样聪明。"

女人站起来，转身走到大块头身边。

"但我不喜欢你！"它朝她吼道，"还有，我就是要聪明些！"

"另外两人关在他们的船上，"她告诉搭档，"都搞定了。"

"等等！"芮恩跳了起来。大块头马上把她按了回去，但她又立刻站了起来，刚才他的粗暴动作让她心里一股怒火蹿起，她本能反应就是要报复回去。依着她平时的性子，肯定是以其人之道还治其人之身，但眼下她想要看到的是盖克·拉尔付出点代价——她原先的计划已经泡汤——一计不成，又生一计，"你们不能就这样离开云屋星。"

他的眉毛上扬，看着她的眼神似在思考她说的话，棕色的眼睛里映出沉着和智慧，让她重新评估起之前对他的评价来。或许不尽然是一堆砖头吧。"命令就是命令，女士。"他不留余地地说道，然后转身往驾驶舱走去。

芮恩暗自骂了一句，上前抓住他的手臂。她的整个晚上都被 ONI 毁了，所有计划可能都胎死腹中。但有一件事很确定——如果她不能从云屋星全身而退，那盖克·拉尔也不能。"你知道我从哪里出来吧？我们不能就这么走了，盖克·拉尔也在那里。"

话音刚落，大块头就站住了，回头看着她，判断她说的话。如果他看得够仔细，是能从她的沉着中看出真假的。

"听着，他刚才在拍卖行拍下一台收割者。"没有反应，"上面的等离子钻头还是好的。你听见我说的了吗？一个和人类对着干的圣赫利人,现在带着他妈的等离子钻头就要离开云屋星了,可能都已经跑了。"

"你们两个笨蛋知道等离子钻头能干什么,对吧?"尼克问道,走到芮恩前面,"如果给他足够时间,这东西可以一路切割到行星内核,毁灭世界。这些够引起你们警惕了吗?"

少顷,大块头简练地点了下头,那女人立即坐到副驾驶的位置,弯身向控制台,开始和轨道上的、不知道是什么飞船通信,她的声音不甚清晰。只用了几秒钟,她就结束了通话,出了驾驶舱,"申请了起飞代码的飞船就只有'黑桃 A 号'。"

"你们太业余了吧?"尼克呛声道,坐在那里直摇头,"那种蟑螂才不会申请什么代码。"

芮恩用眼神警告他规矩点,然后面向大块头说:"他必须要先付清货款——埃尔德会把每个得标者留住,直到资金确认和转账完成,然后他才会交出收割者的控制码和所在位置的坐标。告诉你的人在西坪机场找一艘星盟战舰。他的飞船应该还在那里。"就算还在,也不会待多久了。

大块头看向女人,"叫土耳其扫描那个区域。看她说的是不是真的。"

"遵命。"

又一阵模糊的通话声,大概三十秒后,女人说道:"土耳其已经确认——西坪机场确有一艘符合描述的飞船。"

"是他。"芮恩急切地说道,希望盖克·拉尔没有调换飞船,或是在离开期间用了某种诱饵信号。无论哪种，ONI 没去管它真是太好了。"那就是他的飞船。如果你们不在他跃迁之前截住他，这个有能力毁灭整个星球——至少也能摧毁一座城市的激进派星盟狂热分子就会逍遥在外了。我知道，我们的重要性与之相比肯定远远不如。"

"是啊。"尼克附和道，抬起双手像是要比画两者差别。"小虾米拾荒者，"他左手放低，右手抬高，"疯子铰链头。你们选。"

芮恩把戴着手套的左手放到大块头的手臂上，手指伸展按住他戴着的前臂装备，"我们是拾荒者，小角色，出动你们是杀鸡用牛刀，远比不上眼前这个就要从你们指缝溜走的大鱼。"

大块头抓住芮恩的双肩，把她按回凳子上，默默无言地拿出一把刀。他割开她双手的拘束带，从背后口袋拿出几条一模一样的碳纤维拘束带，在她手腕上缠了圈，然后把她固定到背后的吧台上。然后他对尼克也如法炮制。做完这些后，他们就自顾自地穿戴起装备和武器来，行动干净利落，好像芮恩和尼克不存在一般。

芮恩饶有兴味地看着他们，注意他们的动作和互动，气场沉稳自信。她相信他们闭着眼睛也能做到这些。她接触过许多军人和前军事人员，能看出眼前这两位是其中的佼佼者，而且远不止是特种兵，远远不止……

他们低声用通信器交谈，让他们的朋友土耳其从高空监视，并随时提供协助。

当他们依次走下鹈鹕运输机时, 芮恩叫住了他们, "等等, 我们怎么办?"

他们没有理她, 飞船的装卸甲板开始关闭, 驾驶员准备起飞了。"不、不、不。妈的, 计划可不是这样啊。"她喃喃自语道, 一边挪动位置去看绑着她手的拘束带。

芮恩让尼克转向她, 然后设法跪在凳子上, 然后把臀部靠近尼克绑着的手, "屁股兜里。"

"收到,"他说道, "太业余了。他们怎么想的, 以为我们头一次被绑架吗? 太自以为是了……"

"尼克, 这就是你第一回遭绑架。"她不耐烦地回道, "快点, 我们要赶紧下船。"

他好不容易够到她身后的口袋, 从中取出一把小刀来。结果一个没拿稳掉在了甲板上。随着鹈鹕运输机的起飞, 小刀又滑到了货舱的尽头, 完全没办法够到了。

尼克缩着脖子, "对不起……"

芮恩坐回来, 无奈地叹了口气。无所谓了, 她的小刀很可能连在碳纤维拘束带上弄个小坑都办不到。

她曾离得那么近……他们差点就能得到"神圣明灯"。

现在它到了 ONI 手中, 很可能没机会重见天日了。

第六章

五分钟后，UNSC"金牛角号"，罗斯托夫上空四百公里，斯维德洛夫斯克星系。

"长官，拾荒者都带回来了。"土耳其通知哈恩特工。他正站在舰桥的战术桌前，焦急地等待消息。"两人在他们的飞船'黑桃 A 号'上，另两人绑在鹈鹕运输机上，已经准备好移交了。"

"很好。安排一队人在机库和我会合。"

哈恩特工没有马上动身，而是透过巡猎舰的观测屏看着维塔利耶维那星的行星环上悬浮着的一颗暗棕色的卫星。云屋星是这颗气态巨星的二十七颗卫星之一，一个黯淡又污糟的地方，真正的死水潭——不过，是有着精良的雷达、防御和卫星通信系统的，认真保护自己的死水潭。为了不引起过多关注，"金牛角号"选择在云屋星的行星轨道外、靠近云屋星的一颗无人卫星——罗斯托夫星附近安排干预行动。

哈恩特工转身正要前往机库时, 舰桥的通信员引起了他的注意。

"舰长?"通信员闭口仔细地听着, 然后说道, "阿波罗小组报告……拾荒者说盖克·拉尔在云屋星……"卡拉舰长朝战术桌走来时他又听了一遍。

"土耳其, 把我接进去。"她命令道, 同时挥手示意哈恩闭嘴, 本来哈恩找到个机会正要插嘴提他的任务。

尽管哈恩尊重卡拉和她的决定, 但不禁想到如果芮恩·弗吉这回再从他的指缝间溜走的话, 恐怕再也抓不到她了。盖克·拉尔诚然是高价值目标, 他与朱尔穆达玛有联系, 也是部署在星盟赫斯多洛斯星的部队领袖, 但哈恩的拾荒者也同样重要, 毕竟他们掌握着一个重要资产的线索, 远远比变节的圣赫利人和星盟余孽重要。

不过他还是遵守了她的命令, 站在桌子的另一端看着舰长。能让他感到威胁的人不多, 但娜塔·卡拉绝对是其中之一。从她简练的制服和刚才挥手的姿态可窥一斑。她是一个强大的对手, 毫不拖泥带水, 公正讲理, 黑色的眼睛和头发, 透着尊严和权威。卡拉的一言一行就像旧时的贵族。仅仅四十三岁的年纪, 她的成就已经相当令人印象深刻, 而且也都是她自己凭血汗挣得的。

"明白了,"卡拉舰长说道, "阿波罗小组, 准许你们行动。增援待命。土耳其?"

"正在办, 舰长。正在部署阔剑战机。"

"那些拾荒者怎么处理?"一个女性的声音在通信器中问道。

"立即把他们送上来。"

"遵命。阿波罗小组通话完毕。"

"放松, 哈恩探员。"卡拉说道, 隔着桌子与他关切的视线对视, "你的猎物跑不了的。"

第七章

机舱，UNSC"金牛角号"。

芮恩感觉到鹈鹕运输机从升空到穿越大气层，然后到达外大气层的变化：引擎逐渐转为低鸣，推进器只在飞行方向需要修正时才偶尔发力。之后便是寂静，只有驾驶舱传来模糊的通信声，时不时地打破这片宁静。

最终，运输机抖动起来，开始减速。

"我们在停靠了。"尼克说。

此时芮恩满脑袋想着的，都是她的船员是否安好，以及她们将被送往何处。

驾驶员拒绝告诉他们任何信息。几分钟后，飞船轻微地晃了晃，已然停泊到位。驾驶员打开货舱的门，直接离开了飞船。他们所在的位置看不到外面的情况——只看得到钢和钛合金船体，还有货物集装箱。

芮恩把头靠在舱壁上，闭上双眼，试着思考怎么应对现在的新情况。她心知肚明,哈恩就是抓他们的幕后主使。他对于自己的目的毫不避讳——残骸带的坐标和小不点儿——而且她很担心的是,恐怕他现在早已无法自主地讨价还价和达成交易了。

"我们怎么办?"尼克问,"你觉得莉莎和拉姆会没事吗?"

她点头,"他们不是冲着我们来的,尼克。他们要的是先行者遗物。"

他叹了口气,"对他们来说小不点儿也是其中之一。你觉得他们会怎样对它?"

"我不知道。"她睁开双眼,"很可惜,我们什么也做不了。如果他们控制了'黑桃 A 号',也就控制了小不点儿。"

"但他们没有——"

芮恩摇了摇头,制止他说下去。ONI 可以拿走小不点儿,但不能让他们拿走全部。她只有在"游戏"的过程中见招拆招了。

终于,金属地板上响起了脚步声。两个穿着普通飞行服的人出现,给他们松了绑,然后护送他们下了鹈鹕运输机。

芮恩和尼克走下飞船的装卸踏板,看到眼前的巨大机库。她不确定这是在什么样的飞船内部,但真可谓奢华到家了,而且可以容纳许多艘较小的舰船。

"芮恩。"尼克说着,用手肘碰她。停在他们旁边的是一艘熟悉得不能再熟悉的黑翼飞船,把鹈鹕运输机都映衬得小了。

"黑桃 A 号"也在这里, 而且她的装卸踏板已经放下, 莉莎和拉姆也正被带下飞船。他们看到了彼此, 眼神中流露出松了一口气的神情。莉莎是个什么心思都摆在脸上的人, 她的脸颊因气愤而绯红, 眼里满是不安。拉姆则是一副满不在乎的样子, 优哉游哉地从踏板上走下来——这不是他头一遭被 ONI 抓了。

待他们踏上机库的地面, 四人会合到了一起, 一队特工四人组走上前来。从他们的推车上满载的设备和扫描仪器来看, 他们的目的已不言自明。他们走过芮恩和她的船员们, 径直朝"黑桃 A 号"走去。尼克和莉莎都停下脚步, 看着那队人马进了飞船, 脸上浮现不忍的神情。他们的生活就要被揭个底朝天了。

芮恩用尽全力才站立在原地不动, 没有追过去。她只有祈祷, 等这一切结束时, 他们的家还能完好无损。

拉姆来到她跟前, 悄悄地说: "他们上船之前我们就把所有数据都清理了。"

"包括导航?"

他点点头。

很好, 不能让他们那么容易就得逞。另一队人马朝他们这边走来——一个军官, 左右各有一个船员随行。

"我们怎么和他们说?"莉莎问道。

"实话实说, 如果走到那一步的话。"

"但是——"尼克正想说点什么。

"如果我们不配合的话, 他们有的是办法让我们恨不得掏心掏肺,我想要的是事情过去后我的船员和飞船还完好如初。现在还不是我们表明立场的时机。"

拉姆扬起一边眉毛,"我们要表明立场吗?"

她双目直视前方,看着这队人靠近,"如果他们拿了我们的东西,我们铁定是要从他们那里找补回来的。"说话间,芮恩已经想到那是什么了。

"就是这样。"尼克悄声说,勾着她的肩膀,捏了一下,"我们就喜欢你这有仇必报的性子。"

带头的军官身材瘦削,秃顶,看着更像是个精明的商人而非 ONI 的特工。芮恩收紧下巴,上前一步。她与船员们拉开距离,想要吸引他更多的注意力。

"弗吉船长。"他以自来熟的语气和她打招呼。

"哈恩特工。"她回应道。他似乎很高兴她猜出了他的身份,尽管并不难猜。过去十周里他一直想要和她取得联系。

"我试过用大家都轻松的方式来处理这件事。"

"我也是,"她说道,"忽略你就是最轻松的。"

"但你的办法没能管用。"他转过身,示意她与他并肩而行,和其他人拉开一段距离。这正中她的下怀。她回头望了一眼。"你的船员们很安全,船长。"他让她放心。

"你打算怎么处置他们?"

"两个小孩和一个受伤的拾荒者?我对他们完全没有兴趣。而且我向你保证,你会尽一切努力维持这个状态。"

"我被指控犯什么罪了吗？"

"还没有。对于你们这个行业的人来说，你的记录令人吃惊地干净。我们要的只是情报和合作。一旦目的达成，你和你的船员就可以走了。我们本可以在两个月前就了结这件事的，但是你……选择了一条更困难的路。所以我们才走到了今天。"

"为了对付一个不起眼的拾荒者，你可真是兴师动众啊。"芮恩说道。说话间他们离开了机库，来到一条走廊。走廊地面是金属的，周围是光洁的白墙。他们穿过走廊来到一个很大的会议室，这里也都是白色的墙壁，其中两面墙镶嵌有宽大的玻璃面板。会议室中央是一个椭圆形的桌子，周围的墙边紧凑地放着许多把椅子。

会议室的门滑开，哈恩特工走到桌子的一头停下，双手放到一把椅子的椅背上，说道："咱们开门见山如何？我们的特工在最后一次通信中报告说……你们接近了南河三星系——"

芮恩在空旷的房间中踱步，"从来没听说过。"

"——然后从那里驶入了未知星域，根据我们的情报，你在那里发现了有大量先行者遗迹的残骸带，回收了一个人工智能。如你所想，我们必须收缴这个人工智能，并取得该地点坐标。"

芮恩停止了踱步，转而检视起其中一面玻璃墙来。她一边敲打，一边想着，如果她受到这么大的关注，玻璃墙的另一边会是谁。玻璃上映出她淡淡的身影：疲惫的双眼、蓬乱的头发——

拜头套所赐——还有喉咙处浮现的触目惊心的瘀伤。她的形象一如她的神经，早已疲惫不堪。她没有理会哈恩，自顾自地把张牙舞爪的头发梳理到了耳后。

"船长，容我提醒你不让先行者的技术落入我们敌人之手的重要性……"

虽然她认同这点，但就是忍不住要逼他一下，"战争结束了，哈恩特工。"

"战争永远不会结束。你我都知道盖克·拉尔和许多像他一样的人想要重建星盟。当他们集结了足够的舰队，掌握了领先的技术，不等你察觉，我们又将回到四年之前。"

"好吧，现在你有了我的'神圣明灯'，要找你想要的宝贝技术应该不难。"

"你很清楚准确性是关键，时间是关键。我们可以到未知星域地毯式搜查，寻找残骸带。或者，我们可以从你这里得到坐标。有时候最简单的办法就是最好的办法。"

哈恩的数据板发出轻响。芮恩从玻璃的反射中看到他在查看屏幕。他表情越严肃，她则越觉得痛快。接着他便告辞出了房间，很久都没回来，久到芮恩都有点儿坐不住了。当他终于回到会议室时，他的脸色比刚才更加难看了。

"你飞船上的导航记录和星图都被清除了。"

"标准程序。"她告诉他，转过身来，"我们的营生取决于能否保住找到的东西和守住发掘地的秘密。你知道的……防着某些吃白食的。"

"我们不是吃白食的,那些技术本来就是属于我们的。"哈恩反驳道,同时读着陆续发来的消息,只见他越来越恼怒。

芮恩厉声笑道:"什么时候先行者的技术变成海军情报局自家的了?"

哈恩把数据板放到桌上,"那你觉得该归谁,船长?这三十年间,星盟仅凭有限的、改造过的先行者技术,就差点把我们赶尽杀绝。想想要是一个完整的军火库落入敌人手里会是什么后果。你真的想一手造成这样的局面吗?"

哈恩打开会议桌上的全息屏幕。一幅幅图片一张接一张地浮现在他们眼前。"我来加点砝码吧。云屋星的仓库……威尼西亚星的仓库……"随着他手指的操控又新增了两张图片。"高星、塔丽萨星的仓库。我们已经冻结了你在卡西利纳贸易线沿途的资产,包括你的银行户头——总共六个。我们还扣着你的船员和飞船。这是暂时的还是永久的,都取决于你。弗吉船长,不要敬酒不吃吃罚酒。"

芮恩盯着眼前的那些仓库图片看了许久。

"你选吧。"哈恩说完,一直看着她。

"我有得选吗?"她注视他好一会儿。这件事早就已成定局。哈恩已经有了他要的东西,不需要再拿她的全副家当来威胁她。"你要的东西都到手了,哈恩特工,你有我的 AI,通过他你自然能拿到残骸带的坐标。而且你还拿了我的'神圣明灯',

等于又多一道保险。而这些——"她手指着空中飘浮着的她的家当，"就过分了，而且完全没这个必要。我们什么时候可以离开？"

"只要你或你的 AI 告诉我们残骸带的坐标就可以走了。"

原来如此。小不点儿啊——祝福它那残损的心灵——拒绝和他们合作。芮恩觉得好笑的同时又有些惊喜，但很快又感到害怕。虽然小不点儿的忠诚让她高看了它一眼，但同时也有可能让她失去一切。

"这样如何，船长？"哈恩说道，收起他的数据板，将她的沉默视为了拒绝，"我离开一阵，让你有时间考虑。"

"不用，等等——"

不过他径直走了出去。该死。

一小时后，也可能过去了更长时间，会议室的门终于再度滑开。这期间，芮恩反复捶打会议室的门和墙壁，想要有人注意到她，帮她传达合作的意愿，避免本就偏离轨道的情况变得越发不可收拾。后来她放弃了，干脆找了把椅子坐下，双脚搁到桌上，她这个姿势一直保持到哈恩重新回到会议室，此时一同进来的还有在"火枪号"外绑架她的大块头。

她的目光立即定格在了她的绑架者身上，眼睛眯成一条缝，眼神无动于衷，他则神色冷静平和。这次他没戴面罩，她是从他那非常人的身高和坚定的眼神认出他的。他的眼角和嘴角有少许笑纹，长相不算差——宽阔的额头、棕色的短发、坚挺的鼻梁，还有棱角分明的下颚线，只是下巴处有一条较深的、斜着的伤疤。和哈恩一样，他也穿着没有胸牌和军衔的黑色飞行服。

可以确定，大块头远不止是一般的特种兵。她之前的猜测坐实了，而且她现在非常肯定这是她第一次近距离接触一名斯巴达战士。好吧，如果云屋星上被他像袋三十公斤的米一样扛着走了一路也算的话，这是第二次。

他在门边找了个角落站定，双手背在身后，哈恩则来到桌子前。这一次，气氛比刚才更加紧张。如果她没有猜错的话，这位 ONI 的特工已经出离愤怒，尽管他非常努力地想要将情绪藏到他笔挺的站姿和扑克脸之后。

芮恩往另一边挪了挪。根据他离开这么长时间来看，她猜他们和小不点儿沟通失败了——可能一败涂地。芮恩站起身，正想要发问时，会议室的门再度滑开，凯普·塞拉斯走了进来。

她的视线凝固在了他身上。

他的样子和她上次在飞船上看到的没什么不同，还是一样邋遢，还是一副疲累模样，眼中还是藏着悲伤。复杂的情绪在她胸中翻滚——愤怒、伤心还有失望。凯普曾是她的船员，大家也都喜欢他，他的背叛极大地伤害了他们的感情。她很久都没有这样错看一个人了。然而即使是现在，她的直觉仍然告诉她，他是个好人，这点让她很是困惑，同时也更加愤怒。

他来到桌旁，在她对面的位置站定，"芮恩，就把你知道的告诉他们吧。"

她并没有拒绝——只是他们没有给她机会。现在面前的又是凯普……"抱歉，你说了什么吗？我可不跟叛徒说话。"

"我只是想出点力，多救几条人命。你不知道这些器物有多危险，也不知道它们会被卖给谁。"

她笑了，"噢，可别把这罪名安我头上。我卖到市场去的东西可都是干净的。拍卖的东西，如果他们——"她手指向那扇玻璃，"不愿意花钱买，那是他们的问题。而且我告诉你，他们买得起，从被他们充公的拾荒者的账户里掏点儿钱就行了。如果我打捞回来的东西落到别人的手里，你给他们讲大道理去吧，别和我说。"

凯普保持沉默，她忍不住又说道："我本来不想这样说，但你压根儿不够了解我，还跑来这里跟我扮什么好人，讲什么道理。"

凯普无力的微笑透着一丝后悔，"我喜欢你，芮恩。我也喜欢尼克和莉莎。我也喜欢卡德，老天作证。"

她欲要上前，但该死的桌子挡在了他们中间，"闭嘴。你没有资格提他。"她胸口紧缩，卡德死时那股熟悉的重压，再度让她难以呼吸。而那段记忆中，凯普永远是其中一部分，所以她讨厌看到他，"你没有资格提他们任何人。"

他低下头,好像他理解并接受了,"我做的事都没有危及你们的安危。"

"不,你正是我们在这里的原因。"她边说边摇头,"但我猜你会说这根本不算什么。"

"你以前和我说过,能打捞的东西有很多,够养活每个人。芮恩,你不需要残骸带。其中可能蕴藏的技术,你又有什么权利拿去拍卖?那些买家还可能危及数百万人的生命。你的良心呢,你的责任心呢?说到底,不就是因你而起吗?你的行为可能导致人们流离失所、失去一切。"

他用芮恩自己的话回敬她,她恨不得上去掐他脖子,"我他妈从没有,也绝不会卖有可能夺走数百万人生命的鬼东西,你心里清楚得很。"她沿着桌子走到他跟前,和他面对面,只是双手抓住了一把椅子的椅背以站稳身姿,也是为了和他保持距离,以防离得太近,她忍不住出手。

"好吧,这点我承认——但那只限于人类和星盟的技术。但先行者的技术?你怎么分辨它的危险程度?我们对先行者的技术才掌握了多少?你卖的一个小东西可能都是一把启动大规模杀伤性武器的钥匙。而你并没有办法分辨,但他们可以。"他指着哈恩和大块头,继续道,"他们有多年处理先行者器物的丰富经验,有好几个部门专门研究、使用和改造这些技术。他们知道你我不知道的,而且他们也需要确保那些技术不落入敌人手里。"

凯普停下来，沉痛地叹了口气，然后看向哈恩，用眼神询问是否继续。哈恩点了点头，凯普转向她，"盖克·拉尔从云屋星跑了。拜托，千万不要让他得到他要的东西。"

芮恩以无比失望的眼神看向大块头。他没有回应，不过他的脸颊稍微抽搐了一下，让她知道他对此也很不高兴。"认真的吗？"她向着他说道，"我把他打包拱手相让，你们却让他跑了。要不是你们插手，我们早就搞定盖克·拉尔和那台该死的收割者了。"她真想大声喊出来，"你们特工擅长干的就是这个，不是吗？什么事情都要插一脚。为什么你们不让边境殖民地自己操心自己的事呢？在保护自己这一点上我们肯定比你们做得好得多。"

"这些是你们当地人的看法，"哈恩说道，并没有理会她的辱骂，"但我们特工看到的是全局，涉及全人类和我们在银河系的地位。你知道我们是对的，船长。你也充分了解盖克·拉尔是谁，以及他的本事。"

她没有说话，主要是因为她自己也很认同这点，很难再争辩，"我说，如果小不点儿不合作，那是出于它的意愿。你只要保证我给你坐标之后放我们走就行。"

"还有一样东西是我们想要的。"哈恩从口袋里取出一个小装置，走到桌子的这头，把它放到芮恩面前的桌上，然后退了回去。

芮恩闭起了双眼，力图保持镇定。

不用问那是什么,她还是个小女孩时就一直带着它。

那是有着她父亲影像的全息相片。

大块头感觉到她情绪的波动,移动到哈恩身后几步的位置。他不相信她——至少他有足够能力发现这一点。

她拿起全息相片,想到ONI在她的船舱翻找的情形,知道他们把她的飞船翻了个底朝天,发现了她新近获得的有关她父亲和"火灵号"的情报。

如果他们想动摇她的心神,他们显然挑对了东西。既然他们看到了这个东西,芮恩也只有认输了。"凯普,为什么你要和这些怪物共事? 你和他们不一样。"他不是典型的ONI一员,即使现在他穿着制服,看起来也并不自在,始终游离在外。

"我的家庭,我的妻子和孩子。"他清了清喉咙说道,"塞德拉星。去年。"

"首都的生化武器袭击事件。"她记得这件事,实际上不可能有人会忘记那次事件。塞德拉星的所有居民为之震惊和恐惧。

他点头,"那次事件就是先行者技术造成的结果。所以你看,我就是活生生的证据。芮恩,如果不赶在星盟行动前得到那些技术,那里发生的事情就会不断重演。我们是一边的,你不是坏人,我也不是。"

她不知道该说什么,因为她相信他。她的直觉不会错。尽管她还在因为他的背叛而愤怒,但她也不会因为他努力改变现状而责怪他。而且她虽然也为失去爱人而悲痛，但她无法想象失去妻子和孩子会是何其痛苦。他失去了太多，如此一来也不难理解他的立场，以及他为 ONI 效力的理由了。

"时间到了，船长，"哈恩说道，"你怎么说？"

"你要什么？"

"你知道我要什么。我要你说服那个残损的 AI，小不点儿，配合我们的工作，不然你哪里也去不了。我还要你所知的'火灵号'的所有信息，一丁点儿也别漏了。"

那艘飞船的名字一出口，大块头的视线就定在了哈恩身上。显然他的权限只限于"需要才被告知"，而这部分是他没有被告知的。每个陆战队员——远远不止，每一支部队中的男男女女，以及大部分人类世界的平民百姓——都知道'火灵号'的故事。这艘飞船是一枚代表着勇气、失去与神秘的闪亮徽章。一万一千个灵魂，随着它消失在茫茫宇宙之中。

钱和打捞物可以随着时间找补回来，但她父亲仅有的遗物呢？那些是没有东西可以替代的。她为了找寻答案等了二十六年。小不点儿和它的星图投影是她至今为止寻到的最有可能找到飞船和她父亲的线索，如果都让哈恩拿走的话，她又将回到原点。

ONI 想要夺走一切。

所有。

他们的生活、为之奋斗的一切，卡德也是为此而牺牲……

"我们有你船舱里的其他几张全息相片, 还有视频……我有遗漏其他重要的东西吗? "

芮恩内心翻涌, "没了, 我想你拿到了他仅剩的所有东西。" 她咬紧牙关, 凛冽的怒意在她心中升腾, "很高兴看到军方就是这样对待他们失踪的陆战队员和家属的——一心想找到他们, 把他们带回家的家属。"

大块头第一次流露出了些微关切的情绪。不过即使他对ONI 对她的所作所为有任何不满的情绪, 他都很快地从脸上隐去了。

"把他们带回家并不是你的工作。" 哈恩说道。

"是的, 本该是你们的工作。" 她一边气愤地说道, 一边走上前一步, "而你失败了。二十六年过去, 你们都没找到他。"

"或许是因为已经没有东西可找了。"

他漫不经心的态度和冷血的回答让她握紧了拳头。她感觉到什么东西碎了——她使尽浑身解数维持的冷静自制寸寸瓦解, 再也包藏不住的怒火即将喷薄而出。她知道哈恩要什么: 他要小不点儿制作出的能追踪到 "火灵号" 的星图投影。他要视频文件的密码, 还有小不点儿复原出的任何蛛丝马迹。"如果我让小不点儿合作, 能把我父亲的所有东西还我吗? "

"照片可以还你。其他的你在这些年里收集到的所有东西都要收缴, 而且要保密。"

啪。

怒火冲破了桎梏，刮起一阵火焰的风暴。她瞄准了哈恩的喉咙。

大块头上前一步，挡在了她身前。

"或者我们也可以用你的船员作为筹码。"哈恩继续说道。大块头张开双臂拦住她，"我们不想把他们牵扯进来，我想你应该也是同样的想法。我不想把他们丢去审讯。"

"你还真是对得起你的名声，"芮恩咆哮道，她推开大块头的掣肘，来回瞪了他和凯普一眼，"你们就和这样的人为伍吗，凯普？连小孩都要威胁的人？"

"他们很难算作小孩子了，"哈恩上前一步，说道，"有许多远比你的船员年幼的士兵战死，他们失去的远超你想象。而且如果我们不拿下那个残骸带，还会有更多的士兵牺牲。这真是你父亲愿意看到的吗？你还将为此失去辛苦得来的一切。这一切又真的值得卡德为之牺牲吗？"

够了。

芮恩从大块头的侧面冲出，使尽浑身力气挥出右拳，结结实实地打在了哈恩的嘴边。他跟跄着后退了几步，接着像石头一样一屁股坐在了地上。大块头抓住她的双臂，再次挡在了她和哈恩中间。不过她还没完，一边往前扑一边吼道："不，不值得，不过我不需要像你这样的混账来指出这些显而易见的道理！"

她使劲推搡大块头，不过就好像是推着一堵舱壁一般，他纹丝不动。她后退几步, 怒气难消, 他则居高临下地盯着她, 面无表情, 右眼眉毛挑起。她的愤怒无处发泄, 转而捶打着他结实的胸口。"是啊, 你躲在你见不得光的特工身份后面, 让我们这些人冲锋陷阵、流血牺牲。"

这位军人的表情黯淡下来, 他弯下身子, 直到眼睛和她的齐平, 嘴唇动了动似要说什么。凯普这时插身在他们中间, 显然他是怕芮恩有危险, 想要将她推离原地。

"别碰我! "她吼道, 凯普收回手, 做着无意冒犯的手势, 转身去扶哈恩。芮恩眼睛则盯着大块头身上带的匕首。

"你追寻的东西已经远超你的能力范围, "大块头低声说道, "挽救仅剩的东西吧。那是你擅长的, 不是吗? "

"你根本不了解我。"她回敬道。

"好吧, 如果你真像他们说的那样足智多谋, "他答道, 死死地盯着她的眼睛, 声音放得更低了, "那就撑过眼前, 做对你船员好的事。留得青山在不怕没柴烧。"

他转过身背对着她, 和凯普一起把哈恩扶了起来。

第八章

一小时后，机库，UNSC "金牛角号"。

哈恩特工和阿波罗火力小组[①]组长、斯巴达战士迪伦·诺瓦克将弗吉船长护送回她的飞船。这期间她一直保持沉默，身板挺得笔直，她的怒意萦绕在她周围，就像一场酝酿爆发的风暴。他们刚穿过机库的门，哈恩便放慢脚步，在门边站定，他张嘴想要再警告芮恩几句，不过她昂首挺胸目不斜视地走了过去，不带一丝犹疑。

站在哈恩身旁的诺瓦克发出一声轻笑，他双臂交叉放在胸前，看着弗吉朝 "黑桃A号" 走去。诺瓦克的笑声缓和了哈恩突如其来的震惊，让他把嘴闭上了。

"在我的家乡，那意味着比了一个大大的中指。"诺瓦克说

[①] 阿波罗火力小组（Fireteam Apollo）是一支由第四期斯巴达超级战士组成的特种部队，平日里驻扎于UNSC"无尽号"超级母舰上。和同期的其他部队相比，阿波罗火力小组成员的作战资历都比较浅，且在行动时会根据任务需要选派不同成员参与作战。

道，嘴角依旧上扬着。

"我知道中指是什么意思。"哈恩打断了诺瓦克的话。他缓缓地深吸一口气，让自己忽略这个斯巴达战士的揶揄。早在他们还是新兵蛋子时，他们就一起被派到婆罗洲站点，诺瓦克扭曲的幽默感从那时起就一直是这样了。"我对边境殖民地的拾荒者的看法没有错。他们离法外之徒和海盗仅有一步之遥。"

芮恩·弗吉的尊严和独立受到了一记重创，显然此时她还没有从中恢复过来。ONI逼得她走投无路，而那是她这样的人最为害怕的。但同时也让她变得难以琢磨。她大胆、顽强、聪明、有热情……但她也是一个叛逆、骄傲、顽固和目中无人的人。他很好奇接下来她会采取什么样的行动。

哈恩是一个非常干练的管理者，以他的经验，芮恩·弗吉这样的人是几乎不可能顺从的。

太可惜了。

哈恩揉着刺痛的下巴，试着从左到右慢慢地活动它，他一直觉着嘴里有股铁锈味。她那一拳真是狠。不过哈恩也怀疑，受过高度训练的斯巴达四型战士如果愿意，是能拦住那一拳，让他免遭此罪的。

诺瓦克被抓来执行任务之前，正在作战甲板上训练，对此他很不情愿。那会儿他正在模拟作战训练中痛打两个新调来阿波罗火力小组的斯巴达战士。不过哈恩说服了卡拉舰长，让斯巴达战士扮特种兵到云屋星抓捕芮恩·弗吉和她的船员是任务成功的关键……

或许诺瓦克也是始料未及，和哈恩一样，他也没想到这么一个拾荒者敢揍ONI的军官。

无论是哪种情况，哈恩了解他的这个老朋友，知道这个斯巴达战士虽然表面上调侃他，其实心情极为恶劣——没能抓到盖克·拉尔这样的高价值目标，会毁了任何一位斯巴达战士的一天。根据哈恩了解到的情报，抓捕圣赫利指挥官本来不在阿波罗火力小组的任务清单上——他们驻扎在"金牛角号"上的原因还在哈恩的安全级别之上。他们，和这艘战舰被从原本的任务中抽调出来，受命去接凯普·塞拉斯和他本人，之后才接到了抓捕芮恩·弗吉和回收她的打捞物的任务。

盖克·拉尔出现在他们眼皮底下，就像芮恩说的，是一份礼物，这种机会可遇而不可求。不幸的是，隐秘地抓捕芮恩和她的船员而不触发云屋星上的任何警报的行动安排，又使得他们在后来抓圣赫利指挥官时难以发挥。

"可能贴个止痛贴会好点吧。"诺瓦克说道，他们看着弗吉走上了飞船的装卸踏板。她走到头之后停了下来，转过身，死死地盯着他们这边，接着捶了她右手边的装卸踏板的开关，踏板缓缓升起，她的眼神就这么死死地盯着他们，"你树了个敌人呢，哈恩特工。"

"你是说我们吧。"

诺瓦克笑了，"不，不。只是你，沃特。"

哈恩皱起眉头。他本可以因为芮恩船长那一拳轻易将她丢进牢房的。"你觉得我对她太不近人情了吗？"

这位斯巴达战士轻轻地耸了耸肩，"我觉得如果你把她的仓库和账号还给她，她本可以成为我们的助力。"

"她绝不可能成为我们的助力。我对她的性格做过三次侧写。而且，如果我们迎合这里的每个拾荒者，那我们什么也得不到。有时候我们必须得扮坏人，这样后来者才会三思而行。"

"那你该把她的飞船也没收了。"诺瓦克说，此时飞船的装卸踏板已经关闭，她的身影消失在了门后。"她不会就这么善罢甘休的。"

哈恩笑了，"什么，你觉得她会用它来跟我们作对吗？芮恩·弗吉如果这么蠢的话，可活不到今天。"

"黑桃 A 号"发动了，土耳其的声音从他们的通信器中传来，"哈恩探员，'黑桃 A 号' 请求起飞。"

"啊，土耳其。"他话语中带着释然，"很高兴你回到我们身边来了。"芮恩·弗吉在会议室被隔离的一个半小时里，土耳其不只是遭遇了一个不合作的先行者 AI，而且还被困在了小不点儿残损框架之中的一个巨大、错综复杂的异星迷宫里。

要是他没有强迫芮恩合作，土耳其肯定就此消失了，而那将是一个灾难，足以让哈恩丢掉饭碗。

"批准起飞。"他说道。

数秒之后，锁住飞船的夹锁松开了，"黑桃 A 号"的推进器随之启动。

土耳其的声音再度在通信器中响起："斯巴达战士诺瓦克，请到舰桥报道。"

芮恩操纵飞船在机库中调整方向时，哈恩和诺瓦克则朝走廊走去。

诺瓦克可以质疑他的行事方法，但哈恩有实实在在的成绩为他背书。他总能达到目的。他的职责是负责监控整条商路，稽查先行者器物。他是这一领域里最好的违禁品稽查员之一，而他也力求继续保持他的地位。"如果我们拿到了 AI 和残骸带的坐标，其他又有什么关系呢。"他说道，更像是说给他自己听的，而不是诺瓦克。

"还有我们已经知道盖克·拉尔将要去的地方，"诺瓦克说，"这个铰链头时日无多了。"

第九章

"黑桃 A 号"。

芮恩操纵着"黑桃 A 号"驶离 ONI 的飞船,她猜这是一艘巡猎舰。从她离开会议室到现在,她一直强迫自己保持克制,以阻止自己对自以为是的哈恩特工做出无可挽回的事。现在她又把注意力放到和 ONI 拉开距离上。

不久之前,她穿过狭窄走道,见到了满脸关切的莉莎和尼克,接受了他们的拥抱,简短地回应了他们的关心和提问。当她坐上船长座椅时,她只能咬紧牙关,不让自己崩溃,隐藏好自己软弱的一面,他们需要她的力量。现在他们还在巡猎舰里。

一旦他们得知他们失去了些什么……

坐在椅子上的拉姆转过来和她面对面,他们四目相交。他没有试图安慰她,她对此心怀感激。他了解 ONI 对拾荒者的手段。

芮恩控制推进器做了几次小喷发,调整好飞行方向之后,指挥"黑桃 A 号"飞出了机库。他们穿过飞船出入口隔离真空和飞船内部的能量场,终于自由了。

"我们很难过。"刚驶离飞船,莉莎再也忍不住了,她的大眼睛里噙着泪水,双手不停地搓着。"他们把我们分开了,他们说……要把你关进黑牢,我们再也见不到你了……"她深吸一口气。

尼克低头看着自己的手。当他抬起头时,他痛苦的样子让她的心痛了一下。"他们拿走了小不点儿。"

"我知道,这个我们稍后再谈。"

莉莎和尼克各自回到自己的位置上后,芮恩深吸一口气,道:"莉莎,导航到威尼西亚星。"

尼克回过头望向她,张嘴正要发问,但芮恩伸出一根手指放到唇边,又摇了摇头。没有任何言语。不是现在,他们可能还在被窃听。他心领神会,立即回头盯着屏幕,手指翻飞,开始做全面扫描,查看ONI对飞船造成了哪些伤害,以及飞船上多了哪些东西。

待"黑桃A号"飞到安全的距离,他们启动超光速引擎,进入到跃迁空间,朝着他们在新泰恩城的主基地飞去。

跃迁空间总让芮恩想起午夜之后,活力四射的世界正沉沉睡去的那段时间……抑或是你在一间被拉长到数光年那么长的等候室里,外面的世界少了你一样如常运转着,而你只能等待。尼克管它叫"暂停键",莉莎喜欢称之为"时间间隙",他们可以在这段时间里做点自己喜欢的事情,或者休息。

他们将在几天后到达威尼西亚星,这在太空旅行中算是相对很快了。

但现在,简直度日如年。

芮恩离开了舰桥,因为在那里,船员们望眼欲穿的眼神几乎真的要在她背上开个洞了。用不了多久他们就有许多时间交流了,但现在她需要独处消化这一切。

她回到自己的船舱,坐在床尾,试着厘清刚才发生的一切。

早就听说 ONI、UNSC 会对拾荒者进行搜查,这也不是什么稀奇的事。如果拾荒者在隔离区域附近,或者在他们关注的地点进行打捞作业,就会被例行盘问和搜查,任何有军事价值的东西都会被收缴。这是她们这行里尽人皆知的事情。

但是这一次……

这一次不同。他们可谓无所不用其极。

每个仓库、每个银行户头、小不点儿、她的星图投影、她父亲的遗物……

他们拿走的比需要的多得多。

他们显然不需要砸了她的饭碗,也不需要拿走她父亲的视频文件,但还是拿走了——毫无疑问他们是想表示,他们可以拿走更多,她该感谢他们放她一马,并且铭记在心。她绝不会忘的,这点他们做到了。

如果他们以为就此吓退了她,那真是大错特错了。

检视一遍船舱后,她发现到处都是他们翻找的痕迹——每个抽屉、每处表面、每个角落，都被翻了个底朝天。她的视线落在桌子的抽屉上，那是她保存她父亲照片和数据芯片的地方，还有她多年来收集到的关于"火灵号"的线索。

她抱着一丝他们会给她留下点儿什么的希望，毕竟约翰·弗吉本身并不属于头号机密，她有权保有她的工作成果、她的回忆。带着一丝希望，芮恩站起身，来到她的桌前，打开了抽屉。

抽屉里仅剩下几张照片，其余的都不见了。

包括她整理好的，那些不那么直接相关的文件和芯片，还有图表和笔记，都不见了。

眼泪在她眼眶里打转，她的心就像一口枯井，如同她面前的抽屉一样空空如也。

ONI偷走了她二十六年来的搜寻成果和希望。她找到父亲的最佳机会已然不再，他们也没打算把这个机会还给她。这是她最大的损失。愤怒和质疑的情绪快速蹿起，她不得不双手抓住桌子、紧闭双眼，提醒自己深呼吸。她至少可以庆幸船员安然无恙，"黑桃A号"没有和其他东西一起被没收。

他们将会为这个错误感到后悔的。

她花了好几分钟才恢复冷静。芮恩睁开眼，注意力全放到了她的手上，她还戴着的手套上。

她伸直五指，慢慢地、一个指尖一个指尖地脱着手套。每一次动作，都让她的决心增强一分，一个计划开始逐渐在她心中成形。

第十章

四天之后，诺尔的交易中心，新泰恩城外围，威尼西亚星，夸布星系。

诺尔·菲尔巨大的仓储综合建筑群的入口随时都有两个齐格亚尔人站岗，当芮恩驾着她的那辆老旧的卡车驶近时，他们一直保持着关注。芮恩把车停在入口处，从脏污的挡风玻璃后打量着这座交易中心，还有围绕这片建筑的高压电围栏。

她一般只会在结算日和诺尔见面，每到这天，这位恶名昭彰的齐格亚尔商人就坐在她新泰恩城的办公室里施舍信用点给拾荒者们。其他时候，芮恩只有偶尔有事时才会到这里来——大部分时候是把要上拍卖的大型打捞物送过来。如今，往日的一切恍如隔世。

风沙又起，淅沥地打在挡风玻璃上。通过后视镜，芮恩看到坐在卡车车斗里的莉莎和尼克先是把夹克的衣领竖了起来，又把头埋在衣服里以防止沙尘钻进去，然后才从车上跳下。

"这趟应该挺好玩儿的。"坐在副驾驶的拉姆一边说着，一边开门下车。

"好玩，同时也有必要。"她回答道，说罢开门下车，步入车外的寒风中。

守在门口的那两个齐格亚尔人穿着很少的护甲，肩上挂着卡宾枪，圆圆的眼珠子从生有尖利牙齿的巨大鸟喙上方打量着前来的一行人。芮恩从他们鸟头伸长的模样，看出他们是在嗅来者身上的味道。这其实没什么必要，因为他们的视力也非常好。齐格亚尔人喜欢通过气味发现对方的弱点或伤病——一旦发现，他们往往会表现出较高的攻击性——有时他们喜欢用这招寻找用于取乐的猎物。

虽然芮恩和诺尔有良好的工作关系，但这位女性齐格亚尔人雇佣的守卫中，有些还是很不善于和别的种族打交道。

芮恩边走边扫视建筑四周安置的摄像头，此时其中一个守卫通过通信器叫他们过去。

通信器中传来的模糊不清的叽叽喳喳声，他们得到允许通过，随即锁链控制的大门滑开。一行人走了进去。"不要碰围栏和大门。"芮恩提醒其他人。

围栏在平时已经足够危险，而一旦发生紧急事件，比如哪个白痴头脑发热想要打劫交易中心，围栏上特制的单元就会发射高频电磁脉冲——这一功能非常直接有效，可以把任何攻击无效化，当然交易中心相应地做了屏蔽电磁脉冲的工事。

芮恩从来没有问过那些不幸白痴的下场。她只知道他们都消失了,或许都成了齐格亚尔人守卫的盘中餐吧。

他们穿过连接主楼的大厅。主楼侧门滑开,进去之后是一段走廊,这里也设有一个武装检查站,守卫着通往诺尔办公室的走廊入口。

诺尔·菲尔是一个极度疑神疑鬼的人,所以她有着这片区域最好的反监控设备库,还有持续升级的军工级软件。她从不抱侥幸心理——考虑到她是战后边境殖民地主要的打捞物生意人之一,这确实是必须的。所有进入她工作范围内的人或物都要经过扫描,而进入她在交易中心的办公室的,扫描的细致程度不亚于做了次水疗。

过去几天里,芮恩坚持她和船员间的交流都保持在最低限度,而尼克和拉姆也在这段时间中扫除了ONI在飞船上放置的各种监控装置。他们已经尽力了,但诺尔无疑还能做得更好。芮恩想借这位齐格亚尔人的设备,进一步去除残留在飞船上的、跟随了他们一路的ONI窃听器。

检查站的首轮扫描便发现了粘在他们鞋子和衣服里的微型金属追踪器。他们脱了夹克和鞋子再次扫描,直到浑身上下彻底干净。第一回合结束。通往诺尔私人办公室的走廊中途还有两个守卫,一个人类和一个齐格亚尔人,他们正在一台萨费尔诊断仪器公司生产的生物扫描仪旁玩骰子游戏。外交使馆及最高军事机密设施所用的同样是这种扫描仪。扫描仪是一段独立的白色管道，可以检测体内的窃听装置。

两个守卫见芮恩和她的船员们走来，停下了手里的游戏，"船长，你们有预约吗？"其中穿着白大褂的干净利落的年轻人类问道。

"没有，但是她会见我的，不然也不会让我们来到这里了。"

他站起来打开了扫描仪。扫描仪准备就绪后，他示意她走进去，另一个豺狼人则在屏幕前看扫描成像。管道里律动的白光转而变红。"请退后，"男子给出指示，"左手放到桌上。"

芮恩照指示做了。男子紧紧抓住她的前臂，将之按到桌上，然后从扫描仪旁桌子上陈列的一排形状奇怪但都颇为锋利的医疗设备中——这些是为各个种族准备的手术刀——挑了一把。他用简单的圣赫利语同豺狼人说了几句，对着屏幕看了看，然后往她皮肤上喷止痛喷雾，接着没有任何预警地一刀切入了她的手臂。

他在她的皮肤上利落地划开一个口子。"你会说星盟语。"她摆出一个微笑的表情说道。他拿了一对镊子，伸进伤口。

"一点点。"

"诺尔一般不会雇人类。"他张开镊子，把伤口撑开，镊住了一个皮下硅胶窃听器。她回想起和哈恩在一起时，好像是感觉有过些微刺痛，但经历了后来的剑拔弩张和意外展开后，她也不知道是在什么时候被谁植入窃听器的。

"是啊，她不会。"年轻男子答道，"不过她装了这台扫描仪后，事情就有点复杂了。豺狼人不擅长精密操作，如果你懂我的意思的话。一次又一次的流血事件和顾客投诉，她也看不下去了……"他取出一个微型的灰色装置，大小如米粒一般，将它丢到一个盘子里。"看起来像是 ONI 的技术，"他盯着看了一会儿说道，"最近这种东西越来越常见了。挺先进的窃听器。"

他在她的伤口上贴了个胶带。

"你挺在行嘛。"她说着，紧紧按住胶带，这样能更好地闭合伤口。

"我在新泰恩城的一家诊所工作，"他说着耸了下肩，"至少这里的投诉少了。"

"你能再帮我做一次扫描吗？"

"当然。"

完事之后，每个人身上的窃听器都被移除了，也都贴上了胶带，芮恩终于放松了些。

豺狼人领着他们来到诺尔的门前。门滑开了一点，诺尔·菲尔从门后探出头来。她橙黄的圆眼睛越过牙尖齿利的长喙盯着他看了好一阵。"你们跑来这里干什么，来这里避难吗？"她看着芮恩手臂上的胶带轻哼一声。"进来。"她注意到队伍中的拉姆时，惊讶道："你们两个……联手了啊！"她咯咯笑道，同时让到一旁让他们两人进来，然后爪子往莉莎和尼克一比，"小孩子在外面等。"

诺尔当着他俩的面关上了门。她的脚爪踏在地面上，蹒跚着来到桌前坐下。她今天戴的戒指很是闪亮。她把坚韧粗糙的胳膊放到桌上,用她珠光宝气的爪子撑着喙的下沿。她看着芮恩,眼睛几乎眯成一条缝,"芮恩·弗吉,你到哪里麻烦就跟到哪里。从艾洛星起就这样。"

"我想借你的窃听装置扫描器和软件,在我的飞船上用。"

"行,行。"她一边用爪子敲着桌面,一边思考着,"ONI来过,问了些问题。"她头和脖子背后的羽毛竖立,显然不待见他们,"把喙伸到不是他们的生意里来了,真不讲究。还有盖克·拉尔,哈!因为你对他做的事情,他想要你死呢。诺尔可不需要这些麻烦。"

"好吧,但我现在不在任何人的雷达上了。我猜盖克·拉尔到了未知星域,ONI也拿到他们想要的东西了,所以……"芮恩起身要走。

"坐。"诺尔一直等到芮恩妥协坐下,才又道,"你在城外的仓库都没了。飞船来了,吊起来,飞走了。不过我给你抢救下来一个东西。我提前收到消息,然后又帮了你一个忙。瞧,现在你欠我三个人情了。"

芮恩的眉毛挑起,她很好奇,"那要看你抢救的东西是什么了。"

"你的那个保险柜——我没开。"诺尔笑道,"但我看了下你的东西……找到了这个……"她从抽屉里取出一个小的数据核心,放了桌上。诺尔笑了,那笑更像是张口结舌的喘息,不过芮恩也早已习惯这个齐格亚尔人的笑。"为什么这样的贵重品不在你的保险柜里呢？"

芮恩对原因了然于心。因为尼克求着要先研究完了再卖，芮恩确信这个核心是被尼克落在了工作台上，就这么显眼地放着。要是平时，她一定会因为他没有在离开前将它收好而好好教训他。诺尔也无意深究原因，不过芮恩知道这东西也不是白拿的，"你的条件呢？"

诺尔的一根爪子放到核心上，轻轻一推，将它推到了芮恩面前停下，"就当是你欠下的人情……拿着吧。"

无论诺尔打的什么算盘，芮恩知道她都要还的。

她同意再欠诺尔一个人情，带着数据核心离开了诺尔的地盘。这个数据核心中收容的是一个打捞回来的主管级亚人工智能——一个的功能完好的采矿设施的主管程序。

这可值一笔钱。

一行人来到城外，道路上依旧布满尘土，周围住户很少，而且彼此距离很远。芮恩、拉姆和莉莎坐在她卡车车斗的边缘，车停在一处高地，在那里可以俯瞰她的货柜曾经所在的一小块商用空地。尼克站在路边，双手交叉放在头顶，看着那片地方。

"哎，"莉莎叹了口气说道，"诺尔还真没开玩笑！"

曾几何时，那里有一个仓库。

　　差不多四百平方米的空间就这么没了。芮恩对空间的需求本也不大，大型的打捞物都是直接丢到交易中心去，所以仓库中倒是放了很多小型打捞物，另外还设有一个工作区域，一间她的办公室，配有非常昂贵的伯纳德 MK2 保险柜，里面放着小不点儿做的"火灵号"所在地的星图投影的副本。

　　不过就算花大价钱买了这个全银河最安全的保险柜之一，也没起什么作用，人家直接用飞船把整个仓库都吊走了，偷走了里面的一切。

　　芮恩看着 ONI 走后留下的地基，想着她寻找父亲之路恐怕也走到了尽头。

　　还有她的工作和营生也是如此。

　　尼克放下手，踢着路边的小石子，看着它们滚下山丘，"这也太扯了，他们怎么能拿走所有的东西。"

　　"他们已经这么做了，尼克。"芮恩说。

　　莉莎从卡车尾上跳下，一只手搭在她弟弟的肩上，一起看着那片空地。芮恩知道他们正在接受现实。在仓库中存了不可替代的重要物品的，可不止她一人。

　　尼克挪动了下肩膀，摆脱了莉莎的手，"他们怎么能这么蛮横？他们以为自己是谁？"

　　"他们认为自己在保卫全人类。"莉莎说道，把双手插进了衣兜里。

　　尼克转过身，"你怎么知道？他们才不关心人类，他们只关心谁说了算。ONI 干这些是因为他们可以。谁拳头大谁说了算。他们才不会关心我们这些人。"

"我不是在帮他们说话,"她皱着眉回道,"我的东西也都没有了,你知道的。"

"噢,你丢的是毛衣针和洋娃娃吧?多大点儿事。"

莉莎伤心地说:"不是,我——尼克……我们从阿莱里亚星带出来的所有东西都没有了。"

尼克摇摇头,看得出来他不想和他的姐姐吵架,但是他的情绪太强烈,已然控制不住自己。"我们有什么好带走的,莉莎!我们离开阿莱里亚星就带了一包破衣服。那种生活没有一丁点儿值得保留的东西。一点儿也没有。"

她瞪大眼睛,显得很受伤,用力眨了几次眼,努力不哭出来,"里面有妈妈的东西,她的毯子和她的——"

他翻了个白眼,"噢,得了吧。你又从来没见过她,莉莎。庇护所的那些人塞给你的那堆东西可能属于任何人。别人告诉你你就信了,是因为你希望那是真的。不然我们怎么连姓什么都不知道?因为没有人知道我们的父母是谁!"

他们针锋相对,芮恩坐在车的后挡板上,准备在有必要时介入。莉莎嘴唇抿紧,她圆圆的脸庞面无血色,看起来受到了很大的伤害。突然,她一把推向尼克胸口,把他推得一个趔趄,仰面倒地。尼克看着她愤愤地离去,翻身坐了起来,表情交杂着气愤、后悔和受伤,想要叫她回来,但话到嘴边又没说出口。

他干脆放弃了，又躺回满是尘土的地上，发出一声无可奈何的呻吟。

拉姆一直坐在芮恩身旁一言不发地剔着指甲，这时他开口道："你要我去找她回来吗？"

"不用，让她冷静一会儿吧。"芮恩朝他淡淡一笑，"我打赌你加入我们的时候没想到会有今天？老话怎么说来着？许愿需谨慎？"

"这个嘛，我当时只是想转移下注意力来着……"他的冷幽默在他黑色的眼睛旁挤出一道笑纹。他眼角有许多笑纹，是他乐观天性的永久证据。

芮恩看着莉莎越走越远，深深地叹了口气。她跳下车斗，走到尼克身旁，俯视着地上的他。尼克感觉到她的视线，移开挡在脸上的手，说道："如果你想要说教一番，还是免了。"

"我可不敢想。"

"是吗，你有哪天没教训我。让我就这样待着吧。我决定到死就待在这里了。"

噢，老天。她踢了踢他的鞋底。"起来了。"他皱着眉头，她又踢了踢他，"起来，去把你姐姐叫回来，我们还有工作要做。"

三十分钟后，他们齐坐在新泰恩城市中心的一个热闹的小酒馆角落的桌子旁。气氛严肃。尼克和莉莎互不搭理，拉姆对此无所适从，所以干脆也不发一言。服务生离开之后，芮恩手伸进她夹克的包里，取出了那个小型核心，把它放在了桌上。

现在所有人的注意力都被她吸引过来了。

"现在情况是这样。ONI 得到了残骸带的坐标。我们说话这会儿，他们要么已经抓住了盖克·拉尔，要么是在残骸带那儿交火中。他们得到了小不点儿。"她深吸一口气，"而且他们还没收了所有关于我父亲和'火灵号'的视频和星图投影。他们不只卷走了我们在这里的仓库，而是所有的一切，包括我们全部的银行账户。我们手里一个筹码都没了，所有的努力都付之东流。"

芮恩停下来，留时间给其余三人消化她刚才的话。数秒之后才又继续。

"咱们接下来这么做。尼克，你去机场和诺尔的人会合，然后用她的软件和窃听器扫除设备对飞船做全面检查。从头到尾检查一遍。确认清理干净之后，再做一遍。莉莎，你去联系小鸟酒吧的劳斯，请他把这个核心快速出手。他喜欢你，你让他做的，无论多困难他都肯定能办到。收益的一半用作补给，燃料、食物和水等。我要'黑桃 A 号'都塞满。"莉莎点头答应，然后拿起桌上的核心。接着芮恩转向了拉姆。

"拉姆……"她开口道，"我不知道接下来会发生什么，或者我们的结局会如何……如果你想退出，我完全理解——"

他举起一只手，接过话道："我不会一看到事情变糟就弃船离开的。我加入的时候就知道我们正在躲 ONI。当然，后来事情发展是有些出乎意料。"他说着，脸上带着并不在意的笑容，"但是我现在是你的船员。我不会离开的。而且盖克·拉尔还逍遥法外。我随时听候你的差遣。"

芮恩感激地朝他点了点头，"好吧。"她清了清喉咙，"你拿另一半卖核心的钱去买新的星图，因为我们删除了原来那个；然后，你帮尼克搞到破解这个所需的设备，就是这个东西……"

她手伸进夹克的另一个兜里，取出那副他们改造过的手套摊在桌上，"我一直戴着它，直到我们离开 ONI 的巡猎舰。"

尼克瞪大了眼睛，坐得更直了，"等等，你在 ONI 飞船上也用了它？"

"是的。如果扫描仪里有任何有用的信息，我向你保证，我们会用它夺回我们的生活。我们还没出局呢。"

第十一章

五天之后，"黑桃 A 号"，威尼西亚星轨道。

尼克将两份文件拍在起居舱正中的桌子上——芮恩的面前。她正在那里吃着早餐——一碗热气腾腾的米饭加新鲜的布里永鸡蛋，都是他们刚从新泰恩城的市场上买来的。"好了，都在这里了。"他说道，"小不点儿的些微成果，这本来可以成就一段梦幻般的合作的。"他发出一声重重的叹息。

拉姆从观测屏前的椅子上转过来，一副旧式的眼镜从头上滑到鼻梁上。莉莎双手端着早餐碗，身体靠在取餐台一侧，用带着歉意的眼神看着她的弟弟。

尼克一屁股坐在芮恩旁边的椅子上，完全侵入了她的私人空间。他用一根手指点着她面前的文档，说道："这是盖克·拉尔的通信器数据，这一大份是在云屋星上抓你的那个 ONI 大个儿的通信数据。"

芮恩抬头看着他，嘴里还包着食物，问道："你都看过了吗？"

他朝她挑了挑眉，好像是在说"这还用问吗"，然后他说道："快看，盖克·拉尔的最后一则报告很有料。"他语气里带着讽刺，"他对赢得拍卖志在必得，这是他和一个名叫朱尔穆达玛的老兄大段大段关于信仰问题的瞎扯淡。买了收割者后，他计划前往残骸带去挖掘，吧啦吧啦，什么厉害的武器，吧啦吧啦，然后又是赞美星盟前途一片光明的老一套说辞。不过这个，"他说道，指着下一份的报告，"这才是头奖。"

芮恩擦干净嘴巴，先把碗推到一旁，然后把文件拖到面前看起来。尼克在一旁兴奋难耐。

"那位抓你的大个子是位斯巴达战士，"他兴奋地抢着说道，"一个活生生的斯巴达战士。我是说，这样就说得通了，对吧？我想那位女士也一样——关于她扛着我穿过运河的事情，我瞬间感觉好太多了。不管怎么说，你说对了。他们的船是一艘巡猎舰，叫作'金牛角号'。我只找到这一张照片。这部分是关于某个求救信号的报告，然后这是一道命令，要求他们拿下残骸带后进行调查，以及在附近寻找你父亲的飞船。"他指着文件说着，"显然他们认为这个信号可能和 2554 年发生的事件有关，这个事件在文档中被涂黑了。"他指着其中一句说："看这里——'行动需要极为谨慎。高价值资产。收容协议 BKW-112……控制通往该地点的通道。不要靠近……'他们甚至通过跃迁空间往这个地区送过去一个通信卫星，用来封锁求救信号，防止任何靠近的船只收到。"

拉姆摘下眼镜，专心听尼克的解说。莉莎也同样认真地听着。

芮恩拿起文档，说道："所以他们是在保护自己的资产不被找到……有戏。"

"对吧？我想的是，在他们忙于对付盖克·拉尔，还有占领我们的残骸带的当口——这些混账东西——我们可以趁机进行一个小小的搜救任务。这个地方肯定有什么有价值的东西。"

莉莎上前一步，接话道："然后我们和他们做笔交易，把我们的东西都换回来。"

"没错。"尼克说。

"我们可以神不知鬼不觉地去做，"拉姆加入了他们的讨论，"能给我看看吗？"

芮恩把报告往他的方向推了过去。

他又戴上眼镜，边看边说道："伊比库斯星系，大约两到三周的行程吧。"他把星系名字输入到嵌在桌面的数据板中。桌上浮现出该星系的全息图。这是一个单星系统的星系，有四颗行星，外围是一个很大的小行星带。"信号是从这颗行星发出的，"他指着一颗小的、最靠近恒星的沙黄色星球说道，"名叫吉兰诺斯 A 星。是颗无人行星。重力为 0.679 个地球引力，我们能应付得来。就是大气太稀薄了。"

"我们时间还充裕，对吧？"莉莎问道，"你们怎么看？ONI

先要飞往残骸带，将其封占，再到吉兰诺斯 A 星……"

ONI 的巡猎舰虽然比"黑桃 A 号"更快，但他们应该有充足的时间……然而，芮恩并不想操之过急，或者立马拍板行动。吉兰诺斯 A 星上的东西很可能不是他们能碰的，但如果不去亲眼瞧瞧也无法定夺。

"事情不是我们挑起的。"尼克说道，他见芮恩犹豫不决，以为她想要放弃。

"ONI 不会知道是我们动了他们的资产。"莉莎说道，"我们只要想想办法，在他们察觉前把事情搞定就行。"

芮恩考虑着他们的话。他们是可以前往那里进行打捞，如果有困在那儿的人也可以一并救了，然后在"金牛角号"到达之前溜之大吉，接着只需要等段时间，把打捞回来的东西往诺尔那里一扔就行了。毫无疑问，如果吉兰诺斯 A 星上的东西真像看起来那么重要，ONI 自然会主动联系，到那个时候，芮恩就可以开价，要他们把之前收缴的东西都还回来，还要赔偿所有给他们造成的麻烦。如果计划成功的话。

"那么，"她开口道，"我们拿到东西后，怎么阻止他们再次强行抢夺我们的战利品？他们要是派斯巴达战士来抓我们或诺尔的话，我们没有丝毫胜算。"

起居舱陷入了沉默。

"他们大概率不敢触怒威尼西亚星的民兵组织，"拉姆说道，"那等于是向边境殖民地宣战。"

诺尔的交易中心之所以能存续, 是因为她运作在威尼西亚星和 UNSC 的打捞法规的夹缝地带。如果 ONI 无视自己定下的规则, 袭击了交易中心的话, 他们将触怒许多极为危险且武装精良的集团, 因为他们的物资来源都依赖着诺尔。

芮恩想要小不点儿的星图投影, 想要她父亲的视频文件, 想要回她的信用点, 而且她想连莉莎的毯子都他妈要回来。

然而, 她还在犹豫。

一些事情随着卡德的离去改变了。从现在起, 他将一直是影响她决策的重要因素。所有那些被偷走的东西, 无论意义如何, 都不值得为之再牺牲任何一个船员。

芮恩抬起头来, 看到了大家眼中的理解。他们都知道她在想什么, 都没有说话。

终于莉莎第一个开口了, 这让芮恩有点吃惊, 因为莉莎一般是她的船员里较为谨慎的那一个。"那, 我们可以只去那里看看, 应该没问题吧……我是说, 我们是拾荒者嘛。"

"普世原则是, 我们在法律上有义务响应求救信号。"拉姆补充了一句, 一根手指在嘴唇上点着, 陷入沉思, "我们只是响应一艘飞船的求救信号, 帮助任何可能的幸存者。我们是去提供帮助的, 只是——既然都到那儿了, 自然要顺便把他们的高价值资产也一起解救出来。"

"把它叫作一次探索任务吧。"尼克说道。

虽然芮恩担心风险太大, 但她也知道, 如果这次成功了, 很可能让他们占据上风。

船员们意见达成了统一，只等她的答复。

除了报复 ONI，那里可能除了高价值资产外还会有别的发现。她这也是以其人之道还施 ONI 彼身。如果能借着这次机会让 ONI 尝到这些年来对拾荒者恣意妄为的后果，就太痛快了。至少，芮恩不会否认，让哈恩那自以为是的表情垮掉，会多么令她满足。

"我们需要一个跃迁计划，还有那个行星以及所在星系的完整星图。"芮恩说道。

莉莎嘴角扬了起来，拉姆点头表示肯定，尼克开始摩拳擦掌。芮恩从桌旁站起，环视"黑桃 A 号"的全体船员，笑道："让咱们干回老本行吧！"

第十二章

行星当地时间三年后。

分类和解析我人格以及我身体行为模式的工作都接近完成。记忆安放在了合适的地方，大部分过往的记忆都分门别类地放到了对应的分区，以供随时调取：

我在艾德泰陵星的一生。

我和先行者，和新星与智库长，和人类的莱瑟、雯伊芙娜、嘉穆尔帕等人一起的时光。

担任 04 特区 ① 的监守者的漫长时光。

千年分隔之后与现代人类灾难性地重逢。

当然，鸿沟总是有的，近来尤甚。伤害已经造成，有些事物亦已消逝。

---

① 04 特区（Installation 04），04 特区之战（Battle of Installation 04）又称"光环事件"（Halo Event）的发生地，这场战斗成了人类与星盟战争的转折点，并最终导致了朝圣之旅的开始。

而事物存续与否并不依照我的意志改变。

我常常回想过去，思考我是谁，我是什么，我将成为什么。

正确与错误的决定之间，界限是模糊的。它们相会相交，就像星路——始终处于变化之中，不断延伸、交织，无论目所能及还是遥不可见的事物，都被它们影响着。

我用一个独立的窥视程序，沿着过往的记忆探访一段古老的历史。然而即便是独立的程序，也并不能减轻情感上的冲击——悔恨、骄傲、失去，还有那场先行者与洪魔的大战最后的恐怖景象，以及我在其中扮演的角色。

我曾为保卫者——我在短暂的时间里协助过智库长，出色地完成了我的工作。

我曾为破坏者——我在担任监守者期间，同样忠于职守。

我曾是契卡斯。

我曾是 343 罪恶火花。

现在我是什么？

旧身份已不再合适，因为我已经改变。

少于以往，又多于以往。

我用合金构成的双手垫在我的金属脑袋下，仰躺在巨大的“卢比孔号”的残骸上，这是一截从沙地里冒出来的船尾外壳。是个适合研究群星，或单纯享受星空的地方。这里没有月亮，也没有光污染，这儿的晚上能让我看到太空深处。

我弯起一条腿——把我那只尚好的脚踝插进沙里固定

住——享受着这个夜晚,就像许多人一样,看着星空,让回忆冲刷着我。

还有一些零散的片段要拼接,被隔断的空白要合并。

我有时候会混淆事情发生的顺序,但我发现如果不刻意厘清,这些记忆反而会本能地归到正确的位置。

这需要大量的练习——放空,让思考进程慢下来。

让我的思绪自己游走。

我还是契卡斯时没有这样的经历,那时我也有身体和心,不过我的时间都用在发呆、分神和不知所谓的各种追求上了。

但现在,我看着群星,让记忆碎片自己漂流和安置,我开始拥抱这已被遗忘的、生为人类才有的特质了,沉浸在回忆中,漫游和感受。当然了,我这具战斗扈从的身体是什么都感觉不到的。除非我模拟出我认为正确的反应从外部施以刺激。

我也正是这样做的。已经是家常便饭了。

我大笑、我高歌、我悲伤、我哭泣。我让悲伤按照我人类特征库中记录的那样冲刷着我。

十万年是一段很长的时间,可供缅怀过去,追忆老友。

我正在成为什么?

某种……某个……自由的人。

能够自由地选择。

我的自由,是一种奢侈,一种基本的权利,还是一种负担呢?

我哼唱起来。

这是我最喜欢的功能。震动流转在我升过级的声带中，我的全身充满旋律。

我记得，我曾经有段时间非常渴望能再次成为人类。不过现在，我开始明白，生而为人，不只是简单的生理上的细胞、肌肉和骨头，这些之上还有意识，而这一部分，是我——就在说话的此时——拥有的。

我并不想有人类的身体，至少现在不想。

这个形态已经足够我实现我的夙愿。

一颗流星闪了闪，尾巴在漆黑的太空中划过，转瞬即逝，好似不曾来过。没了。那就是人类生命的长度，耀眼而无声地盛开，眨眼之间，便没了动静。

不过，世间还有其他东西能永久地存在，历久弥新，无视自然的法则，拒绝被遗忘。

所以，我并不孤单。

第十三章

2557年6月，沃伊镇设施内，肯尼亚，非洲，地球。

安娜贝尔·理查兹，ONI特种作战部前任指挥官，现任"书虫计划"项目主任，正快步走过一段人工走廊。走廊光洁的白色墙壁、地面和天花板的背后，是长达数公里的光纤、线缆和逆向工程后连接的先行者科技——一个精心编排的迷宫，用于困陷、搅乱和从根本上截断某个人工智能和银河中其他所有事物的联系。

这里说的可不是什么普通的人工智能。

这个设施的设计和建造都是针对一个极其危险、难以捉摸的心智。

如果他们能找到他的话。

如果真有什么东西可找的话。

不久前，当安娜贝尔收到消息，得知ONI所属的研究船UNSC"卢比孔号"在失踪三年之后，竟从伊比库斯星系的一颗无人行星发出求救信号时,惊得一屁股坐回椅子上,一脸震惊地看着那封最高机密的信函——由于太过惊讶,设施中的 AI 弗格森甚至出现在了她的桌上,向她发出医疗提醒,告诉她她的血压陡增。

情报源自数周之前,一艘货船接收到一个微弱的求救信号,因为信号指向一艘军用飞船,船长就将信息转发给了当局。安娜贝尔在收到报告之后,立即接手了过来。只是消息来的时机真是再糟糕不过,她的部队外出演习去了,不过她在那个星域找到一艘离目标很近的 ONI 飞船——"金牛角号",遂命令他们在完成自己当前的任务后,替她守住那里。

她给"金牛角号"的任务是在抵达吉兰诺斯 A 星后,守在行星轨道上,不得以任何形式联系地面或前往。万一罪恶火花还和"卢比孔号"一起的话,必须谨慎处理。

现在她的部队结束演习从泰坦星回来了,安娜贝尔感觉稍微有了一点儿底。

此时,安娜贝尔已来到走廊尽头,正在通过电梯的安全检查手续,她思绪万千。他们期待这样的突破已久,在她尚短的任职时间中,她曾多次想过,如果这一年半的努力和准备都白费了怎么办。

"书虫计划"或许终于可以履行它为之诞生的职责了——对上古先行者的监守者 343 罪恶火花进行问询、审讯和研究。

"书虫计划"的根本源自 ONI 得到的两份高度机密的重要

文献。一份是雨果·巴顿和他的研究团队于2554年春在护盾世界玛瑙星上发现的，被称作《新星纪要》的文献。这是一份古老的先行者的证言，详细阐述了先行者与洪魔战争中的主要势力，还有光环阵列向全银河发射的始末。另一份是2555年下半年从深空回收的一份漂流数据。这份资料里有一部自传，推定是343罪恶火花给"卢比孔号"上的船员的，这份文献印证了《新星纪要》中提到的那些事件。

这一发现之后不久，便有了"书虫计划"。

这两份文献提供了有关先行者社会的大量信息——他们的习俗、生物学信息、阶级、技术和历史——还有他们最后对抗的洪魔的情报。洪魔这种无情又充满侵略性的寄生生物，它们唯一的目的就是侵蚀银河系中所有的智慧生命。

约十万年前，先行者在与洪魔的战争中最后一搏，制造了光环——一种超大型环状武器，数个光环一同发射可毁灭银河系中所有的智慧生物，究其本质，是消灭洪魔的食物以饿死洪魔，将一切归零。相应的，银河系外有方舟待命，等洪魔灭绝之后向全银河系重新播撒生命的种子。

安娜贝尔作为项目负责人的工作是将信息打散到各个部门，不让他人知道项目的全貌，同时调度资源找到罪恶火花，研究他，判明他所说的那些令人震惊的事情是否可信。

ONI已经对罪恶火花的说法做了数十种解读，并且将它们交给ONI的多个先进的统计型AI——这些统计机器人唯一的功能就是根据文本分析来预测可能性和伤亡数量——其中有些问题文本中没有答案，有些事情说不通，还要为各种可能性做预案。

他们从先行者的文献和其惊人的技术中学到了很多东西。许多研究员迫不及待地想要研究这位监守者，想知道他是怎么存活了这么长时间，却完全没有陷入癫狂的。如能找到答案，或许可以延长人类的聪慧型 AI 的寿命。

但安娜贝尔的感受有所不同。先行者的每个监守者、每艘船还有每种技术，都是危险的，这一点无一例外。它们都是需要管制起来的武器。光环和方舟造成的死亡，以及星盟战争中和战后造成的死亡，都是天文数字。

她曾参与两年前的"遥远风暴"行动，目睹了脱离管束的癫狂 AI 所能造成的毁灭和破坏。即使在先行者自己的故事中，AI 落入敌手，也会酿成大祸。

电梯即将到达地面，上面修建有机场、两个机库和一个通信塔，还有工作人员的宿舍。安娜贝尔深吸一口气，挺直了腰身，把上装拉扯平整，然后将一缕散落的红发别在了它原本所在的耳后。

电梯抵达地面，门滑了开来，属于她的宁静一隅就此消失。停机坪人来人往，嘈杂吵闹。安娜贝尔跨出电梯，泥土和青草的香味混合着飞船的燃料味和废气味迎面袭来。一阵炎热的热带草原大风刮来，将她的头发吹乱。"妈的。"她暗自责怪自己的健忘，从制服口袋里拿出一个小发箍，快速地把头发固定回原位，然后穿过停机坪，来到一艘巨大的、棱角分明的日蚀级巡猎舰——"妖月初升号"旁。

一个穿着黑色飞行服的健美身姿出现在战舰巨大的黑翼之下。此人正是"妖月初升号"的舰长。他是个高大威武、戎马一生的老兵，军功章足够排到百米开外，他参与机密任务的徽章甚至还要更多。他黑色的头发如同他的战舰一样漆黑，只是两鬓处已开始泛白，安娜贝尔觉得这点让他气质独特。

"霍利尔舰长，演习怎么样？"

霍利尔舰长抬起一只手，护着她走到离飞船远一点的地方，好避开它强力的引擎发出的轰鸣声。他身后的机库被伊比库斯星系之行所需的补给品塞得满满当当。

等他们走到了不用扯着嗓子说话的地方，他给了她一个职业式的微笑，说道："演习很成功，主任。"

安娜贝尔一直无法习惯这个称呼。她的军衔本来是和舰长同级的，但负责这个项目期间她的头衔变成了"主任"，她每次听到都觉得刺耳。

"装备都装船了，"霍利尔继续道，"我们正在装载补给，完成后我们就可以出发了。"

"你收到简报了吧？"

"是的，长官。弗格森在我们回程时向我们汇报了。"

虽然这个计划的信息被分割得极为零散，但霍利尔掌握的信息足够他很好地完成他的任务——前往调查信号源，带回一个先行者 AI 的任何相关残余以供研究。"收容舱呢？"

"工作正常。"

"很好，它的重要性无须我再强调了。"

他们就这次任务讨论过许多次，也进行过多次试验、演习和模拟，为各种情况都做了预案。虽然安娜贝尔对霍利尔还有他的小队信心十足，但她仍然需要百分之百的保障。

"是的，长官，不用再强调了。"他语气没有任何起伏地回答道，而她也越发感谢他的镇定、风度还有理解。"我们准备好了。很快我们就会把你需要的资产打包好带回来的。"

"说到做到。"

他朝她干练地点了点头，然后转身离去。

"舰长？"她叫住他。他停下来，转过身，"在外面注意安全。"

他点头，然后向他的飞船走去。她的心上就像压了一块巨石，这块巨石无疑将一直压着她，直到他们归来。

"妖月初升号"上的资产回收小组一共六名成员，安娜贝尔习惯称呼他们为"AR 小组"。他们背上背着行李袋，阔步穿过停机坪，与霍利尔会合后排成一列，看起来已做好万全的准备。他们的飞行服上都织有一个肩章，肩章为黑底，其上图案是一头嗥叫的白狼。飞行服上没有胸牌，没有军衔，只印着"嗥叫者"，与战舰和舰长的名字相呼应[1]。

---

① 霍利尔（Hollier）与嗥叫者（howler）英文相近。

　　霍利尔的这支队伍的人员都是安娜贝尔精心挑选的, 而且在多年以前就组建好了。候选人是来自 UNSC 各个特种部队的精英, 还有 ONI 德尔塔六师的候选人池。每个队员都极为擅长回收资产和先行者器物, 这项工作要求的技能广泛——侦察、正面交锋、非常规作战和反侦察等等。他们还接受了来自外星技术逆向工程与原型设计部门 (REAP-X) 和外星物料研究群 (XEG) 的专家的培训, 培训囊括了辨识、破解和处置先行者技术、器物, 并学习了外星技术和逆向工程的最新研究成果。

　　简而言之, 他们是受过高级训练的作战人员, 是能深入任何敌对星球和环境的、高效的先行者遗物猎人。他们是一个合作无间的小队, 经过之前多个项目的不断打磨, 在极为严酷的环境中积累了丰富的经验以面对各种高风险和极端情况。

　　除了这六名 AR 组员和舰长, 另外还有两个支援人员: 一个创伤军医和一个名为 "忒亚" 的 AI, 这个聪慧型人工智能掌握有 "书虫计划" 的全部信息。

　　飞船的装卸踏板开始关闭, 安娜贝尔默默地为此行的成功祈祷。这次任务绝不能失败。如果找到罪恶火花时他还完好, 而她的小队收容失败……如果他企图像夺取 "卢比孔号" 一样控制 "妖月初升号", 飞船将启动不可撤销的自毁程序。ONI 可不想让这个不受控制的 AI 开着一艘巡猎舰全银河系乱闯。

　　队员们明白这个风险。但他们不是普通人, 甚至不是普通的士兵。他们相信自己所受的训练和自己的能力。他们虽然有不同的背景，但都有一个关键的共同点：他们没有羁绊、没有家人，没有人牵挂他们是否回来；还有，最重要的是，没人影响他们的判断、阻碍他们完成手上的任务。他们唯一的羁绊是任务、队友和安娜贝尔。再无其他。

或许以这样的标准来组建团队是很糟糕的，但"遥远风暴"行动中，方舟上牺牲的人们，还有家园舰队在肯尼亚抵御从方舟传送来的猎犬级圣堂防卫者时承受的巨大伤亡，都深深印在安娜贝尔的眼里和心里。她永远忘不了从方舟回来后，这片草原满目疮痍、伤者遍地的景象。

肩负重任，将他人的命运握在手中，在那时并不容易，现在也是如此。重重呼出一口气后，她穿过停机坪，前往和"书虫计划"的首席外星考古学家威廉·伊克巴尔约好的地方与他碰面。"博士，"她向他打招呼，"来为他们送行吗？"

"妖月初升号"正准备升空，推进器喷向地面的气流吹乱了他灰白的头发。片刻间，黑色的战舰动了，在空中稳稳地上升。

"上帝保佑他们。"博士说道，双手塞在黄褐色裤子的兜里，从厚实的镜片后看着巡猎舰加速上升然后一飞冲天。他其实不需要戴眼镜，如今科技都这么发达了，不过就像许多学者一样，他将之作为一种传统保留着。

她开口想询问他准备的情况，他知道她要问什么，说道："别担心，安娜贝尔。我们都准备好了。所有团队随时待命。"

安娜贝尔看向夜幕降临中的天空。现在他们只有"卢比孔号"的应答机代号和坐标,博士他们没有什么可做的。也不知道飞船是否坠毁,有没有幸存者,罪恶火花是还和他们在一起,还是已经被破坏或早就跑了。

"你还在担心。"威廉说道,用他那做研究的眼神看着她。

"我当然很担心。你也看了统计机器人的评估。你知道有可能——如果他还活着,如果他还在吉兰诺斯 A 星上和'卢比孔号'待在一起,可能他本意就是如此。你读过他写的自传,你我都知道他在追寻什么——或者'谁'。他想来地球,威廉。我敢肯定,而且我还敢说他不想以阶下囚的身份前来。"

罪恶火花可能是整个银河系中最危险和最特别的存在之一。

"好吧,我们很快就会知道了。"

威廉捏了捏她的肩,道:"如果他来了,收容舱会关押他的,安娜贝尔。我们从'无畏圣目'的失败中学到很多。我们准备好了。"

可能吧。希望如此。"那统计机器人的分析呢?"

"怎么了?"

"罪恶火花的故事——你还同意他们的结论吗?"

"是的。343 罪恶火花是一个不可靠的叙述者,他讲述那些事情的动机不明。"

不幸的是,她的看法和他一致。只有神才知道他的真正动机。

第十四章

2557 年 6 月 8 日，UNSC "金牛角号"，科林斯·普莱尔星系残骸带。

有了芮恩·弗吉的残损 AI 的配合，"金牛角号"无惊无险地来到了残骸带。如果进展顺利，他们或许还能擒获朱尔穆达玛的副指挥官——盖克·拉尔和他新买的收割者。阿波罗火力小组组长诺瓦克已下定决心，要将这个圣赫利指挥官彻底除去。

卡拉舰长站在战术桌前，看着无人机传回来的影像，此刻它们悬停在 037 号观测点的低空，这里的岩石中有一个大型先行者构造体。就在无人机刚开始结成坐标网格队形时，诺瓦克看到岩石表面有什么东西，"看着像是战斗装甲。土耳其，你能放大点吗？"

其中一架无人机下降，画面放大了些。"那肯定是 UNSC 的装甲。"卡拉舰长也看清了。

证据越多越好，诺瓦克想着。无人机记录下地点，然后继续搜索其他的。他们已经知道——多亏从小不点儿那里得来的情报（小不点儿是"黑桃 A 号"的船员给这个打捞回来的残损 AI 取的名字）——"火灵号"曾经到过这个先行者的星球。"这是一个护盾世界，包罗万物。"那个 AI 如此说道。

诺瓦克未曾预料到这个残损 AI 还有如此令人震惊的情报。他们看到了约翰·弗吉中士的任务过程录像，见证了红队和圣赫利精英间的战斗……然后他们了解到这艘飞船击败星盟并毁灭了护盾世界的来龙去脉。

诺瓦克和舰桥上其他人一起看了这些影像，很长一段时间都没人说话。弗吉最后的任务意义非凡，充满英雄壮举和传奇经历。他的牺牲和其他船员所做的一切，很有可能拯救了全人类。如果星盟掌握了先行者留在护盾世界的舰队，还有这个世界的技术，战争早已在眨眼之间结束。

这一发现为搜索这艘消失的战舰带来了新的突破。他们现在知道为什么这艘战舰迟迟没有返航。用跃迁空间引擎炸护盾世界这招很天才，但也让"火灵号"失去了空间跳跃的能力。所以他们只能在未知深空中漂流。一万一千个勇敢的灵魂，他们可能到了任何地方，可能在某个行星着陆，可以一直处于冷冻状态……

在"火灵号"的船员们做了如此大的贡献和牺牲后，他们的状态让诺瓦克难以安心。他想着他们可能还在某处，期待着救援，还有他那些红队的斯巴达弟兄，也于任务中失踪……

诺瓦克来到观测屏前，看着残骸带，它的规模，还有"火灵号"的壮举，脑海中响起芮恩·弗吉说过的那些话。

她说得对。他们确实有愧于她。二十六年了，他们都没能带"火灵号"回家。

无人机持续不断地工作着，扫描、记录、取样。卡拉舰长也来到观测屏前，"斯巴达，你怎么看？你认为他们还在某处吗？"

他在脑海里又过了一遍从小不点儿那里得来的影像，想到了芮恩的父亲。诺瓦克出于兴趣看过他的档案，没错，有些经历是惊险刺激，但在这些故事背后的，是一个地道的陆战队队员，他总能完成任务。诺瓦克知道他女儿的性格和傲气是来自哪里了。

他曾经也是一名陆战队队员，因此他不想夺走芮恩的回忆。

见鬼，他也不喜欢这么多年后仍然将"火灵号"的相关情报对其家属保密的政策，但这也不是他能左右的。

"是的，我相信他们还在某处。"他回答道。他们一定要在。

"土耳其，计算得怎么样了？"舰长问道。

"残损 AI 的路径投影是准确的。我在拿它和可用的先行者星图做比对，把速度、时间等因素算进去——舰长。"他暂停下来，声音中多了一分警惕，"有架无人机记录到洪魔感染的证据……正在收集样本。"土耳其看向太空，他正命令无人机编队飞往残骸带的多个观测点。他们将录像、拍摄高分辨率照片和采集样本。这样雨果·巴顿和他的团队可以用这些资料来判断是否能在残骸带设立研究设施。

忽然，一阵突如其来的警报响彻整个舰桥。"舰长，有敌人接近！"土耳其说道。

"投到屏幕上。全员进入作战状态。"

"金牛角号"大范围扫描残骸带时发现了一个小型的星盟战斗群。"金牛角号"是一艘巡猎舰，主要用途为执行秘密侦察和侵入，虽然技术先进且机动性高，但并没有配备对付战斗群所需的火力。

"进行规避动作。"卡拉命令道，语调中带着一丝不情愿，"斯巴达，你们是否可以牵制住他们，给我们足够时间回收无人机，并且安置一个他们无法侦测的信标？"

"没问题。"他按下阿波罗火力小组组内通信频道的按钮，"阿波罗小组，准备。五分钟内到部署舱集合。"他转向土耳其道："让技师们把阔剑战机准备好。"

"正在做。"

诺瓦克大步流星地从舰桥赶往部署甲板，与其余两位队员——亚当·赛拉和妲奈尔·瑞德会合，他们同为斯巴达四型战士，是一个月前调来"金牛角号"的。阿波罗火力小组是专项小组，没有固定成员，根据任务需要召集和调换成员。所以被派到阿波罗火力小组的斯巴达战士都有很高的适应能力，能快速适应队伍和任何情况。三人立即开始了作业,数分钟后,三道闪光从巡猎舰射出,已和敌人的战斗群交上了火。

敌方飞船原地不动,其中一艘驱逐舰派出了两架炽天使战机迎战。

眨眼之间,星盟战机已经咬住了诺瓦克的尾巴。他操纵着F-41型阔剑战机往右侧躲闪,加速躲入一座飘在太空中的巨大山体的下方,当他从山体的另一端飞出来时,瑞德从他三点钟方向靠近,待他飞到安全范围,她立即轰击山体,一阵碎石雨砸向后面紧追不舍的炽天使战机,令它撞毁在一块凸起的山石上,距离刚才诺瓦克飞过的地方仅有几米远。赛拉也在这期间将另一架炽天使战机引走。

当诺瓦克从残骸带的一个巨大岛屿上方飞过时,清楚地看到地面上先行者的遗迹和星盟的活动。他立即通过通信器说道:"舰长,你看到了吗?"地面上匍匐着一个像甲虫一样的庞然大物,正在对着岩石地面发射高能等离子射线,正是那辆收割者。高温扬起大股的浓烟,其中的余烬星星点点地发着光。

"是的,斯巴达。"

"好吧,现在我们知道为什么船队不来追击了。"赛拉在通信器中说道。

"他们在保护挖掘点。"瑞德又提醒道,"诺瓦克,你的六点钟方向有一架敌机,而且好像他们又派出了两架。"

"我来对付他。"炽天使战机紧随诺瓦克,两发等离子炮射出, 他操纵战机侧身闪过, 差点就被打中机翼。他驾驶阔剑战机飞进一个巨大的先行者遗迹的裂缝中, 这个遗迹有轨道防御平台那么大, 表面还覆盖着大片经过改造的地表, 里层的金属结构也透过断面暴露在外。

尽管有着层层障碍, 炽天使战机仍然紧咬着诺瓦克, 两架战机在岩石与金属中纠缠不休。

该死, 真是难缠。

这时通信器里传来了土耳其的声音:"无人机已回收, 信标也安置好了。阿波罗小组, 你们可以回来了。"

"可恶, 我才热好身呢。"瑞德说道, 忙于应付身后的炽天使战机。

"好了, 你们听到了吧。"诺瓦克笑道,"阿波罗小组, 让我们做了这些软脚虾。"

第十五章

"黑桃 A 号"，通往伊比库斯星系的跃迁空间中。

太空旅行最无聊的部分，在尼克看来，就属跃迁空间了。沿途没有风景，也没有站点可停，只有和他在聊天室的朋友、在威尼西亚星上的那班朋友偶尔能聊上几句。而且船长一般会利用这段时间让他们修理或清理些什么，要不就是分类打捞回来的东西。不过现在他们的储藏室空空如也，能做的事情也只有保洁了。

所以自打他们离开威尼西亚星后，日子就变成了这样的单调循环：起床、健身、洗澡、吃饭、保洁、睡觉……

雪上加霜的是，他和莉莎还没和好，飞船里哪里都有卡德的影子，而尼克又失去了他所有的工作成果，这些东西通常本可以让旅途变得不那么难过。

他穿上飞行服，往脸上拍了些水，接着刷了牙，用手指梳理了下乱糟糟的头发，从小镜子里看着自己疲惫的脸。他挠了挠下巴上长得过长的胡子,知道他是该刮胡子了,不过他实在太累,或者懒,或者生气,不想去管——他也不确定是哪种。

ONI 的混蛋入侵了他的私人空间,带走了所有东西,他的笔记、项目和模型,他的文件和研究……他工作台上的东西全被清空了。

但他最想念的还是小不点儿,还有他和小不点儿一起本可能做到的那些事……

和那个残损 AI 一起时,他曾感受到真正的技术的伟大,可惜就像神话中的生物一样,如梦幻泡影。

特工们唯一没有夺走的是他的记忆。尼克记得小不点儿告诉他的每个故事,他残余的核心里闪过的每一段往事,每一种技术。令人震惊的传说,难以置信的信息,光怪陆离的事物,美妙惊艳的事物……还有,天啊,尼克从小不点儿那里学到了太多东西!

他的眼神定格在了自己钉在工作站上方的那些照片上。他惊讶于 ONI 没有收走它们,当然他很高兴他们没有这么做。照片墙上都是他爱的人,都是抓拍的照片,照片的场景大多数是飞船上、拾荒地点和沿途的 R&R 站点 [①]。

有那么一小段时间,他们是一个快乐的集体——喧哗吵闹又快乐的家庭——也是他想象中家的模样。

[①] R&R 站点,(Rest &Relax Stop),是为星际航行中的飞船提供燃料补给和维修服务的休息站。

卡德在那片残骸带牺牲了，为的是什么？

小不点儿在的时候，尼克可以用和它一起去做的各种惊世之举来安慰自己，那些惠及全银河系、全世界的平民和所有困于不公平的世界的、被无良政客和暴徒们控制的弱小者的事情。这些想象可以让卡德的死更为崇高，或者被赋予更深的意义。这让他好过点儿。

真是蠢透了。无论怎样他都没办法好过的。

卡德·麦克多诺是尼克遇见的所有人中唯一一个不会利用他、打骂他或者无视他的人。尼克从他身上学会了坚强、能干，明白忠诚并不需要通过灌输恐怖来实现。他曾多次试探卡德，想考验他是不是和阿莱里亚星的其他人一样。

他曾经不敢去相信卡德。然而随着时间流逝，他开始相信，卡德不是装出来的。卡德从不说自己是哪种人——他会通过自己的言行让你知道。

该死，他太想念他了。

尼克揉了揉眼里的泪水，又看了眼墙上的那些照片，走出了房间。

他不知道自己的父母是谁，也没机会知道。芮恩和卡德是他认识的人中最可称为父母的人了，卡德的死灼烧着他的心。是啊，他把一部分的气撒了在莉莎身上，谁叫她老是抓着过去不放呢，那样的过去哪里值得她这样在乎，她应该为曾经陪伴在他们身旁、关心他们的那个人的逝去伤心才对啊。

他本来不想去想的,但现在拜跃迁空间和 ONI 的特工们所赐,他的脑袋也没别的东西可想。

他讨厌做保洁、健身,还有莉莎给飞船的娱乐系统编的那些全息节目。他不喜欢自己对姐姐说的那些话,也不知道怎么去修补那些话造成的罅隙。他又一次走进起居舱,看到她和拉姆又在玩那个倒霉的圣赫利棋,好像他们都不觉得有什么,他真想大声叫喊。

他在健身房外站定,看了看墙上的系统面板,还要在跃迁空间里待八天。他不知道怎么才能挺过去。

太空旅行最棒的部分,在莉莎看来,就属跃迁空间了。

她喜欢它的宁静,有时间洗衣服、整理房间、研究星图和导航技巧,或织、或涂、或染五颜六色的发段,加到自己毛燥的金发里。

此时她正坐在自己的床上,用老旧的紫外线喷涂笔往自己的脚趾甲上涂着最喜欢的蔚蓝色。突如其来的一阵悲伤,使她停止了动作。不久之前,她最喜欢做的事情中还可以加上"和卡德练习格斗"。这是"黑桃 A 号"每次进入跃迁空间后他们的固定节目。

因为卡德,她更强了,也更自信,有时候能够打赢身形大自己两倍的男人。

他是很好的老师——沉着冷静、放松自然，他会先给她展示不同的动作和技巧，再告诉她它们背后的原理，让作为新手的她也很容易理解。她知道怎么不择手段地打架，卡德并没有批评她的打法，也没有让她觉得这种打法下作，而是在她会的东西之上教了她许多能让她更上一层楼的东西。他从来都不会让她觉得自己过去的那些经历一文不值——恰恰相反，他让她觉得自己能做到任何事，成为任何人。

她觉得他是完美无缺的。他也当得起。

莉莎了解自己，知道自己心里有一处空白，那里本来应该装着爸爸和妈妈……或者是任何真正关心她的人。芮恩和卡德填补了那处空白。莉莎没想到如此之快地失去了其中一个人，她甚至完全没想过会发生这种事。

现在卡德已经不在了，她不太知道经历这样的别离应该做何反应。

显然，和弟弟吵架是其中一种反应。

指甲涂完了，她眨眨眼，仰面躺回床上，看着天花板。上面画了一幅旧的星图。说来奇怪，她没想到自己会如此喜爱太空和游历。在遇到芮恩之前，莉莎的人生目标都是在地面上——沙漠化的故乡、干涸的大地。但她也梦想过和尼克一起寻找父母，赚良心钱过日子……

她自嘲地翻个白眼——真是痴人说梦。

阿莱里亚星上哪里有什么良心钱可赚。

尼克说得对。他们在庇护所得来的那些小东西根本不知道来历。那些东西里有毯子、尼克婴儿时期穿的衣服、曾绑着她一头鬈发的丝带，还有一只她戴着已经不合适的廉价金属手镯。她为这些东西编织的温情联系，是没有事实根据的。

她弟弟终于把这件事挑明了。

在很短的时间里，莉莎生命中出现了一位父亲般的人，但一眨眼又从她生命中消失了。虽然短暂如斯，但那刺痛来时，仍让她忘却呼吸。

她弟弟如今不再需要或想要她的保护了。

她假想的过往也被 ONI 夺走了。

她不再了解以前的自己，她好想所有东西都回到以前那样。但近来，她内心深处传来一个微弱的声音，让她放手，不要再紧紧抓着过去不放……

但如果她真的放手了，她到底还剩下些什么呢？

要像芮恩那样，尽管希望渺茫，但仍然一心只想着找爸爸吗？弟弟已经长大了，她可以不管了吗？

还有，如果连卡德都会死，说明"黑桃 A 号"不像她想的那样安全。

以前还在阿莱里亚星的时候，她最大的愿望就是留在这艘飞船上。那时的尼克跟她正相反，他要求下船，好回到他熟悉的生活。他说船长和卡德是粗人，很讨厌和他们同船。但现在莉莎可以肯定的是，离开"黑桃 A 号"根本就不在他的考虑范围之内。

真是时过境迁。

那她想离开吗？

她重重地叹了一口气，坐了起来。老实说她也不知道。

第十六章

2557 年 6 月，"黑桃 A 号"，伊比库斯星系。

"黑桃 A 号"的警报系统响起的时候，芮恩正好在舰桥上。她怕吵醒船员们，于是马上关闭了警报，坐在椅子上，身体感受着从跃迁空间出来的轻微推拉感。她快速看了一眼超光速引擎的状态，显示一切运作良好——理当如此，她花了那么多钱。

"黑桃 A 号"的速度降到了亚光速，远方少许的星星点缀在观测屏上。芮恩唤出伊比库斯星系的星图，操作导航软件定位了在该星系的目的地。偏航不多。他们离吉兰诺斯 A 星只有几小时航程。"真是个好姑娘，黑桃 A。"她喃喃道，把修正航线录入进了导航系统。

各方面都考虑周全了，这是一次出色的跳跃。

芮恩坐在椅子上放松了下来，目不聚焦地看着眼前的屏幕。这些天她都没睡过一回完整的觉，每次只睡几个小时就醒了。

　　拉姆显然也是如此。他来到舰桥，上身穿着 T 恤，下半身穿宽松的睡裤，头发散落到肩上，手上拿着两杯卡斯巴咖啡——真是一掷千金啊，从近地殖民地的贡星引进到这里，进口税都高得惊人，但确实对得起它的价格。

　　他递给她一杯咖啡，然后走到导航面板处输入了几个命令。"就快到了。"他轻声说道，屁股靠坐在控制面板上，透过观测屏看着星空，一边啜着咖啡，"有时候觉得难以置信……我们是多么渺小，又在如此巨大的空间里游走。"

　　有许多人受不了这个，无法在太空中生活。如果你不是个经验丰富的太空旅行者，无尽的空旷、极度的孤独可能会让你产生极大的压力，如果你不堪重负，将慢慢陷入疯狂。她在"哈康号"上时就见过，那时他们在宇宙中漂流，时间长达数月之久，食物也要耗光了，所见之处没有一颗行星……卡德就——

　　打住。她现在不想进入回忆的隧道，于是把注意力转向拉姆的上衣兜里冒出一截的香烟上。自从她在云屋星见到他起，都没有看到他抽烟，"你什么时候抽上那东西了？"

　　他耸耸肩道："想要戒了。我只是每过一会儿就闻闻它的味道。"

　　"你知道我们有戒烟贴的吧？"

　　他忽略了她的取笑，接着耸了耸肩说道："算我老派吧。我在找盖克·拉尔通信器的扫描报告。"他转移了话题，"从他话语中感觉他认为残骸带里有什么很重要的东西。他提到要用它来对付我们,对我们来个致命一击。我觉得他说的是地球。"

芮恩抽出座椅下的脚,抿了一口咖啡,"如果他认为能到那里,还能做出点什么的话,他不会犹豫的。就算他到了地球,也要过家园舰队那关才行。"

拉姆思索片刻,说道:"除非内部有人帮他。地球上的外星难民营的人口逐年增加。也不知道要怎样才能从中剪除心怀不轨的人。"

有道理。

见鬼,连难民都不安全。"坊间传言,星盟效忠派要报复叛逃者,想树个榜样。那些地球上的难民营可能要遭殃。我们拿了东西后去找一个靠谱的通信中继,我会把盖克·拉尔的报告交给当局。"

他的注意力又回到了风景上,"豺狼人、野猪兽和铰链头曾想消灭我们,现在又在地球上安起了家。希望 ONI 发现我们的计划后,不会终身禁止我们踏上那个星球。"

"那会困扰你吗?"

他挠了挠胡子,想了想说:"不知道,没去过地球呢。"他停下来喝了口咖啡,耸耸肩,"我猜我更像是——我心中的一小部分一直很渴望回家看看。"

她笑了,笑容藏在杯子后面,"没想到你还有朝圣的情结呢。"

他白了她一眼,道:"所有殖民者都是吧,某种程度上。'我虽是云屋星人，土生土长……'"他一边笑着，一边吟出熟悉的歌词：

"但我的心中仍埋藏着渴望，

踏上沙滩和红色的平原，

踏上绿色柔软的草坪，躺下。

透过星星和岁月，遥看远方，

回家路漫长，我意已昂扬；

她唱着蓝色的歌谣，

呼唤我的心，我的灵魂，回到我真正的家。"

芮恩在心中跟着拉姆吟诵着。这些词句来自一首很著名的民歌，由早期殖民者玛丽·帕克·米德写就。这首歌在所有殖民地中传唱，是那种很容易唱的歌，学校会教，活动和节日也会唱，酒吧里人们喝高兴了也会唱，是真正的国民歌曲。人们在唱的时候都会把歌词的第一句改成自己的星球、殖民地、哨站或飞船，只要是可以称之为家的地方都行，就像拉姆唱的那样。

"地球和云屋星一样，都是家，"他承认道，"我想我们每个人都需要看看它，一次都好，你不这样认为吗？"

她真是有点想家了，不过芮恩的视角不同，她是在地球出生和长大的，和那些在殖民地长大的人感受又不一样。地球过去是，以后也会是一个特别、甚至神秘的地方。这样的地方总会有人想回来，就像拉姆这样；也总会有人想出去，另辟蹊径闯出自己的路，就像芮恩这样。

"我们抵达后，"她说道，"先把整个星系侦察一番，看看这里还有些什么东西。"

之后他们不再交谈，埋头工作。"黑桃 A 号"调整航向，穿过了星系外侧的小行星带，橙色的恒星出现在了他们视线可及的范围，接着飞船往恒星轨道上的四个行星的方向飞去。

一小时后，吉兰诺斯 A 星出现在了他们的视野中，他们也发现了 ONI 的通信卫星。芮恩让飞船在那通信卫星的范围外飞行，最后停留在高行星轨道上。

莉莎拿着两个早餐卷饼来到舰桥——谢天谢地船员中有这么一个真正做饭而不是只会加热现成食物包的人——分别递给芮恩和拉姆一份，说道："猜到你们两人已经在忙活了。就是这里了吧？看起来……挺漂亮的。"

芮恩咬了一口卷饼，咕哝着说："或许吧。"除了颜色外，芮恩觉得它很像殖民之前火星的照片。

"顺便说下，那是最后几个布里永鸡蛋了。"莉莎说道。

芮恩用另一只手操作战术桌，唤出了行星的全息图像，"这地方很贫瘠。大部分由沙和岩石构成。大气非常稀薄，不足以让任何生命存活。"

"所以我们就不用找幸存者了。"

"看情况，"拉姆嘴里塞满了食物，嘟囔着说，"发送求救信号的什么人或东西可能有足够的氧气存活到现在，如果是飞船的话，可能有还能工作的压力舱。"

莉莎旋转全息图，寻找代表信号来源的蓝点，"至少这个星球的重力小，搬东西容易。"

"尼克起来后，我们就派'米歇尔'去侦察那个通信卫星，看能不能关掉它。"

"他起来了，"莉莎回道，她的语调突然变得生硬了，"听见他在健身房的。"

芮恩望着莉莎好一会儿后说道："他不是那个意思，你知道吧？"她小心地说，"他在新泰恩城时说的那些……"

莉莎耸耸肩，"我知道的，但那不是问题的关键，不是吗？"

芮恩有种感觉，这个问题她不能或不应该回答，所以她不置可否。莉莎也没再说什么，拉姆也离开舰桥换衣服去了，芮恩吃完早餐后按下了健身房的呼叫器。

"什么事？"呼叫器那头传来尼克气喘吁吁的回应。

"你锻炼完后把'米歇尔'准备好。"

"好的。等我二十分钟。"

说话算话，尼克来到舰桥时还差点满二十分钟，胡子刮了，澡也洗了，和前几天比简直焕然一新。

"'米歇尔'已经出发了，"他说道，然后来到他的通信面板前，把影像显示在屏幕上，指挥她的移动。"米歇尔"是他们给这架无人机取的昵称，它本来是 UNSC 的间谍无人机，后来经尼克改造，有了比原来更多的功能。

通信卫星有些难找，它的外壳有哑光黑色隐形涂层，而且周长只有七十六厘米。"米歇尔"靠近并扫描了卫星。"这附近没有通信卫星网络，所以它不能传递信息，只能存储信息。"尼克说，"它一直在发射一种干扰波破坏求救信号。对通信卫星做手脚是犯法的，特别是军用和政府的卫星。我们可以不去管它，也可以破坏它，或者把它带回来，我可以回收它的零件。"他说着回头看了一眼，"我投票拆了它。"

"我们不能不管它，不能让它记录我们的活动。"芮恩说，"你能在带它回飞船之前关掉它吗？"

"你能关掉它吗？"他学舌道，他摇了摇头又回到屏幕前，"是的，我当然能关掉它……"

尼克命令"米歇尔"发射电磁脉冲，麻痹通信卫星，然后使用磁力场将卫星拖回了飞船。

"米歇尔"回到船上，空气闸关闭后，莉莎下到货舱回收了卫星，然后又派"米歇尔"飞往求救信号源做探索性的逼近飞行。

尼克引导米歇尔穿过吉兰诺斯 A 星的大气层时，莉莎回到舰桥，为他提供了考虑风力后的导航矫正参数。很快他们看到了地表，这是一片沙的海洋，大大小小的沙丘上只有少量岩石冒出头来，星星点点地点缀其上。

"有信号了。"尼克说道。

无人机靠近一堆较平整的岩石，在地面上树立起的一根天线上空悬停。沙地上有一排粗大的线缆和天线的底部连接。

"这些显然是有人特意做的，"莉莎说，"肯定有生还者。"

"或者是曾经有。我们不知道信号多久开始发射的。"芮恩说。

"我猜咱们跟着线走就行了？"尼克问，看向芮恩。在得到她的肯定后，尼克操作"米歇尔"开始沿线飞行。

无人机沿着沙丘一路来到了一处平整的谷地，从这里开始陆续出现半掩在沙中的残骸……然后一大块机身部分的残骸出现在镜头里，残骸断裂的开口处覆盖着一块褴褛的破布，在吉兰诺斯 A 星匀速的风中飘扬。"看着像是个避难所。"拉姆站在一旁说道。

"看，线缆也通往里面。"莉莎说。

"等一下，尼克，往后退点儿。"芮恩坐直了身子，"往下斜点……那里有脚印。"风沙正在将那些痕迹填满。"那里肯定有人。就是最近。拉姆，有侦测到生命信号吗？"

"没。什么都没有。"

"会不会被风干扰了？"

"没有任何迹象。"

芮恩用手指敲着椅子扶手。奇怪。不过要搞清楚那些脚印是谁的，就只有一个办法。她从椅子上站起身，有所发现的期待和兴奋让她跃跃欲试。"拉姆，你还在养伤，这里就交给你了。"

他皱眉看着她，回到他的椅子上，"我很好，弗吉。体内塞满了纳米机器人——"

"是啊, 它们正在修复你的身体, 所以你就在飞船上给我们放哨吧。莉莎和尼克和我一起下去。穿好装备, 小伙子们。"她说着拍了下手, "搬运车、剪钳、医疗包——在搞清楚情况前都带上武器。拉姆, 把我们送到这里——"她靠着战术桌, 在全息图像上指了一处位置, "在这些石头的另一边。让飞船保持启动状态, 船上武器设备也全部待命, 直到我们搞清楚打交道的是些什么样的生还者。"

拉姆坐在椅子上一边转圈一边说道: "别忘了 ONI 认为这个地方非常危险, 他们都说'行动需要极为谨慎'。记住了, 步步为营。"

她点点头, "会的。"

"黑桃 A 号"降落在了沙地上, 停在一块有岩石的沙丘后以抵御每小时二十节[①]的风速。芮恩、尼克和莉莎在货舱整装待发, 他们穿着轻便战斗服, 带着配备了氧气转换器和回收罐的面罩, 推着搬运车和一些工具。芮恩看到舱门上的绿灯亮起, 立即按下了空气闸的开关, 将装卸踏板放下。

[①] 节 (Knot) 为船和航空器的速度计量单位, 1节等于1海里/时, 也就是1.852千米/时。

从飞船下来，炎热干燥的空气裹挟着沙尘扑面而来。芮恩一脚下去，鞋子深没进细软的沙里，不过重力很小，她走起来几乎不费力。"通信检查。"她说完，等待尼克和莉莎回复。

"通信正常，船长。"莉莎回复道，然后环顾四周。

尼克刚走下飞船，跳了几下测试重力大小。"重力也没那么小，"芮恩说，"来吧，我们出发。"

他们穿过沙地，到了那个放置天线的岩石凸起的沙丘处。他们把装备留在沙丘下面，然后爬上沙丘检查天线。"至少我们可以肯定有生还者。这个东西不可能自己跑来这里。"莉莎说道，仰头望着天线。这根天线有三米多高，是用飞船的钛合金尾翼的一部分做的。

"看起来像是某种地面信号源加天线的组合。"尼克说，"这取决于下面有什么，还有线缆另一头连接的是什么东西。"

"要不要把它关掉？"莉莎问。

"是啊，关掉吧。"芮恩说。

尼克跪下来，把线缆上的沙扫走开始检查，"等等……线缆被剥开后直接接入了这根尾翼和这个信号发射板。还真是从来没见过这样的东西。直接关电源更容易些。"他回头顺着线缆望向沙丘下面。

"好吧。"芮恩说，"那咱们就下去找源头吧。"

芮恩沿着线缆慢慢在谷底走着，一边控制身旁搬运车的方向，顺便捡了一些飞船的残骸查看，看完后又扔回沙里。他们一直走到飞船坠毁的地点,才知道这是艘什么飞船。

突然一道反光映入她的眼帘,她捡起来一看,原来是玻璃,随即意识到这是沙被玻璃化了。

就她目前所见,这里实在不像有幸存者的样子。残骸四分五裂,在这样的气候条件下又过了这么久,加上周围环境,还有坠毁时足以把沙子都变成玻璃的高温,这可能吗?虽然是听闻过有人在看似不可能的情况下大难不死的故事,但就算沙子下面有一个空间有足够的氧气和压力让人残喘多年,可是食物又从哪里来呢……

"嘿。"莉莎轻轻推了下芮恩的肩膀,"看那个。"她手指向几米外的一处用石头堆起来的凸起,上面插着一块金属板,将这块地方和周围分离出来。"那是我想的那种东西吗?"

"坟墓。"芮恩盯着那里看了良久,始终感觉哪里不对。一路看到的东西都说不通。

探索继续着,她问道:"拉姆……还是没有检测到生命信号吗?"

"没有。什么都没有。"

"有能量反应吗?"

"没有。非常安静。没有东西在呼吸或移动……"

"谁不爱探索隐秘呢。"尼克明显说的是反话。

"好了,我们到坠机地点了。"本来无比巨大的机身,现在大部分要么烧毁了,要么散落各处。挂在裂缝处的布已经褴褛不堪，被风吹得上下翻飞，猎猎作响。

"事情开始让我觉得有些诡异了。"莉莎说，眼睛盯着入口和没入其中的线缆。

芮恩端起挂在肩上的步枪，"我们进去。"

她弯下腰，小心翼翼地穿过布帘，进入了残骸内部。

地面还是沙，但周围都是钛合金装甲板。

随着芮恩的深入，光线越来越暗，到后来她必须把照明打开才能看清前方。莉莎和尼克也照着做了。灯光照亮了他们前方，这处地方有点儿奇怪，有许多残骸堆放在这里。

芮恩朝一个临时拼凑的工作台走去。工作台下面用了多个储藏箱做支撑，上面放了一块长的金属板材做台面，台面上堆放了许多线缆和电线，还有一些屏幕碎裂的显示器、几块废能量核心，各种系统组件和主板。

莉莎看着桌面上放着的一堆私人物品——一条皮带、几张烧焦的照片、一把梳子、一只袜子、一个破了的白兰地酒瓶……"是的，真有点儿诡异。"

尼克捡了几个系统组件，丢到搬运车里。

"千万别碰到死人啊，"莉莎说道，她越来越怕了，"特别是那种戴着面罩，或穿着宇航服的。不是对死者不敬，只是我最怕那种了……"

"你以前不是见过的吗。"尼克说。

"是啊，但见过一次就够惨了。"她耸耸肩，"那次第一个尖叫着跑开的是你。"

"是啊，是啊。我看你记忆出毛病了。"他在一个小零件上发现一个序列号，然后输入数据库查询。

"我的记忆完全没问题。你丢下所有工具还有搬运车在草地里跑，还绊了个狗吃屎，然后爬起来继续跑，一直跑回了飞船里。我记得清清楚楚，因为太好笑了。还害我跑了两趟去帮你搬破烂，因为你不敢回去。"

"随便你怎么说。"

"你有为任何事情承担过责任吗？"她问道，一边想要去捡尼克前面的一块残骸，但尼克刚才的搜索得到一个名字，没顾上给她让路，她本来害怕的情绪很快转变成了厌烦，于是她用力地推了他一把。

"喂！能不能别闹？"

"能不能让开？"

"行啊，如果能在你有限的词汇中加个'请'的话。"

"嘿，来劲了是吧。那好，请问你为什么不直接说出你的真实想法？"

"你在说什么？"

"你觉得我是个白痴。"

"这个嘛……和我比每个人都是。"

"好了，你们两个。"芮恩开口了，她开始有些头痛。

"抱歉，船长。"尼克看着屏幕说，莉莎怒气冲冲地从他身旁走了过去，"看这个，我刚才查的那个序列号，是 UNSC'卢比孔号'上的一个零件。那是一艘科学船。等我们回到船上，可以把飞船名字输入 UNSC 的航点网络，看看能查到些什么。"

"好主意。"芮恩沿着另一端的隔墙走着，一边检查零星的残骸。突然莉莎的尖叫从耳机中传来，她立即转过身，端起步枪，只见莉莎跌跌撞撞地跑回了来，躲到她身后的一张工作台后，急急忙忙地抽出武器，指向躺在地上的一个人形的东西。

芮恩的心提到了嗓子眼，小心翼翼地上前。看到没有危险后，她伸手压下莉莎的枪，让她放低枪口，然后来到那具躺在地上的东西面前。"拉姆，你看到了吗？"她问道。

"老天。是啊，我看着的……不知道这是什么，不过我看着的。"

尼克挤到芮恩身前，蹲下身好看得更清楚，"乖乖。真是不得了！"

芮恩碰了碰那东西的金属脚。这是一个由金属部件组成的、接近人形的东西：双腿、双脚、一副身体、两只手臂、两只手、一个头，材质是某种黑色的合金。它的身体饱经风霜，有多处损伤。芮恩从来没见过这种东西。这些身体部件造型优雅，线条流畅，附近也没有任何东西显示它的来历。她不得不赞同尼克说的，这东西很不一般。不过它的头部棱角和线条看着有点像一张凶恶的人脸。

"有没有可能是个实验体？"尼克问道，"你觉得这东西值多少钱？"他用光照着它。"它看起来像个人类……然而远比我见过的东西先进。或许这是下一代斯巴达机器人战士之类的？一台原型机？"他突然转过头看着芮恩，"可能它就是 ONI 要找的资产。"

莉莎对尼克的判断不置可否，等他暂停的时候，她问道："那些东西会不会是它做的……天线、坟墓？你们觉得呢？"

他们盯着它，猜测着。莉莎可能是对的。以芮恩目前看到的这些，"卢比孔号"以非常快的速度进入大气层并坠毁，如果是人类，有可能幸存下来，在没有氧气和食物的情况下又活了这么多年一直到现在吗？

尼克把它的躯干翻了一面，以查看它的背面，"没看到能量源，也没看到有电源连着它。"

外面的布帘还在猎猎作响。沙子像细雨般淅淅沥沥地打在船壳上，风灌进走廊发出咆哮声。然而这里还是感觉太过安静。"把它装上搬运车，"芮恩吩咐尼克，"然后拆了天线。你忙的这段时间我们再看看周围。"

几个小时过去，他们把坠毁地点和周围的沙丘都探索了一遍。他们都出了一身汗，也都累了，慢慢地推着搬运车在沙地上穿行，往飞船方向走着。芮恩默默祷告，感谢幸运女神。还好这里引力小，不然他们今天可不会好过。

他们到达飞船停泊的位置，芮恩等尼克和莉莎把东西都拖上飞船后，然后按下了空气闸的开关。关好门后他们来到货舱，拉姆已经等在那里了。他还带了冷饮来。"你简直就是个圣人。谢了。"芮恩取下面罩,来不及发号施令,先喝了一大口饮料,然后才说道:"好了,孩子们,开始卸货吧。"

第十七章

他们真是迷人，这几个人类，和"卢比孔号"的那些遵守部队行事规范和保持专业距离的船员相比有很大不同。这里几乎没有规范约束，也没什么距离感。他们是情感驱动的，他们的行为忠于自己与对方的感受。

但这些又奇怪地让我感到不安。

两个较年幼的人，确定是亲属关系——从口音、外貌特征和行为举止可以看出，他们的争吵总引起周围人的关注。这个较年长的女性是他们的船长，但我感到她远远不止如此。船员们把她看作母亲、保护者和朋友。

当我被送到他们的飞船里时，我注意他们说的每一个字，做的每一个动作。我惊讶地意识到，他们是小偷、拾荒者和机会主义者。

这些都是我未曾预料到的。

我发现自己……很兴奋。

我突然有股熟悉的感觉。偷盗和机会确实是我的两个老朋友了，我也挺喜欢它们的。

看着他们吵闹、大笑和聊天，我清楚地回想起来——或许前所未有地清晰——我的过去、我作为人类的生活、我和朋友们的友谊……

我看到了许多的回忆。

我长茧的脚踩在细柔的沙滩上，棕榈叶帽子的帽檐在我眼前晃悠。我看到一双古铜色的、因工作而粗糙的手，指甲缝中还有泥，我走在丛林里，亮白的阳光透过植物在眼前闪耀。身后传来抱怨声。狩猎的喜悦、隐蔽和偷盗的快乐……

突如其来的震动把我从回忆中拉了回来，原来我的各个部位被放在了一个大的金属储物箱里。货舱周围的墙边还有好几个这样的箱子。他们搬完后，那位船长说他们还要去残骸里看看，去找一个数据核心。

他们找不到的。

他们离开了，货舱很快安静了下来。我启动了视觉组件查看周围的环境，发现附近一面舱壁上有一个系统面板。我随即启动硬光，组合好身体，然后爬出储物箱，接入了飞船的系统。

飞船上没有人类的 AI 值守，我可以不受阻碍地获取信息。信息如潮水般涌入。

关于人类和当前时代的信息以极快速度流入。数据充足、完整且多样。我发现了来自海军情报局的常见手段，该局，或者惯称的 ONI，在飞船的光纤和通信线缆中埋入了几条监听缆。我将它们拆除并欣然销毁了。

我看出最近导航和通信系统中记录被清除过，不过这并不妨碍我搜寻个人文件和信息，还有船员们的生活片段，我甚至用他们房间的屏幕作为观测口来观察他们的房间。我在代码、生活、照片和历史的涓流中自由穿行。

露希·欧芮恩·弗吉、拉姆·夏尔瓦。莉莎和尼克姐弟，没有姓氏的孤儿。

我在翻看船长的过去时，一个名称吸引了我的注意，"火灵号"，这个飞船名字在我受损的记忆大厅中回响。它就像一个鬼魂，一个模糊又突然的断片，接着它又消失了，快得无法捕捉。我不再纠结，我确定有关它的知识存在于某处，时候到了自会显现。一旦出现，我会好生引导，将它安放在它所属的地方。

我收集完所有的数据后，把注意力转向极为不完整的飞船系统。这几个人类仅靠如此底层的功能就能在太空中航行，可以说是相当厉害了。要知道有太多地方可能出错，而这样简陋的飞船极大地激发了我的保护欲。没有智仆、先进的护盾、武器和引擎，他们太脆弱了。

为了以后方便，我必须解决这些问题。

这并没有超出我在"卢比孔号"时的目标。我的飞船必须有能力远距离航行，既要快又要准。所以，升级飞船势在必行。

而且我也不想再失去任何船员了。

飞船上有足够的冷冻舱,我继续我的任务时可以把他们冻起来。虽然这不是最佳的选择。上次我想这么做的时候,结果可不怎么样。

我发现自己犹豫了。

我要三思而后行。

虽然我很想就此掌管这艘飞船的系统,不过还是退回到了储物箱中。他们马上要回来了。

第十八章

第二次残骸探查工作结束,尼克开始卸载搬运车里的东西,芮恩则在出发前做最后一次寻找数据核心的尝试。莉莎上到飞船起居舱为大家准备简餐,拉姆继续在舰桥监看芮恩的行动。

除了这个人形金属体,他们没什么别的大发现。

通常,分拣打捞物到各个箱子里的差事不是尼克的最爱,但这回他自告奋勇。他好像没办法停止和莉莎争吵,老是对他姐姐说些过分的话。

心烦意乱下,他把音乐开得很大声,直到货舱都跟着震动起来,然后开始整理搬运车中缠绕在一起的线缆和金属零件,把东西丢到对应的箱子里。整理完这些差不多花了他一小时。

他匆匆喝了一口水,看线缆整理得差不多了,于是来到装着人形物体的箱子旁。

这些金属部件出乎意料的轻,合金表面满是风沙吹袭的痕迹和凹点,或许有些是坠机时造成的。尼克把所有部件按大致人形的样子摆放好：头、身体、手臂、腿、手、脚……

他退后一步盯着地上，一边挠着下巴。部件之间没有任何连接。没有他肉眼可见的线缆、电线或内部结构。那么这个东西是怎么组合在一起的呢？

他盯着看了好一阵，然后决定去翻翻从残骸里的工作台上带回来的一些小东西。他理出一堆小型光学零件、烧坏的电路面板和更多的线缆，都堆到了他的工作台上。有一个小东西引起了他的兴趣，但这堆东西看起来都不属于那个机器人模样的构造体。

一阵比音乐还大声的金属刮擦声响起。

尼克停止了动作。真奇怪。

又一声金属的轻响从他背后传来。

一阵恶寒顺着他尾椎骨缓慢爬升，手臂上寒毛倒立，心脏狂跳。他的手摸索着关小了音乐的音量，他吓得六神无主，因为他敢发誓此刻有人站在他身后。

但那样有点儿傻，不是吗？空气闸关着的，应该没人在这里才对。他慢慢地深吸几口气，暗自祈祷刚才只是他的想象。

过了几秒，又传来一声轻轻的刮擦声，接着是一阵平滑的呜呜声。

老天，真的有东西在他背后。

尼克的手止不住地颤抖，他扫了一眼桌子，从一堆回收物中抽出一根金属条，咽了一口唾沫，心中默念了一句祷告，然后慢慢地转过身子。

该死。

那个东西站起来了。那个机器人站起来了。

肾上腺素在他皮肤下奔走，全身神经一阵阵激灵。尼克后退几步，碰到了桌子，也丢了金属条。那东西发出巨大的刮擦声，在安静的货舱里回响。

蓝色的光在饱经风霜的暗沉部件之间流转，一直延伸到头部，刻画出棱角分明的颧骨、嘴和菱形的大眼睛，一副凶神恶煞的模样。

它大概有三米高，凭空维持着它的形状，或许……是靠某种磁场？

尼克的大脑飞速转动着。它好像一直在盯着他。

他的心脏在胸腔中狂跳，他的嗓子干得冒烟。这是缺乏睡眠导致脑袋糊涂，所以产生了幻觉吗？他揉了揉眼睛，又用力眨了几下——但是那东西还在，还是盯着他看。

我猜不用去找什么缺失的零件了。

这个想法让他发出一声紧张的笑声。那个东西歪了歪头作为回应。尼克都要晕过去了。

仿佛过了好久，他才找回了声音，挤出两个有意义的字："该死！"

他又咽了口唾沫，不确定这个东西有没有知觉，但看它的样子无疑是在观察他。好吧，我们再来试试这个……"呃……

嘿?"

它的头又歪了下,然后跟着重复道:"嘿。"

"噢,天啊。"尼克长这么大从来没晕倒过,但是他很确定自己现在感觉和那一样,全身的血液都停止了流动,整个宇宙天旋地转。

虽然他很害怕,但嘴里又发出一声紧张的笑声。他的手指紧张地插进头发里,恐慌中生出一丝兴奋。"呃……好吧,"他自言自语道,"好的,那么……"他的心脏跳得很大声,他几乎听不见自己说的话。他按下了通信器按钮,然后没话找话地说:"嗯……你比我以为的要高。"

没有回应。

"好吧。行。我是尼克。你现在是在一艘叫作'黑桃 A 号'的飞船上。是我们救了你。从外面……那个地方的表面——那个行星。"

它点了点头,"向你致以谢意,尼克。"

尼克用手抹了一把脸,颤抖着呼出一口气。他不确定该做何反应,是因为太过震惊而就地晕倒呢,还是拍手狂喜。他现在的心情惊恐和惊艳参半。他从来没见过这样的东西。这东西明显是有知觉的,它的声音比他高八度,有着奇怪的共鸣音,还有点刺耳。

它动了。尼克非常确信自己可能真的要死了。

它弯下身朝他靠过去。尼克拼命往后躲,双手紧紧抓住身后的工作台稳定身形。不过那个东西越过了他, 手伸到了他背后的工作台旁的一个回收箱里, 取出了一根金属长棍。它把棍子弄直, 一头拄在地面, 像拐杖一样用它来支撑身体, 它的一条小腿被破坏了。

"你是什么东西?" 尼克放开死死抓着工作台的双手。

它又昂起了头, 透过金属部件和蓝光傲视着尼克, 说道: "我是……"

它又停下了, 要么他就是忘了, 要么难以决定。

"嘿, 没关系的——或者来点简单的问题吧。那个光是什么? 是它让你保持形体的吗?"

"先行者们管它叫'硬光'。" 它站直身体, 稍微侧过头, 好像在听声音, "你的朋友们来了。"

尼克头上响起脚踏在金属地面的踱步声。但他现在能处理的只有一个词 "先行者"。

它说了 "先行者"。

他回过头看到莉莎匆匆跑下楼梯, 然后又因眼前所见僵在中途。她一脸惊惧, 脸上全无血色, 随即端起突击步枪, 枪口从楼梯栏杆间隙伸出来。

"哇哦, 哇哦, 哇哦!" 尼克大叫着冲到那个构造体身前。他们上方, 拉姆在狭窄走道上也拿着他的重型突击步枪。

"别开枪!" 尼克吼道, "求你们!"

过了一会儿, 就在几个人似乎都不知道接下来该怎么办时,那东西再次开口说话了。

"你好,莉莎。"它朝她点了一下下巴,然后看向上方的狭窄走道,"拉姆·夏尔瓦"。

"它知道我们的名字。"尼克又惊又喜地说。他转过身再次面对它,怀着害怕与欣喜混合的异样心情。

"尼克,你干什么了?"莉莎大叫道。

"什么也没干。我发誓。"

"他说得对。"构造体说道,让尼克吃了一惊。

"尼克,让开。"是芮恩回来了。空气闸正在她身后关闭,她的头盔扔在地上,步枪已然瞄准,呼吸很是急促。她肯定是从通信器里听到了先前的动静,然后一路飞奔赶回飞船的。她正举枪瞄准它,漆黑的枪管后,眼睛闪着致命的光华。这架势将尼克的恐惧又放大了数倍。他的时间变慢了,好像没办法发出任何声音。不过接下来也不用他出声了。

"弗吉船长,"那东西在他身后说道,"我在这颗星球上等待救援已有好些时日了。我感谢你。"

船员们困惑地看着彼此,眼神都充满忧虑,也都不知道接下来该怎么做。

"不客气。"芮恩过了好一阵才回复道。

"大伙儿……"尼克终于回过神来,"我想这是个先行者。它是个先行者机器人。"

那东西发出一声仿佛捏着嗓子的怪声,引得尼克转过身来。"老天，我可不是什么机器人。"它站直了身体，"这个形态是一个狙击手级的战斗扈从。我出于必要征用了这个构造体。这不是我本身的形态，也不是我之前的形态。"

"那你原来是什么？"拉姆问道，站在上方的狭窄走道上，眼睛眯成一条线，怀疑地打量着它。

它一时没有回答。

"或许它不知道它是什么。"尼克说。

"或者这是 ONI 在那艘坠毁的飞船上制造的，"莉莎说，"他们要找的就是这个。"

这个扈从听了好像被激怒了，"海军情报局才没有足够的技术制造我，小屁孩。"

尼克的眼睛瞪大了，而且他看到芮恩也是如此。不知道他们怎么看，但他清楚地感受到了，这个东西显然是有感情的，以及它最喜欢的说话方式是: 讽刺。他想大笑出声，结果反而咬着了舌头。

"之前在地表的时候我不是有意吓你们。我被耽误了一段时间。我的飞船和上面的人类都没了……所以我要求——"

"'卢比孔号'是你的飞船？"芮恩上前一步，用枪示意尼克移开。尼克往旁边挪了挪，为在必要时跑开做好了准备，但不至于太远，如果有需要还可以再挡在扈从身前。

"不是。我只是需要它。"

"所以你劫持了它。"

"在某种意义上……"

船长的嘴紧紧闭上了。当她这副表情时，就意味着事情严重了。尼克祈祷事情不要变得一发不可收拾。

"是，还是不是？"芮恩问道，"很简单的问题。"

"那便是了，如果你坚持将我的行为下如此定义。"

"船员呢？是你杀了他们吗？"

"当然不是。"它明显惊讶和愤慨地回答道，尼克相信它。"他们是人类，我需要他们。"

"所以你绑架了他们。"

"是的，在某种意义上。我发现你的问询方式非常……讨厌。"

"你为什么绑架了他们？"

沉默。

"好吧，我来捋一捋。你偷了ONI的飞船，然后绑架了船员。然后导致了飞船坠毁。其他人都死了，就你活着。是这么回事吧？"

"是的。但坠机和他们的死非我本意。我有尽力保护他们。如我所说，我需要他们。我一获得控制权，就……挺复杂的。根据我的计算，我对此次悲剧负有62.35%的责任。"

"你怎么在坠机时幸存下来的？"尼克插话道。

"就是简单地从一个数据流转移到另外一个，在东西烧毁和破坏之前重新调整好。其中一个科学舱里有他们打捞回来的东西, 这些身体部件, 是他们从方——从回收我的地方一起带回去的。"

"天哪。原来这东西只有 62.35% 的责任呢。"拉姆在狭窄走道上坐了下来, 双脚悬空, 那把突击步枪就放在他腿上。

"我不是'这东西', 拉姆·夏尔瓦。我是……人类。和你一样。只是……远比你们高级。而且我也并不欣赏你的无礼。"

尼克的心收紧了, 又转身面朝其他船员, "它不欣赏拉姆的无礼。"他重复道, 几乎难以控制自己的兴奋。然后又转过身, 问道: "等等——你说你是人类, 是什么意思?"

第十九章

　　他们瞪着我好像我疯了或者在开玩笑,这让我感到恼火。我当然不是在开玩笑。

　　不过,疯嘛⋯⋯

　　几种情绪在我身体中——恼怒、烦闷、不耐——四下乱窜,记得的所有事情,模拟过的所有事情,它们都那么⋯⋯真实。

　　多么奇怪。

　　我猜以他们的视角看来,我是人类的说法是很不可思议的。但是,他们眼中认为可能的事情是很少、很局限的。

　　没关系,我会拓展他们的心智的。

　　这个想法令我极度愉悦。

　　我是人类,我还想再说一次。

　　我是契卡斯。

　　我是 343 罪恶火花。

　　我是先行者。智仆。战斗扈从。

　　我是吗? 或我曾经是吗?

或许这就是我矛盾的地方。

我站得笔直。

我在那颗行星上时，我已经对许多残余人格片段做了修复和合并（或抛弃）。其中有两个片段留了下来。它们就像冰与火，相互排斥，不融于彼此。我监管它们，也受它们影响，同时引导它们。

那么，我成了第三个人格吗？

另外两个人格的监管者。

我的沉思经过了一毫秒。船员们聚在一起，他们悄声商量，往我这边投来提防的目光。当然，我可以听清楚他们说的每个字。他们的猜疑和分歧对我的部署毫无帮助。

我在这头。他们在那头。我和他们不一样。我永远不会和他们一样。

当然了，我本也无意如此。

或许是朝我这边瞄着的武器，抑或是我的存在给他们造成的恐惧。

这一切都令我感到古怪地厌倦又熟悉——

我意识到战斗扈从的形态容易让人紧张。无奈，在吉兰诺斯 A 星时，我征用的这具构造体的机械细胞和智能框架之间的界面受损，我只能对这副身体做很小的调整。

"一艘飞船从跃迁空间来了，"我告诉他们，"根据他们的航向和速度，将在大约二十分钟内探测到你们。"

"你怎么知道的？"尼克问我。

"我一上船就进入了你们飞船的系统。"

"老天，又来？"弗吉船长赶快跑到附近的系统面板处。

"我建议你们立即离开这颗行星。你们火力不够，和ONI的巡猎舰对上没有胜算。"

"肯定是'金牛角号'。"莉莎说。

拉姆站了起来，"这么快？"

"再耽误下去你们连跑都跑不成了，船长。"我告诉她，"如果他们抓住了我，我不会对我的行为负责。我被囚禁得够久了，远超过你的想象。我无意伤害你们分毫。在你的飞船可预见的损伤中，我会尽力只负0%的责任。现在，拜托了，你必须撤退。"

"船长，"尼克在舱壁的系统面板处说道，"他是对的。有艘飞船正快速接近。"

"我知道，我看得见。"弗吉船长关起了装卸踏板，然后一步并作两步地跑上楼梯。飞船晃动，我不等她下令就启动了飞船的推进器。她抓住楼梯栏杆保持平衡，因为飞船在稀薄的大气层中很快上升着。她双眼喷火地看着我，"滚出我的飞船！"

"抱歉，船长。恕难从命。你决策的速度跟蜗牛一样。你浪费了时间。没有我的协助，我们会被抓的，而我不会允许再一次的延误。"

我昂起下巴，双手抱在胸前，做出不容置疑的人类姿态。

他们必须知道我言必行，行必果。

尼克惊讶又畏惧地从旁看着这场交锋，船长的脸颊因气愤而变得通红。她想要控制权。我明白。

但是，和我一样，她看重她和她船员们的自由。我凭借的也是同样的东西。最后她气恼地瞪了我一阵，知道她得认栽，知道她没什么能做的。"不要烧了我的引擎！"

"收到，弗吉船长。请抓稳了，然后准备进入跃迁空间。"

我们还没有达到行星的外气层，但我已经无法等待。我输入坐标，下令飞船原始的引擎启动跃迁空间跳跃。

"你在做什么？我们不能在这里进行跃迁！"

飞船急速上升，弗吉船长和船员各自抓牢。"我们当然可以，"我说，"这里大气稀薄，主要成分为碳，所以我们在平流层就可以安全地开启传送。"

虽然这是一艘原始的飞船，但它灵活而迅速地响应着我的要求。

之后，突然间……安静了。

我们刚进入跃迁空间，弗吉船长走上最后几阶楼梯，来到楼梯口的面板处。

"他们追来了吗？"莉莎问，她还抓着楼梯的栏杆。

"没有。"船长抓着楼上的栏杆，她的指关节发白，从她的嘴的线条来看，想必是很生气了。"你要把我们带到哪里去？"

"我已规划了一个到最近的先行者设施的航线，就在伊川星港。那里有我在接下来的旅途中需要的所有东西。现在我联系不上那里的智仆，不过也没关系。"

他们好像对我的回答感到有点蒙，更多的是震惊和怀疑。

尼克黑色的眼睛瞪得老大。我看着他，试着判断他脸上的表情是害怕还是兴奋。我得出的结论是两者都有。

无论船长是否乐意，我们都要去伊川星港。我的路线没有改变。当时，在使用方舟上其中一个逃生传送门回到银河系后，我本打算带"卢比孔号"去那里，然后对飞船使用"升级种子"以为后续旅途做好准备。但"黑桃A号"也是一样的。实际上，还要更好些。它不那么显眼、更小、更快而且掌控起来容易很多。

当然，一艘先行者的飞船更为理想，不过那会为我的计划招来过多的关注。

我在观察他们时，发现了另一种与恐惧相近的表情。

那就是他们意识到自己被困住的事实，那神情就像我小时候时抓的那些小鸟。还在马洛提克城时，我抓了好些鸟卖给街边的小贩，那么多的笼子……他们被更具智慧和更先进的存在抓住了。

他们的命运掌握在我手里。他们清楚明白地知道这点。

我不喜欢他们的表情。

这，也是我所熟悉的。

我知道被他人控制，被剥夺选择的自由是什么感觉。

如果我对这些人类做同样的事,那我不就和宣教士、大架构师,甚至智库长是一类人了吗?

他们在知道自己没有选择之后,将他们原始的武器对准了我。他们肯定知道在跃迁空间中开火可能会导致完全的毁灭,但我知道他们为了自由会不惜一切代价。

自由于他们的意义,和目前于我的意义,是一样的。

"我不会做阶下囚的。"我说道。

"我们也一样。"弗吉船长立即回道。

我在吉兰诺斯 A 星上花了三年的时间修复、解析、分类和回忆生而为人的一切。我没有忘却我的过去,没有失去作为人的感觉或为人的根本。我也没有丢弃身为 343 罪恶火花时的一切。

我还记得,而我并不喜欢我所记得的。

冷漠。无情。机器人一般呆板。孤独。

我不想再那么……冷酷……不想再来一次。

我也不想再像之前那样,失去这些人类。

"我不会也不能成为阶下囚,"我回答道,"反之我也不会囚禁你们。"

我意识到这句说辞有一定安慰作用,但也不是全然的实话。不过,我一定要找到办法让他们的目标和我的一致。

第二十章

"黑桃 A 号"，通往伊川星港的跃迁空间中。

"黑桃 A 号"虽然在跃迁空间中平稳地飞行，但飞船内芮恩内心的战争正趋于白热化。失去对飞船的控制是她的噩梦。

船舱中弥漫着紧张的气氛。她的武器一直瞄准着战斗扈从光滑的金属部件，而他也一直用发着蓝光的双眼盯着她。他说不想让任何人成为阶下囚——好一句空话，他已经渗透进了飞船的系统，开始发号施令了。

不过，芮恩对他的行为感到好奇。不管这个战斗扈从从内心受困于怎样的道德困境，从结果来看，还是偏向他们的，否则冲突将演变为一场灾难。

"你想让我们相信你，不会像夺取'卢比孔号'那样霸占我们的飞船。"她一边说，一边放下武器，从楼梯上下来。

"我承认那是我最初的打算。不过我现在明白了，如果我完全遵从我的人性，我应采取不同的策略。"他微微躬身行礼，就好像赠予了他们莫大的荣誉，"合作。"

芮恩暂停了动作。"合作。"她重复道，并未动心。

"是的。伊川星港是一个先行者的护盾世界，船长。带你去那里对我们双方都有好处。在那个星球上你可以带走飞船能装下的所有东西。那里有整支先行者的舰队供你回收。你们不正急需捞一笔吗？"

他很狡猾，她承认。

"等等。你还没回答我之前的问题呢，"尼克说，"还有刚才，你说的完全遵从你的人性是什么意思？你以前真的是人类吗？是先行者把你做成这样的，但那又怎么可能做到呢？先行者和人类不在同一个时间线上，甚至都不挨着。"

"人类的历史已湮灭于战争中，湮灭于时间长河中，湮灭于上古势力的阴谋诡计中，被你们当今社会高高在上的那群人隐瞒。我向你保证，人类确实是和先行者同期存在的。人类曾是银河中的一大势力，一个跨星系文明，有连先行者都不能完全理解的卓越之处。"

芮恩在楼梯上暂停了脚步，完全被它的话震住了，"那么，他们现在哪里去了？"

"恐怕早就消逝了。人类与先行者之间有过一场大战，他们输了。作为惩戒，文明被强制退化回狩猎采集阶段，并流放回其故乡艾德泰陵星，也就是你们说的地球。我就是生于人类被退化后的社会的人。

"我曾是人类，后来成了先行者。我见证了先行者的灭亡，我已存在了十万年，在我们亲手毁灭整个银河系之后，又等待并看着它重新焕发生机。"

"你存在……十万年了？"莉莎问，半惊半疑。

他点点头，"差不多吧，是的。"

他的话在芮恩脑袋里回响。他说的每件事都冲击着整个人类历史的根基，与他们所知的一切相悖，与所见的一切相悖。他以"本就如此"的轻松口吻说出来，让她一时不知如何是好，不知道如何回应或作何感想。不用说，其他船员同样如此。

古老而神秘的先行者文明在银河各处留下遗迹，一点点地述说早已被遗忘的过去。如果人类在十万年前就已存在，那连带会产生多少的可能性？

芮恩关了充能步枪的电源，将它挂回腰间，又顺着楼梯往上，穿过狭窄走道，越发烦闷和气愤，脑袋嗡嗡作响，她的直觉和认知生出丝丝间隙，逐渐交织拧结。

"你上哪儿去？"尼克叫住她。

她挥挥手，继续往前走。谁知道呢？她只是单纯地想要离开这里。她听到的已经够多了。

计划可不是这样的。他们应该一边四处拾荒，一边寻找她的父亲，做以前一直在做的事情，继续以前的生活，而不是卷入某种 ONI 的诡异实验，和一个以为自己是个活了亿万年的人类的疯子机器人搅在一起。

这不是她想要的。

短暂迟疑之后,船员们跟了上去,把嵩从留在原地,跟着芮恩到了起居舱。她直奔水槽上方的柜子,取出一瓶湿地甘蔗风味威士忌,抓过一个杯子给自己倒了一大杯,仰头一饮而尽,任凭炽烈的液体顺着喉咙流下。她闭着眼感受喉咙传来的烧灼和原本翻江倒海的胃里蔓延开来的暖意。

一只手从她手中夺过酒瓶,她睁开双眼,看到拉姆拿着她的杯子给自己倒了一杯。一杯下肚后,他又把酒递给了莉莎和尼克。

气氛凝重,很长一段时间里都没人说话。没人知道该说什么。

"你觉得他说的是真话吗?"终于拉姆说话了,他身体倚着厨台。

芮恩发出一声讥笑,"你是说他声称不霸占飞船?还是说他是个活了十万年的有着先行者身体的人类心智?还是他说自己是和先行者同时代的人类?还是他们把我们变成穴居人的事情?"她翻个白眼,"老天,你指哪件事。"

"我想他没理由瞎编历史。"尼克说。他坐在桌子旁,椅子两腿离地。"而且如果他想霸占飞船的话,他早就这么做了。"

"它已经这么做了。"莉莎说着一屁股坐到沙发上,"他只是态度比较好罢了,至少暂时如此。"

"而且谁敢说当我们对他没用之后,他不会杀掉我们,或者丢下我们把'黑桃 A 号'开走呢？我们不知道他有什么计划，或者他的最终目的。"芮恩说。他们只知道现在他们正前往某个先行者的护盾世界。

尼克坐正身体，摇了摇头道："你们都看得不够长远。咱们先假设他说的是实话。他可能是由人类心智构成的，但他现在是一个完好的先行者 AI。你们没看到这里面的价值吗？"

"当然。如果我们能信任他的话。"莉莎不咸不淡地说。

"他有十万年的知识，"尼克坚持道，"他很可能知道每个先行者行星、每座先行者城市和枢纽的位置；知道怎么操作遗迹和使用那些器物；知道怎么制造先行者的技术。而且他现在就要带我们去一个先行者建造的世界，我们还可以随便拿那里的东西。这不是我们梦寐以求的机会吗。"

"我原本以为我们来这里只是打捞一个数据核心呢。"芮恩喃喃地说道，又喝了一口威士忌。她用手一抹嘴，继续说："整个地球联合政府都会追着我们要这个东西的。"

"不一定。"拉姆说，"你们刚才也听他说了，'卢比孔号'坠毁之前，他还不在那扈从身体里。如果真是这样，现在没人知道那个……东西就是他。ONI 知道的是，这个 AI 在飞船坠毁时被破坏了。他们可能不知道他是否存活，或是谁发的求救信号。"

"虽然是这样，但'金牛角号'可能会在那里发现我们留下的踪迹。"莉莎说，"不管怎样，他们肯定会去坠毁地点查看，他们会发现少了许多东西。如果他们知道是我们做的，肯定会找上我们，收回所有属于他们的资产。所以无论怎样，我们现在都在他们的名单上了。"

"银河系那么大，莉莎。就算被他们盯上，我们也有一个超级 AI 站在我们这边。"尼克说。

"他站在自己那边，尼克，不是我们这边。"莉莎反击道，"他有自己的打算。"

起居舱又恢复了沉寂，只有"黑桃 A 号"的引擎的低鸣声传来。芮恩透过观测屏看向外面——空无一物，只有一片漆黑，偶尔可以看到跃迁通道外残留的星辉。牢笼始终是牢笼，无论他们在其中有多自由。那个扈从掌控了她飞船的一切，很可能现在就在听着他们的讨论。而且在跃迁空间中，她完全没有应对的办法。

"我们按兵不动，出了跃迁空间再说。"她吩咐道，"尼克，把'米歇尔'维护好。我们要去的地方可能需要它。"

他眉头皱起，"但——"

芮恩朝他使眼色。其实"米歇尔"不需要维护，它装备了很好的电磁脉冲发生器。那东西不能在飞船附近使用，但到扈从带他们去的那地方之前，芮恩需要准备周全，尤其是准备能够关掉扈从，夺回控制权的手段。

第二十一章

沃伊镇设施内，肯尼亚，非洲，地球。

安娜贝尔仰靠在办公椅上，挫败地揉着脸，尽力想要保持冷静。

一艘打捞船。天杀的打捞船。难以置信。

他们在"金牛角号"能阻止他们之前进了跃迁空间。

他们可能跑到银河系的任何地方。她真想大叫出声。

边境殖民地的机会主义者就是渣滓，UEG 的肉中刺。ONI 要不是成天给这些低贱的小偷和走私犯当保姆，完全有更重要的事情可做。银河系中发生着更大的事，远远比这更重要的事。雪上加霜的是，雨果·巴顿正来电跟她说教他的研究的重要性还有——

"——还有如果你再抽调我的部队和舰船，我将向海军情报局局长和 UNSC 最高指挥部提起正式的申诉。"

她长出一口气，说道："当前捕获 343 罪恶火花的优先级远比先行者残骸带要高。我明白'金牛角号'在你麾下，但它是离我的资产最近的飞船。如果你想告到奥斯曼那里去，悉听尊便。还有，你这么干的时候扪心自问一下，当初是谁签的你的任命书。"她叹了口气，"雨果，我没时间扯这些，如果你没有什么建设性的话要说，我们就此打住吧。"

他眨了眨眼，完全被她的犀利回应惊到了。她看到他有口难言的样子感觉无比舒畅。她做得过分了吗，不，完全不会。实际上她早就该对他的作为以牙还牙了。过去一年，她都在忍让他的贬低和说教。

由于巴顿过去几年在玛瑙星督导特里维廉研究设施的经验，以及成功发掘了《新星纪要》的经历，他自然而然地成了"书虫计划"的顾问。他和伊克巴尔博士对上古的先行者文明、器物和技术有着丰富的知识，他们浸淫其中的时间，比奥斯曼上将任命安娜贝尔主管"书虫计划"的时间久得多，在 ONI 的某些领域有最高的安全权限。

而现在巴顿可以在他的工作描述里加上"先行者器物权威"——这是个响亮的头衔，意味着所有大型先行者遗迹发掘出的东西和器物清单都会送往他的办公室，再由他分派到各个部门——这让他越发自负了。显然，掌握银河系中只有极少数人才懂的知识，是挺容易让人上头的。有时她也奇怪为什么奥斯曼不找一个有巴顿或伊克巴尔那样背景的人来管理"书虫计划"。安娜贝尔虽然曾穿过传送门到过方舟，见证了伟大、危险又发人深省的人和事。但她不具备发现《新星纪要》之前的知识，就连"卢比孔号"的存在，都是她通过了面试，得到了任命，安全权限提高后才知道的。

然后，这些知识颠覆了她的世界观。

"我的飞船已经抵达那个星系。"她耐着性子等巴顿又说教了一通，但没去听他说的内容。等他说完后，她丢给他一句："'金牛角号'的指挥权还你。狩猎愉快。"随即她便切断了通话，仰靠回椅子上，长长地出了一口气，同时她眼角余光注意到了门外的人影。

海军少校拉迪恩正站在门口。

她不知道他是刚来还是听到了整场交锋。他几乎从不流露情绪，但有那么一瞬间，她看到他的眼中闪过一丝骄傲。

"少校？"

他走进房间，"AR 小组的完整报告约在一小时内送达。"

"很好。到时候立即传过来。"

他有所犹豫，好像有更多话想说，但又决定缄口不言。他点头，微笑，出门后将门带上了。

安娜贝尔错愕地坐在那里，止不住地好奇。这是这么多年来她第一次看到他笑。

第二十二章

2557年6月20日，UNSC"金牛角号"，木星空间站，太阳系。

好像一对上芮恩·弗吉，沃特·哈恩无论走到哪里，失败就跟到哪里。就算他为雨果·巴顿拿下了残骸带和先行者AI，也改变不了这点；就算因为他的贡献，海军情报局不断取得重大进展，做的是对全银河系都有益的好事——不论全银河系认不认同，这点都不会改变。

所有的功绩，在他们进入吉兰诺斯A星大气层，看到眼前的"黑桃A号"之后都黯然失色，并被抛诸脑后了。

没人比哈恩更震惊了。

那些拾荒者究竟是怎么找到这里的，他猜都没法猜。不过他知道肯定不是偶然。

这是报复，简单又直接。

现在巴顿，当然包括"金牛角号"的全体船员，都把他看成这一结果的原因。因为他处理芮恩·弗吉有失妥当：他夺走了她太多东西。他承认，之前是对她有所不满，所以后来是过分了些。只是结果不但没有让她屈服，反而制造了一个敌人，而且是胆大包天的敌人。

当哈恩没收她父亲的纪念物和文件时，他也从斯巴达战士诺瓦克眼中读到一些东西。他当时以为自己的做法严厉和大胆，不过回头再看其实是激进和不必要的。

然而为时已晚。

他们到达吉兰诺斯 A 星不久，一艘 ONI 的黑色战舰也来了，然后接管了地表坠毁地点。哈恩不知道芮恩他们从那里带走了什么，就连可能是什么都无从得知，但他们肯定不是去那儿玩耍的。他决定要弥补自己的过失，不管他们拿走了什么，不追讨回来誓不罢休。

哈恩要做的是最大损害管制，他必须有所行动。

稍作打听，以及在土耳其的帮助下，他知道了当初将他们派往吉兰诺斯 A 星的指挥官的名字——安娜贝尔·理查兹舰长。

他在木星空间站等了足足二十四小时，才等来了他助手的好消息。"长官，她在线上了。"

哈恩在办公桌前坐得更加端正，把 ONI 的黑色制服拉伸得更平整，不带半点皱褶，然后才打开了通信屏。屏幕那头直视着他的脸和他预期的不同。安娜贝尔·理查兹身形纤瘦，中等身高，一头瀑布般顺直的红发从中间分开，其中一侧的头发别在她的耳后。他的级别是看不到她的档案的,仅仅是得到她的联系方式就困难重重,可见她在 ONI 有相当高的地位。

"哈恩探员。"她开口道,毫不掩饰她的不耐。

"是,长官。如你所知,我是'金牛角号'的违禁品稽查员——"

"是的,我知道。"她打断道,"我看了你的档案,也看了卡拉舰长的报告,都没什么帮助。你低估了你的拾荒者,哈恩探员——你使他们成了你的敌人,而你的任务是让他们为我们办事,无论他们是否意识到……或是否愿意。"她无力地看了他一眼,眼神中带着点厌烦,"除非你知道他们带着我的东西到了哪里,我看不到任何的——"

"所以他们确实拿走了什么东西。"她不置可否的表情告诉他,他逾越了。"请等等,"他见她就要挂断,连忙说道,"舰长,我现在不知道他们在哪里,但是我肯定会知道的。"

"你想说什么?"

"我是说,我可以引'黑桃 A 号'出来见面。"

她眼睛半眯,目光如炬,"现在他们可能到了银河系的任何地方。你凭什么认为你可以和他们联系上?"

"在边境殖民地探查走私交易是我的专长,长官。我很了解这方面的事。商贩和拾荒者们有一些自己的通信线路和频道。一旦有新货到、有什么私密交易或是大发现,那些人都会知晓。'黑桃 A 号'现在可能在跃迁空间,或是跑到哪个没有通信卫星的行星躲了起来,但他们不可能躲一辈子。而等他们再度现身,他们必然使用这些渠道。他们需要知道外界的情况——比如我们是不是还在找他们,他们处境是否安全。我提议我们放出一个消息,一个足够吸引他们的消息。"

"那是?"

"就说我们愿意和他们交易。我相信这是他们去吉兰诺斯 A 星的根本原因。"

"偷了 ONI 的东西然后再卖给我们?"她摇头表示不信。

"我知道这听起来很荒谬和鲁莽,但请理解——这些拾荒者行事作风和我们不同。他们对法律和军方没有半点敬畏之心。他们认为自己和我们在各方面是平等的。"

理查兹舰长看来并没有被说服。谁会偷了 ONI 的东西还想着找上门来交易……即使是只和哈恩做交易,听起来也足够荒诞的。不过在边境殖民地确实不能以常理度之。

"如果我们愿意交易,并且开出足够诱惑的条件,如此这般,他们很可能无法拒绝。"

"说清楚。"

"我们——我——依据《UNSC 打捞法》第 809.75 条,没收了船员的一些东西,包括个人财产、打捞物、银行账户,还有,该船船长持有的关于 UNSC '火灵号' 的相关情报。"

"这些我都知道了。"

"是的,当然。但他们的领导者,芮恩·弗吉船长是'火灵号'上一位船员的女儿。她找那艘船很久了,而且老实说,她比我们做得更好。我会把她的档案呈上来。我认为因为她的情感羁绊,我们若以归还她的物品、加上那艘飞船的更多情报作为筹码,对她是很有诱惑力的。"

"你明知我们没有那艘船的更多情报。"

"她又不知道。"

一道红色的柳叶眉微微挑起,理查兹盯着他看了好一阵,"与小偷和罪犯妥协虽非我的意愿,但我们选择有限,不是吗。"

哈恩忽视了她的注视,继续道:"他们会来交易的,理查兹舰长。一旦他们来了,我们就扣押他们的船,取回他们从吉兰诺斯 A 星上拿走的东西。"

"好吧,哈恩探员。把你的消息发出去。我的 AI 弗格森会用安全频道联系你的。我会帮你安排你和你的手下在木星空间站等候消息。如果他们回信,立即通知我。"

"遵命,长官。谢谢你。"

屏幕黑了下来,哈恩放松地坐在椅子上,之前他大气都不敢出,现在终于可以自由呼吸了。

芮恩·弗吉会来交易的。他很肯定。

毕竟,她的动机是复仇。只要有动机,就容易掌控,这是他从多年经验中懂得的至理。

第二十三章

沃伊镇的设施内，肯尼亚，非洲，地球。

结束了和哈恩探员的通信，安娜贝尔手指击节桌面。在收到"妖月初升号"从打捞现场传回的报告后，她一度愤懑难平，不过哈恩提出了一个不错的解决方案。如果他们能够引弗吉现身交易，或许能成功。

"弗格森？"

她办公桌上整合的全息投影台上出现了设施 AI 的形象。弗格森身材颀长挺拔，他为自己挑选了一套干练的西服，白色的正装衬衫，格纹领带，"在，理查兹主任。"

"我需要我们掌握的 UNSC 凤凰级舰船'火灵号'的全部资料。全部。包括任何非正式记录或者藏在机密文件的那些，都拿过来。"

"没问题，主任。"

引弗吉船长出来的砝码应该是至关重要的。

　　多少天了, 终于看到了点儿希望, 安娜贝尔走出办公室想呼吸点儿新鲜空气。她搭乘上通往地表的电梯, 爬上机场发电站一侧的金属楼梯, 在这个只有一层的建筑的屋顶有一个观察平台。

　　从这个地方她可以遥看疏林草原的彼端, 西面是乞力马扎罗山的朦胧身影, 东南面是新蒙巴萨城的模糊轮廓。新蒙巴萨城还在重建中, 新城离那处先行者设施也要更近些。那处设施是亿万年前, 先行者中的智库长留给人类的, 被称为"超环"的跃迁空间传送门发生器。一旦开启, 发生器将产生一个通往银河系外的传送门, 那里有集先行者技术之大成的成果之一——方舟。

　　这个直径一百一十七公里, 深嵌地表的大圆环远在一公里外都能看到, 天气好的时候还能从更远处看到。安娜贝尔亲眼见过传送门开启时的样子, 周围的电塔升到难以置信的高空, 在天上制造出惊人的电子风暴。

　　她曾穿过传送门, 去过方舟……

　　两年之后, 有时想起, 还如同昨日。

　　她将思绪从黑暗的记忆中抽离, 看着远处的干草出神。就在这里的某处, 智库长和她的同伴书记员在死之前完成了传送门的建设。

　　然而, 343 罪恶火花讲述了一个不同的结局。

　　安娜贝尔的任务之一, 是验证罪恶火花所说的是否可信。

智库长真的在光环阵列发射之后活了下来？海军情报局局长要一个确定的答案。

因为如果真是这样，他们很可能找到远比智库长本人还要伟大的宝藏。

ONI 的圣杯。

"书虫计划"不只是关于罪恶火花或智库长的计划。最终所指，都是"智域"，殊途同归。不然呢？

《新星纪要》让他们首次知道了智域的存在，一个保存了整个先行者文明的知识和经验的量子仓库。不仅如此，智域还是"他们"的造物——出自比先行者还要古老和神秘的"先驱"之手，据说容纳了千亿年的智慧和经验，从"还未有星星之时"一直到先行者的覆灭。

炎热干燥的风搅动平原的野草，吹向安娜贝尔。她皮肤白皙，日间一般不会在上面久待，但她确实很喜欢这里，特别是现在的日暮时分，大地笼罩在一片焦橙色的光晕中。

她经常想象智库长和书记员在这里等待光环的冲击波到来时，看到的又是怎样一幅景象。他们毅然决然地面对自己的命运，知道在那之后，洪魔失去食物来源必然饿死，银河系将在安全之后重新被播种生命的种子。

如果没有智库长的努力，人类可能无法存续。这位创世者搭好了舞台，做足了准备，牺牲了自己，说得上是鞠躬尽瘁。安娜贝尔无法想象，当智库长在最后一刻才得知宇宙中最宝贵的存在——智域,也将被光环阵列发射的冲击波摧毁时,有多么惶恐。这是先行者始料未及的,他们根本不知道会发生这样的事。

但当她知道此事之后,所有 ONI 的统计机器人得出的结论都是,智库长会有所行动。

那些机器人根据 ONI 掌握的有关智库长的所有信息,分析出智库长的性格特征,其中非常确定的一件事是:她会尽一切努力挽救智域。她会传信给她的丈夫,宣教士新星,希望他能修复智域受到的任何损伤,但她会将希望完全寄于他收到消息,或等他成功吗?

问题在于:她到底有没有做其他尝试?

安娜贝尔本来不是太确定,后来伊克巴尔博士和他的团队在"罗斯 – 齐格勒断层"七米之下发现了推定为智库长书记员的遗骸,她才发现了端倪。"罗斯 – 齐格勒断层"是地球上一个无化石的地质层,形成的时间和光环阵列发射的时间吻合。

后来雨果·巴顿的团队在玛瑙星上又有了关于书记员的发现,他们立即认出了发掘出的东西,并希望从中找到能佐证《新星纪要》内容的数据核心。不过他们后来在书记员的甲舱中找到的,只有一个不可辨识、扭曲的、畸形的遗骸,里面的数据核心也被侵蚀,无法读取任何资料。

他们差点就能解开智库长临终时留下的未解之谜了。正如其书记员所属的律法者阶级的自述,书记员的工作是记录、观察和见证,并将工作信息上传到律法者的网络。他本可能记录下所有——每句话、每个时刻，直到他生命的终点。

发掘点再无发现，谜团愈发神秘，因为从现场看，书记员死的时候周围没有其他人。

那智库长在哪里？她被埋藏在这片草原的某处吗，随着地层变动、洪水冲刷，不断变换着地方？

还是罪恶火花说对了？

他对"卢比孔号"上的官员说的最后几句话始终萦绕在安娜贝尔的记忆中——她早已烂熟于心：

"……你们和我在许多层面来说，都是手足……不只是因为我们都曾与宣教士对立，现在也与他为敌，以后可能还要一起对抗他。这场战争还未结束，祸患并未根除，我们联合起来是因为一件事：我们对创世者的爱。如果没有她，人类早就灭绝多次了。我和宣教士时至今日都还爱着她。"

"有人说她死了，死在地球。简直大错特错……"

"……经过我十万年的探索和研究，我知道去哪里找她。"

分析表明，罪恶火花所说的创始者就是智库长——"初光织成的生命之歌"。罪恶火花和宣教士共同敬爱的创世者，除了智库长没别人了。没有人比她更爱人类，而且在所有记录中，只有智库长一位创世者是被认为死在地球的。

安娜贝尔觉得最不解的，是他对"卢比孔号"船员说了这番话，罪恶火花想让他们知道智库长还活着。

问题是：为什么？

第二十四章

2557 年 6 月 29 日，"黑桃 A 号"，通往伊川星港的跃迁空间中。

芮恩站在战术桌前，死死地盯着跃迁空间的影像。她对扈从选择的目的地感到好奇，也对未知深感恐惧。

船员们聚集在舰桥，安静地坐在各自的位置上。无所事事地看着飞船的各个系统。他们看不出来要去哪里，因为他们在威尼西亚星上新买的地图上找不到目的地的信息。

之前他们清除了导航日志和星图，连带上面的许多标注——十来年的发现和标准星图上一般不会标注的隐藏地点——都没有了。她本来有许多备份的，不过 ONI 连她仓库都搬空了。芮恩一想到这些损失就大感心痛。东奔西走数光年的导航记录就这么没了。

不过这些对现在倒是没影响，反正扈从脑中的那个失落已久的先行者世界，不管在她以前的还是现在的星图上都不存在。

说曹操，曹操到……舰桥后的金属脚步声让芮恩脊背发毛。脚步声越来越近，最后扈从出现在了门口。他还没弯腰进门前，她只看到幽暗的走廊里浮现出透着蓝光的一双怪眼，还有装饰它颧骨和嘴部的发光线条。

他进入舰桥，站直近三米高的身体，往前跨出四步，在她的船长椅后面站定了。

除了尼克，其他人都尽量躲着他，一路上它都待在货舱，他好像也乐得如此。

船舱内响起一声低鸣，将芮恩的注意力吸引了过去，这是提醒他们飞船正离开跃迁空间。"黑桃 A 号"平顺地出了跃迁空间，驶入……一片混乱之中，不安使得她不由自主地抓住战术桌的边沿。

"这是——"

紧接着舰桥响起尖锐的警报声，"遭遇敌人！"拉姆大叫，他迅速换到另一个位子，操纵起武器系统，令"黑桃 A 号"的机关炮朝身后的两架炽天使战机开火，战机呼啸着从飞船的船头飞过。"他们掉头回来了！"

芮恩赶紧朝船长椅跑去，她知道这是哪里。"你带我们回到残骸带了！"她大叫，不愿相信这是真的。她跳上椅子后立即做出了躲避动作。"抓稳！"

炽天使战机是一种单人驾驶的、快速又灵活的战斗机。星

盟战争期间，他们装备有脉冲激光枪和等离子炮，她只有祈祷
战后这种战机的火力有所削弱，如若不然，"黑桃 A 号"只有吃
不完兜着走了。

芮恩操作飞船在岩石和金属的残骸间穿行，但炽天使战机
反制了他们的每一个动作，紧紧跟在"黑桃 A 号"的后面。炽
天使战机的火力打偏了，残骸在他们周围爆炸，飞溅到护盾和
他们飞行路线的前方。

"妈的。"芮恩骂了一声。

"船长，如果你让我控制——"

"你做得够多了。"她没时间应付扈从，以及消化她自己的
震惊，她把所有的注意力都集中在逃命上。

残骸带是由整个行星的碎屑组成的，用来捉迷藏绰绰有
余。芮恩正利用这点躲避敌人。"莉莎，帮我们找个矿穴。尼克，
把能量尽量分给护盾。"

"那里！"莉莎指着一处有着凸起的巨大岩石，凸起的下方
有一个黑色的空间，看着是个山洞。

芮恩将"黑桃 A 号"的引擎开到最大功率，领着身后的紫
色战机在满是急转弯和时而爬高时而深潜的"迷宫"中急速穿
梭。虽然好不容易甩掉了他们，但她知道只有很短的喘息时间，
很快又会被他们找到。"尼克，放一个诱饵。"

"好的，分身发射出去了，船长。那应该够他们忙的了。"

至少给"黑桃 A 号"争取到足够的时间，停到那块凸起的

岩石下，并把所有能量分配给护盾。芮恩引导飞船再回到那块岩石下方，关闭所有引擎，停在了阴影中。

随着等待时间拉长，"黑桃 A 号"原本微弱的辅助动力的低鸣声也变得越发明显。

"船长——"扈从开口道。

"嘘。"

他们一直保持安静，感觉仿佛过了好几个小时，但实际上也才过去了几分钟。看情况炽天使战机放弃了追捕，芮恩终于放开了紧紧抓住控制台的手。

她吁了一口气，她的全部注意力又转向了害他们陷入眼前境地的那个东西。扈从走运了，她还有剩余的肾上腺素支撑她酝酿已久的怒火："你疯了吗？"

他犹豫了一下，不知道如何回答这个问题，尼克插嘴道："他好像不知道——"

"尼克——"

"我闭嘴。"

扈从走到观测屏前，看着漫天的碎屑——大块的建筑碎片、塔架、支撑梁、被破坏的设施、大块的陆地——飘在眼前。"它什么时候被毁灭的？"

她才明白过来，他不知道这个曾被称为"伊川星港"的世界已经被完全破坏了。"二十六年前，"她回答道，"被我父亲的飞船。"

"'火灵号'。"他凝重地说,仍然看着观测屏,"跳跃之前我没发现其中的联系,因为你飞船上的导航记录没有相符的坐标供推理。"

"你为什么选了这个地方?"尼克问。

"我只是按'卢比孔号'的既定路线走。本来这个星港有一支无畏舰舰队和配套的船厂,那里有我需要的所有东西。但现在……"

一架炽天使战机出现在远处,一个紫色的小光点缓慢地在残骸的海洋中巡查。

芮恩看到了它发现他们的那个瞬间:它突然改变了航向,飞行速度一下从巡航转为了全速。"妈的。"她立即启动了引擎,发动"黑桃A号"的推进器,赶紧飞出了洞窟。

几秒之内,他们又回到了被追击的状态,在残骸带中穿梭,躲避浮石,撞到小的残骸,还狠狠受了几发敌人的等离子炮。"抓紧了!"芮恩看到一截短的大型金属管道,控制"黑桃A号"一个翻滚飞了进去。炽天使战机紧追不舍。"黑桃A号"扫清前方的残骸,飞出管道后立即垂直爬升,然后一个后滚翻到了星盟战机的身后。

拉姆大喝一声,炮火向炽天使战机倾泻而出。

敌方战机的护盾承受住了"黑桃A号"的攻击,"船长!"尼克回头喊道,"我收到一些奇怪的对话。干扰很大……是——等等,有消息进来。"

"放出来。"芮恩一边说道,一边操纵"黑桃 A 号"急速往右闪躲,然后像胶水一样粘在了那架炽天使战机的后面。她知道还有另一架战机正在某处伺机而动。

"我觉得这是……笑声?"尼克眉头皱起,"如果可以这么叫的话。"

混乱之中,芮恩也听见了这个声音,她的血液都凝固了。她不用看到那张烂脸都知道这是谁的笑声。这可憎又刻意的笑声少见又古怪,只有圣赫利人才发得出来,尤其是盖克·拉尔那样的圣赫利狂信者,他鄙视人类的情感和礼仪。此人此时发来消息,显然是要确保她明白他的意思。

"他在哪里?"她下令道,"莉莎,给我个位置!"

她能肯定盖克·拉尔不可能在炽天使战机上。但是他必然在附近。

"黑桃 A 号"猛冲出这片区域,然后又潜行回来,芮恩看到盖克·拉尔的战舰停在一块大型残骸上,它旁边几米之外就是正在打洞的收割者,等离子钻发出的黄色光芒将战舰照亮。

仇人相见,分外眼红。她驾驶"黑桃 A 号"回到之前的"迷宫"中。

"等等!"尼克叫道,"我收到——"他仔细地听着,脸色逐渐苍白。

"我的屏幕上全都是!"莉莎急切地回头说道,眼睛瞪得老大,"来了一个……舰队。"

难怪盖克·拉尔在嘲笑她。

战舰——现身后，他们看到一个星盟的舰队战斗群悬停在盖克·拉尔占据的那块残骸上方。

突然，另一架炽天使战机从他们上方飞过，和另一架战机会合，一齐朝舰队方向飞去。

为什么他们不开火呢？

芮恩调低了"黑桃 A 号"的推进器的功率，"尼克，有什么发现。"

"我不知道……"他边说边听着，"正在翻译中，但对话太快……"

"他们正在列阵，"莉莎说，"整个战斗群就要发动攻势了。"

"噢……见鬼。"尼克的眼睛瞪得有茶杯碟那么大。

芮恩打开了导航和通信器，眨了眨眼。这显然不对头——

"来人了！"拉姆吼道，同时一个巨大的跃迁空间传送门在残骸带外沿打开了。"多个——见鬼了。那是我们的人。"

原来星盟的战斗群列阵并不是要对付"黑桃 A 号"。他们是为更大规模的战斗做准备。

"老天！"尼克低声惊呼，看着残骸带外一个巨大的跃迁空间裂口不断扩张，一艘巨大的 UNSC 航母从中出现。

芮恩看得手臂起了一阵鸡皮疙瘩。忽然间，那片区域出现了多个传送门，又送来了一艘 UNSC 巡洋舰和三艘战舰。

"黑桃 A 号"正处在一场大型冲突的正中间。

"他们刚出跃迁空间就进入战斗状态了。"莉莎说着吞了口唾沫,"噢,天哪。核弹!"

芮恩立即采取行动,操纵"黑桃 A 号"在残骸带中穿梭。

"他们要核平这一带,"莉莎难以置信地说,"UNSC 要炸了残骸带。"

"他们要撤退了。"拉姆说。星盟战斗群已经散开,纷纷开启传送门逃命。一时间那片区域到处都是传送门。

"尼克,联系盖克·拉尔,投在屏幕上。"芮恩一边下令一边操纵"黑桃 A 号"以极限速度尽量与核弹拉开距离。

他猛地回头,"你疯了吗?"

"照做就是。"

"又有十二枚核弹发射了!"莉莎喊道。

"接通了。"尼克说。

观测屏亮起,先是白色模糊的画面,然后显现出盖克·拉尔那头一片混乱的舰桥,他的船员们急着赶在 UNSC 的核弹爆炸前起飞。一个圣赫利人困惑地看着屏幕里的他们,芮恩知道他们一定是自动接通了通信请求。她看到盖克·拉尔在背景中正大声发号施令,接着他转过身,看到了她,他的命令说到一半便戛然而止。

芮恩打量着他,眼神里带着她能发出的最大恨意和恶意,这对她来说并没有多难。她的唇线勾勒出满足的笑容,"准备下地狱去被烈焰焚身吧,你个铰链头杂种。"

她这是在报刚才的一"笑"之仇。

这个圣赫利人怒不可遏,灰白的伤疤因此扭曲,剩下的那只小圆眼睛气得要喷出火来。正当他开口要反击时,芮恩切断了通信。

接着她打开"黑桃 A 号"的后燃器,一路飙向残骸带外的星空。

撤退途中,尼克将战场影像投放到屏幕上。他们全神贯注地看着 UNSC 的大型舰队不断向残骸带各处投放核弹,同时还释放出一道火力屏障,掩护核弹飞往既定目标。

芮恩早就知道 ONI 从她那里偷了坐标之后,那个地方只可能有两个结局:要么他们占领残骸带,发掘里面的东西;要么彻底摧毁它,谁也别想染指这片上古遗产。

她猜到 ONI 没有足够的资源监测、保护和探查如此庞大的区域。那么最好的选择自然是从棋盘上抹掉它,把它轰成渣,并扰乱这片区域和矮星之间的重力。这样一来,即使有残骸从轰炸中幸免,也会被拉进恒星之中。星盟别想捞到任何有用的东西。

核弹爆炸时,盖克·拉尔的飞船都逃进了传送门中。

"震荡波靠近得很快!"拉姆叫道。

时间仿佛静止了。他们差一点儿就逃到残骸带外。此时如果进行跃迁空间传送,将连同震荡波一起带入传送门,那是非常非常糟糕的事。然而他们别无选择,只有放手一搏,这也意味着——

芮恩只听身后的扈从说了句:"糟了。"

接着,她还没来得及下令,飞船的超光速引擎就已启动,传送门在他们眼前开启。芮恩狠狠地瞪了扈从一眼。

"反应真慢。"他语带调侃地回敬,然后望向别处,接管了飞船。

"去你的!"芮恩吼道。空间在蓝色光芒中打开,他们蹿进了裂隙,连带一波核弹的震荡波随之而来。

"我建议你系好安全带。"扈从冷静地说道。此时"黑桃 A 号"被背后的力量掀起,不由自主地打转。

"稳住它!"芮恩大喊。她完全没办法控制她自己的飞船。

"黑桃 A 号"旋转着,已经很接近传送门的边界了,那是灰飞烟灭的边界。然而,不知他怎么做到的,扈从以光速般的速度应对每一次旋转,精准地调整着飞船的角度。船身剧烈抖动,随着力量的拉扯吱嘎作响。

芮恩的手指死死地抓住椅子的扶手,胆汁冲击着她的喉咙,肚子里翻江倒海,一波又一波的颠簸催人欲呕。尽管她尽力想要保持清醒,最终还是眼前一黑没了知觉。

待她醒转时,"黑桃 A 号"已经平稳地在跃迁空间中滑翔了。其他船员也醒来了,头晕目眩,脸色苍白,没比她强到哪儿去。

"船长,"扈从的声音打破了宁静,"我有个提议。"

她的呼吸还没平稳,尽可能地抬起头鄙视地望了他一眼,

"这回不管你去哪里，这是最后一次。等我们到了那里，你就立即滚下我的飞船，听见没？"

一阵眩晕袭来，她赶紧闭上双眼。她听到扈从撤离了，他的脚步声越来越小，直到最终消失。

拉姆呻吟道："你们有谁和我一样，觉得折寿了十年？"

"这将是我最后一次空着肚子进跃迁空间。"莉莎说。

尼克望着天花板，苍白的脸上有些发绿，"我好像吐了点儿在通信台上。"

芮恩又把头奔拉回椅子里，双眼紧闭，想着他们是怎么一步步走到这般境地的。

之后，芮恩久违地将冷水拍在脸上，坐在自己的船舱中，一直待到眩晕感消失。然后她走进起居舱，倒了点儿水喝，又吃了些饼干，好让胃里有点儿东西。

扈从早已站在观测屏前，像人类那样双手交叉负在身后，看着挺硌硬的。随着她踏进起居舱，那颗合金脑袋缓缓转了过来，用妖异的蓝色眼睛观察她，这一刻他的所有的人类特征都消失无踪，取而代之的是一种令人不安的非人感觉。

拉姆在厨台前，已经换了一身衣服，刚洗了澡，头发还没干，他正在捣鼓一口锅里的东西。莉莎蜷缩在她最喜欢的椅子里,捧着一杯热茶,出神地想着什么,她最近经常这样。

芮恩走向厨台时,尼克也来了,她没搭理扈从,打算看看拉姆在做什么吃的,"你知道我们有食物合成机,还有一整柜的熟食吧?"

他没理她的调侃,"有时候就是想吃自己做的饭。他在等所有人到齐。"说着下巴朝扈从点了下,"你要来点儿汤吗?"

"先不了。"她打开他头上的橱柜,"我现在只吃得下饼干。"

他给自己和两姐弟各盛了碗食物,然后他们都聚到了中心桌前。感觉挺怪的,扈从孤单地站在一旁看着他们吃饭,潜伏在暗中。

他再次夺取了飞船的控制权。

他再次向她展示,他们是他的掌中之物。

而她仍然拿他没有任何办法。

芮恩往嘴里塞了一块饼干,边嚼边盯着那东西的背看。她没有忘记他在舰桥时说的那番话。过了一阵,感觉差不多了,她说道:"好吧……我们来听听你要说什么。"

扈从松开背负的双手,但又迟疑良久,没有开口。芮恩正想叫他赶快说,不然就要回房间了的时候,它终于一瘸一拐地来到桌子的一头。

他没有任何动作,桌子中央的全息投影台自己打开了,投出一个漂亮的绿色和蓝色组成的星球——地球。显然这是很久以前,人口过剩和污染肆虐前的地球。

拉姆的表情难以猜度,但莉莎显然是被迷住了。

"好吧,我猜那是地球,"尼克说完啜了一口汤,接着道,"但它现在肯定不是这样了。"

"它曾经是的,"扈从回道,"这是十万年前的它。"他盯着投影台看了一阵。"我知道你的打算,弗吉船长。你把我带上飞船是想用我勒索海军情报局,换回你被没收的那些东西。当然,这是不可能的。我希望让你改变主意。看起来我们都与 ONI 不和,对吗?"

芮恩没有回答。

"你不相信我,"他继续道,"我也不相信你,但命运将我们绑在了一起。既然如此,我们必须互相帮助。我也无意霸占你的飞船。"

"但你这么干了,两回了。"

"为了保证我们的自由和安全,是的。还是说你宁愿在吉兰诺斯 A 星被抓,或是死在残骸带?"

他说的是有道理,但……

"你要的是你的私人物品和那个残损的智仆,为的是追查你父亲的飞船在破坏伊川星港后的去向。我会帮助你取回那些东西。"

"以此作交换的是?"

"海军情报局也拿了一些属于我的东西。"

"你想让我们帮助你从 ONI 偷东西。"

"貌似你们也不是没干过这种事。"

尼克笑了笑,"这个嘛,倒是的。我们还是在他们眼皮底下把他偷回来的。"

"你是站在哪边的?"莉莎问。

"不存在哪边,"扈从说,"我们有共同的敌人。我们之间的区别在于我有工具可以保护自己,而你们没有。只要我们到了我们的目的地,你们将会有的。"

"那是哪里?"芮恩想知道,"另一个先行者遗迹吗?"

他点头道:"为了躲避 ONI,你们需要一艘更好的飞船。"

芮恩吃惊地笑了,差点被嘴里的饼干噎着,"我才不会丢下我的飞船。"

"你也不需要如此。先行者是建造飞船的大师,当然在其他方面也是。他们同时是探索者,在银河中占领了三百万个世界。他们与其他物种和种族接触时,经常遇到技术原始的飞船,比如像你们这艘飞船。如有必要,他们会用一种叫作'设计种子'的东西,仅靠当地现有的资源就能制造他们自己的飞船。不过也有很多时候当地的资源无法满足某种飞船的设计,所以先行者又制造了'升级种子',这种设施可以升级当地的任何飞船,以硬光——或者称之为蓝印——与飞船本身的结构结合,强化原有材料,并按需调整,还可以升级飞船的组件和系统。"

"你是说我们可以保留'黑桃 A 号'的同时,获得先行者的那些'黑科技'?"尼克问,显然十分愿意。

 扈从好像不懂尼克的词汇，不过很快回过神来，接着道："不是全部，但是大多数技术是可以的。我们还需要一块晶片。居境中的每艘先行者的飞船的引擎核心里都有这个东西。有了这个，便能以很小的延迟和极高的准确度在银河系中航行。"

 "你可以把这个晶片改装到超光速引擎里吗？"拉姆问道，显然来了兴致。

 "当然。首先需要对引擎做调整。以这艘飞船的大小和引擎来说，我们只需要最小的那种晶片就可以了——"

 "不，"芮恩说着摇了摇头，"我们自己也有能力躲避ONI。你自己去搞艘飞船吧，你用不着这艘。"

 扈从想了一会儿，说道："是的。"它承认，"但我需要一艘不显眼的飞船，我还需要人类做我做不了的工作。所以你们帮助我，我帮助你们。"

 "好吧，我不知道你们怎么想，但我想要回我的东西。"尼克说，"想想以后，我们的生计。我们现在什么都做不了，除非我们能应付ONI，或者至少在需要逃的时候逃得掉，需要躲的时候躲得了。要是我们再被ONI抓住，那一切都完了。我们肯定要被送到某个黑狱，就此从世界上消失。"

 "拜托，请让我协助你们。"扈从说道，"我提供我的协助，以换取你们的协助。那不正是你们的做事方法吗，弗吉船长？达成交易？抓住机会？"

 芮恩慢慢嚼完饼干，吞下肚，然后说道："抱歉。不相信你。"

尼克张嘴想要帮着说几句,不过芮恩用眼神制止了他。

她吃完了饼干,想看看扈从接下来会怎么做。

"我希望你能听听我的故事和你们的历史,"他说道,"或许在那之后你会改变主意。这是我的唯一请求。"

全息投影台投出一幅画面,这是一个大型的原始城市,有土筑的围墙,高高的芦苇,木制的房屋,有些房子没有房顶,上面用大块的布遮挡灼热的阳光。天空中点缀着各种大小和颜色的热气球,热气球下吊着芦苇编织的篮子,里面装着各种东西,有人、食物还有动物。它们是如此之多,看来热气球是这里的常用交通工具。

"这些影像、消息、历史和记录,是留给后来者的,那些'责任之衣钵'的传承者的。它们是我记忆中故事的一部分,我将它们加到了我的证言之中,也是'卢比孔号'坠毁前我交给他们的。现在将它告诉你们,你们可以更好地了解自身的过去、现在和未来。这样你们可能会增加对我的了解,相信我并在我的旅途中协助我。"

芮恩还没来得及说她不想了解他或协助他做任何事,扈从已经离开了起居舱。不过她出于好奇,又坐回了她的椅子上,开始聆听着……

第二十五章

"黑桃 A 号",跃迁空间中。

起居舱里,时间飞快地流逝,"黑桃 A 号"的船员们全神贯注地听着一个难以置信的传奇——述说发生在人类、先行者和寄生洪魔之间的一场令人心碎的、惨烈的上古大战。一种叫作"光环"的巨大无比的终极武器既是避难所,也是消灭全银河的杀戮机器。

十万年前,银河中的所有智慧生命被动走向终结。眨眼之间……消逝于世间。闻者无不感受到那一刻的惨烈和痛苦,也同情不得不做出灭绝万物决定的先行者,他们如此绝望和无助,唯一能做的只有谋杀万亿的生命,以消灭洪魔的食物来源。

希望和悲剧透过契卡斯、新星和智库长的双眼展现在他们面前……

芮恩好不容易才接收下如此多的信息。

难以置信,崀从自称曾是这个叫"契卡斯"的人,一个先行者手下的人类，这段古老传说的参与者。契卡斯经历了如此之多，身负如此多的知识，也见证了那场战争的惨烈，他的身体也受到重创，如果不是新星救了他的意识，他早已死去。只是他不再有血与骨，成了一个名为"343罪恶火花"的机器，他的人类记忆被分割出来，大部分都被封印了。光环发射之后，成为光环世界的监守者之一，在那里等待了无数岁月。

芮恩的大脑超负荷运转，以处理所有的信息，感受其中的情感、绝望和终结。一方面，她沉浸在过去，心系一个个历史人物，以及他们面对的重重困难。她太过沉浸其中，以至于时不时泪水模糊双眼，心也为之伤痛。

但另一方面……她更喜欢数小时前的她所知的宇宙。她心中的一部分并不想知道过去，不想承受历史的重量和责任。而且她无比确定，她不想对虐从产生同情。然而，现在这一切很难做到了。

十万年前的旧事就该待在它原来的地方，但芮恩有非常不好的预感，尘封的过去或将复苏，把现在的一切都拉扯进去。这个预感让她万分恐惧。虽然她拼了命地想找到父亲，但这下她有点后悔当初发现了拉科尼亚星的信标了。

如果没有发现信标，卡德还会活着，拉姆也不会受苦。他们还会像以前一样，所有人安然无恙地继续过着拾荒者的日子，也不会有人追杀他们，或是被一个智仆人类/先行者赶着去哪里，更不会知道洪魔这样恐怖的存在……

芮恩站起来舒展了下身体,把饼干包装袋丢进壁橱。尼克说得对,扈从根本没理由仅仅为了设计他们就编这么一个错综复杂的故事。有什么用?他们就是些拾荒者,这些事都轮不上他们操心,他又何苦费这个心思。

她回转身,仔细观察了一下她的船员们。他们看起来也是大受震惊。尼克躺在沙发上,手枕在头下,看着天花板。莉莎抱着腿,蜷缩在椅子里。拉姆坐在另一把椅子上,面朝观测屏,沉浸在思索中。

桌上投影出一个光环的全息影像。

04 特区,扈从是这么叫它的。

知道了历史的真相的他们,陷得比之前更深了。这样的信息……不是他们这些普通公民应该知道的。这是那种知道之后必然被长期囚禁,甚至更糟的情报。

船员们花了好几分钟才从上古大战的混沌中回到当下。

拉姆起身活动了下脖子,然后到饮水机处倒水喝。他倚着厨台,揉着胸口说道:"我不是个轻易动感情的人,不过……妈的。"

莉莎靠着椅子一边的扶手,眼泛泪光。"那个扈从的身体里真的有一颗人类的心。"她说,"他说的是实话。我们都知道。我们都感觉得到。"

"所以,那就是了。"尼克说着坐起身,"他的打算——他想找到智库长,找到他的朋友们。"

芮恩重重地叹了一口气，"这远超我们的能力范围了，尼克。这不是我们能做的事情。这一切太可怕了，不是我们打得了的仗。我们只是拾荒者，我们仅能做到彼此守望相助。我们不会跑遍银河去纠正上古的错误，或是寻找早已死了千万年的外星人。"

"可是，他认为她还没死，"尼克争辩道，"顺便一说，这就是我们的老本行。我们天天找的就是老玩意儿——越老越好。一直以来我们飞遍银河就是为了找一艘旧飞船和你的父亲。有什么区别吗？"

"失踪 26 年的飞船和那个可不一样。"

"但做的事情不都一样吗？"

她不想承认，但他说的确实有点道理。"你呢，莉莎？"她转过话头，没有被尼克完全说服。她最不想的事就是在大家经历了情绪上的大起大落后又吵一架，"你怎么想？"

"我想我们可以先和他同行到这次的目的地。然后他完全可以自己继续去完成他的计划，我们就不参与了。"

"就知道你会怎么说。"尼克嘟囔着，手指插进头发里。

他说错话了。莉莎气得脸颊通红，眼里闪着怒火，"我为什么这样说，因为我总要看住你？因为我牺牲我的童年把你养大，为了你的安全去做违背良心的事？现在你想也不想自己的安全就要到处跑？"

同样，她也不该这样说尼克。芮恩捏着鼻梁。开始了。

"好吧, 可我从来没叫你牺牲什么," 尼克吼了回去, 声音里带着痛苦, "事情是你做的, 但你做的那些事情让我一直都很愧疚! 我能怎么办!"

莉莎泪眼婆娑, 从椅子里站起来, "你去死, 尼克。有多远滚多远。"

她如一阵风暴般跑回房间, 尼克显然想叫住他, 但没有出声, 只是双手抱着头。

"我看你还是去处理好吧。" 芮恩说。

他抬起头, 说道:"我不知道怎么处理。她把自己的选择都怪在我头上, 我能怎么修补? 我又没叫她做那些事情。"

"她不是怪你。她想让你知道她一直都只是想保护你的安全。她现在也是想保护你的安全, 你应该理解她一直以来的付出, 并且心怀感恩, 而不是表现得那些反而成了你的负担。和她聊聊吧。解开你俩间的这个结。"

"好吧。" 他不耐烦地叫道, 然后大步流星地走出了起居舱, 留下她和拉姆两个人。

芮恩揉了揉脸, 瘫在餐厅的椅子上, 她已经筋疲力尽了。她抬起头时看到拉姆正看着她, 眼角带着笑意。"怎么了?"

他笑道:"我不知道从何说起……你怎么应付得来他俩的?"

"以前要容易许多。"

"好吧, 从来就没消停过……" 她憔悴的样子让他发笑, "一直听闻你敢于做风险大的买卖，每次都能绝处逢生。我以前也一直以为是酒吧里的传言。"

"相信我，那确实只是传言。"

"你打算拿那个卮从怎么办？你认为我们能相信它——他吗？见鬼，我都不知道用什么称呼。"

"我也是。我猜是'他'吧，我觉得。眼下，我们其实没有选择。他说过他需要'卢比孔号'上的人类。不管他的计划是什么，他没办法独自完成。他需要我们，他需要我们活着。"

"听起来非常不妙啊。"

"如有必要，我们要找机会把他关了。因为他不会带着我们回地球的。"

"你认为他想去的是那里？"

"嗯，没错。你也听他说了。地球是智库长已知的最后现身地点。光环启动之后，她是没有足够的时间逃离地球的。那个卮从，之前叫'罪恶火花'的人，跟'卢比孔号'的船员说他认为她还活着。他肯定知道消息会传回ONI。那他为什么要透露他的计划？为什么要向最有可能阻止他的势力和盘托出整段历史？而且即使他们不阻止他，但先他一步找到智库长怎么办？"

拉姆仔细思索了一番，说道："你认为他故意让他们知道？你认为他在说谎？"

她点点头，又耸耸肩，不能肯定，"是，也不是。我不知道。

但如果他说的是实话，就只能求老天保佑了，因为把上古女神从墓里挖出来绝对不可能有什么好事发生。"

他们一门心思都放在扈从身上了，没办法思考其他事情。芮恩放弃继续猜测，回头到屏幕前找寻扈从的身影。他还在货舱待着。他正在整理他们从"卢比孔号"带回来的东西，她看着他忙活。他拿着的几个零件应该需要起重设备才能搬动，不过他倒是举重若轻。唯一阻碍他的是他那只坏掉的腿。

她下到货舱，坐在最后几阶楼梯上。扈从继续工作了一阵，分拣和摆弄着——为什么，她说不上来——他发现她后，停下手里的活儿盯着她看。她用手示意他休息一下。没有任何言语，他照做了，把部分身体靠在上锁了的搬运车边上，金属双手抱在胸前。

他讲述的故事改变了她对他的看法——金属与硬光，人类的记忆和经历，还有 AI，三者形成奇特的反差。

"你到底需要人类做什么呢？"她终于开口问道。

他沉默了很长一段时间，久到她不得不怀疑他是在搜寻某个可信的谎言。"如你所见所闻，智库长在人类身上所做的印记的意义和愿望是要人类继承'责任之衣钵'。她把先行者的一切都赠予了你们。所以，你们可以凭借你们的基因解锁某些遗迹，这是我做不到的。这就是为什么当我们到了璀尼尔星和之后的地球时，我需要你们。"

对芮恩来说，地球作为目的地之一并未出乎她的意料，不过璀尼尔星她是闻所未闻。"璀尼尔星是你要带我们去的先行者的星球吗？"他点头。"你跟'卢比孔号'的船员们说的故事，他们在坠毁之前有时间传回 ONI 吗？"

"有发射一个数据包裹出去。它应该是飘了很远，然后被最近的通信卫星网络捕获，最后传递回了当局。"

"所以答案是肯定的——我们知道的这些 ONI 也知道。"

"噢，他们知道的远多于此。"

芮恩没有深究他故作神秘的回答，"如果他们相信你说的，那肯定会等着你回地球。这是你想要的结果吗？"没有回答。"你这是'做贼的说梦话'。"

"'做贼的说梦话'？"

"不打自招。"

他停下来，做了个歪头思考的动作。"是这样吗？"他以满不在乎的语气反问道，"记不太起来了……"

"你就胡扯吧。"

那对大蓝眼睛盯着她看了好一阵。然后他做了一件出人意料的事。他笑了。当然了，声音很怪——是种非人类的合成声，但调子确有几分人类的感觉。"信任是种很难给予他人的东西，弗吉船长。而赢得他人的信任则更难。到了璀尼尔星你大可走人, 但我觉得你不会。"

"为什么这么说? "

"因为你和我追寻的东西是一样的。你希望找到你的父亲, 而我希望找到我的……母亲, 可以这么说吧。我们将携手共进, 先行者和人类, 就像曾经那样, 也应该继续如此。我不像你找到的那个残损 AI 小不点儿那样不完整。如果有任何人能找到你父亲的飞船, 那只能是我。这是你的愿望, 对吗? "

她认真地点了点头。

"你帮我, 弗吉船长, 帮我开启前行的道路, 而我也会投桃报李。我不希望强迫你, 或欺骗你。我只希望继续我的搜寻, 为达目的做必需的事。如果那意味着帮助你完成任务, 取回你的私人物品, 我一定会去做。"他轻笑道, "有的是时间。"

"听起来你对自己很有信心。"

"'新星'来到地球的时候, 他是一个冒险者, 一个宝藏猎人, 充满希望、对自己追寻的东西有着深切的需求和热爱。他和你一样, 无法拒绝他内心的感召。而那时的我……"

他不说话了。

"是什么? "

"一个机会主义者, 一个贼……年轻气盛, 就像尼克, 不过我承认, 我那时还远没他聪明。我受远远超越我的某种东西指引, 那时的我全然不知。我看到你和你的船员……不由自主地想到自己被剥夺的生活, 一种有冒险和友情的生活, 一种已经错过的生活。"

他归于沉默,虽然芮恩不想和他有任何瓜葛,却忍不住同情他被剥夺的生活,还有他如今的样子——饱经恐惧和磨难,一无所有,孤独一人,都在他的身上留下深深的痕迹。

货舱里一时安静下来。

"我说,"过了一会儿她打破沉寂,"对于发生在你身上的事,还有他们对你做的那些事,我很遗憾……"

他发着光的奇特眼睛看着她,良久。她猜可能从来没有人对他说过这样的话。

谁叫他拿自己年轻时候和尼克比呢,让人感觉他完全就是个人类。她不敢想象让尼克去经历那些事会是什么样子。契卡斯被宣教士绑架那阵,也就和尼克一样的年纪,被烙上印记、折磨……契卡斯看着那些"神"决定灭绝全银河的生命。他被利用、折磨、孤立,被抛弃在这漫长的岁月里……

"谢谢你,船长。"他说道,然后站起来继续刚才的工作。

芮恩看着他忙活了一阵,然后也站起身来转身离去,让他沉浸在自己过往的记忆和思绪中。

第二十六章

两天后，通往璀尼尔星的跃迁空间中。

芮恩走进起居舱，立马看到尼克和扈从靠在桌前，两个人的头几乎就要碰到一起。货舱中那次谈话之后，她就没再找过他，也没和他说过话。他花了很多时间和尼克还有莉莎待在一起，争取她的船员们——尼克自不必说，都不用他花什么力气。

她进到起居舱，尼克回头望了一眼，扈从则直起身，从桌旁退后了一步。以他的身形，在货舱里尚有余裕，但在起居舱，他三米的大个子占去不少空间。

芮恩走上前，看到桌上浮现出一个人类的全息影像。那是一个和尼克年纪相仿的年轻人，棕色皮肤、黑色眼睛，及肩的黑发，腰间系一条腰带，看着像是亚麻的，脚上穿一双动物皮制成的凉鞋。

"这是他。我们的扈从，"尼克清了清嗓子，帮着解说道，"契卡斯……先行者把他做成机器之前的样子。"

"是的，我认出来了。他的形象在他给我们讲的故事里也有。"她眉毛怀疑地一挑，朝食物合成机走去。她知道这些小伎俩的目的，看来其他人接受他也只是时间问题了。"你们在捏虚拟形象。"她说着，一边准备自己的早餐，她选了一碗即食米饭。

"这个嘛，是的，应该说是下一步吧。"尼克回答道。她取出热腾腾的米饭，撕下包装，拌了几下。"这样他就可以从飞船任何地方冒出来，不用拖着扈从身体到处走了，这么小的地方不够他塞的。无意冒犯。"他对扈从说。

"我不介意。"

芮恩最不想看到的，就是一个老古董随意地从飞船的每个全息投影台、还有系统面板里窜出来。她一边搅拌食物，一边皱眉看着扈从。他有些不一样了，但她也说不上是哪里。是面部的线条和轮廓吗……看上去没那么凶狠了，好像柔和了点儿。

拉姆穿着睡衣，睡眼迷蒙地出现在了餐厅。他朝他们咕哝了几声，对桌边发生的事情毫无兴趣，直直地走到咖啡机前。

尼克坐在桌沿，仔细研究虚拟形象，"我们要弄个合适的形象。"

"现在这个有什么问题吗？"她靠着厨台问。

"是这样，那是以前的他。契卡斯是他的前身，监守者也是他的前身。现在他是两者的结合体，有了更丰富的内涵。他需要一个新的形象——你说是吧, 火花? "

"火花? "芮恩脱口而出, 差点被一嘴的米饭噎着。

"为什么你的思想不能开放点呢? "尼克恼怒地说道。

"我思想够开放了。"

拉姆哼哼唧唧地想说什么。

芮恩扫了他一眼。她不用猜都知道这个小小的尝试是谁想出来的主意, 而且这个某人当然会拉上尼克, 叫他编程序。不过她边吃边想着——用开放的思想——这样或许也不错。

和虚拟形象打交道可比和这个外星生物面对面舒服多了。倒不是说他的体形或硬光技术, 抑或是合金身体令她不安, 最主要的还是这副身体缺少面部表情。有时候她也能读出他的情绪。比如当他对什么事物感兴趣或生气的时候, 他身体的光芒会更亮; 他的语调和身体语言也很好懂; 不过他又经常沉默不语, 芮恩完全不知道他在做什么或想什么, 或者他的情绪到底是什么状态。

而对于一个她不信任的存在来说, 他的这一特点很难让她安心。

"不, 你一点都不开放。"过了好一阵, 尼克出言否定。

芮恩再次皱起了眉头, 一丝警惕爬上心头。这可不好, 尼克全心全意地接纳扈从, 却不知道他的真实打算。他终究只是飞船上的过客。他们说好了, 一旦事情结束, 船员们和扈从就分道扬镳——如果他说话算话的话。

虽然她一直有所保留，但她不能用自己的担心去破坏尼克的好心情。自从扈从被带回飞船那天起，以前的尼克又回来了，从悲痛中走出来了。他看待所有事物总是看到好的一面，积极地拥抱各种可能性。他有了目标，有了动力。

卡德死后，他和莉莎就一直吵架，这情有可原。芮恩还有点担心卡德的死会令他们完全改变，让他们不再是原本的自己。而现在她看到了一丝希望。

"好吧。"她说道，试着接受他的新身份，但她仍要和火花划清界限。她想知道扈从的想法，于是将注意力转向他，"那——火花，是吗？"

扈从的合金脑袋点了点，在灯光的照映下闪闪发光。它的合金表面好像比刚从飞船残骸里捞出来时要顺眼些了，看着没那么残旧，以前黑中泛灰，现在则是纯正的黑色，不知道是不是因为起居舱灯光的关系。

"这个名字目前用着没问题。"他说道。

"别啊，别啊，别啊！"拉姆一边用额头顶着咖啡机，一边嚷嚷，仿佛在劝阻机器不要再出——实际上是狂喷——咖啡了。

芮恩正暗自琢磨扈从外表的变化时，莉莎抱着一筐要换洗的衣物进来了，她把篮子放到嵌入式洗衣机上面的台子上。接着她揭开洗衣机的面板把衣服一股脑丢了进去，再合上面板，选定洗衣模式，然后回过头好奇地看着聚在一起的众人。她那一头蓬乱的金发还没来得及束起，轻如云朵一般盘绕在她的头上。

"你们在干什么？"她问道，说着往中心桌走去。

"你有没有觉得他看起来不一样了？"芮恩问。

"谁，火花？"

芮恩翻了个白眼，"是啊，那个扈从。"

莉莎盯着他看了一阵。她和尼克与那个东西待在一起的时间比芮恩多得多。可能他们自己还没意识到。

"你一直在自我修复吗？"芮恩突然问他。

"他不是在自我修复。"尼克兴奋地说，双眼瞪得老大，"他是在持续地改变形态。从我们把他带上飞船开始，他就一直在这么做，一点一点地变化。"

"变化成什么样？"芮恩问，身体站直了点。

"现在是战士形态。"扈从回答道。

"但他不想看起来像个战士。"尼克说，"就是这样。"

"战斗扈从一般都有转换形态的能力。"扈从解释道，"我的合金是由金属和机械细胞组成的，它们和我的人工神经框架之间有一个连接界面，只不过那个界面现在严重受损。等我们到了璀尼尔星，我就有工具把它修好了。"

莉莎蹿进一把椅子里坐下。"我可以帮忙做虚拟形象，"她说，"捏人可是我的拿手好戏。"她将手指捏得咔咔直响，跃跃欲试地盯着浮在桌面的虚拟形象。

尼克眼睛半眯，说道："他不想用人类的外形，莉莎。"

"你不想吗?"她问扈从。

芮恩怀着好奇又矛盾的心情看着他们的交流。聪慧型 AI 如今已经随处可见了,大多数人都知道他们会展现各种情绪和偏好,发展出自己独有的人格,而且常常会选择以人类形象示人。芮恩过去和几十个 AI 打过交道,扈从和那些 AI 相比,在许多方面来说也是大同小异。他有自己的幽默感和偏好,毫无疑问,还有许多其他情绪。

但是他也是非常奇特的存在。心思深沉、难以信任。非我族类。

或许尼克做得对,虚拟形象这一步是走对了的,至少船员们与他相处会舒服很多。

"现在,我们需要确定用哪种虚拟形象。"尼克说。

芮恩吃完饭,顺便把碗也洗了。当她转过身来时,桌上悬浮的全息影像已经换成了一个新的形象。新形象几乎和扈从一模一样——不过轮廓和线条似乎要柔和一些。

"你觉得怎么样,船长?"虚拟形象开口问道,他的声音和之前的相比,明显更接近人类了。

"我觉得我们造了个怪物。"

他听了表现出一副泄气的模样。

"别啊,这可不是坏事。"莉莎马上从旁鼓励他,还瞪了芮恩一眼,尼克也一样。至少两姐弟终于站在了同一阵线。"那只是一种表达方式。你可以搜搜这个词的含义。我保证不是贬义。"

"我明白了。"扈从的虚拟形象终于说道,"不过……"他的手里出现一个银色的球体,上面有一只蓝色的单眼。这是缩小版的 343 罪恶火花的形象。"我曾经是一个怪物。"他说,盯着这个形象看了很长时间,然后球体被按进了他的胸膛消失不见,只留下一个模糊的灰黑色的轮廓。"这样可以随时提醒我自己,我曾经具备的能力,曾经犯下的罪过,还有导致的后果。"

莉莎双手撑着下巴,倚近他,给了他一个暖心的、鼓励的微笑,"好吧,我觉得这形象挺完美的。很高兴认识你,火花。"

"谢谢你,莉莎。"

拉姆从他们身边走过,没怎么看他们,边走边啜咖啡,然后说了句:"虚拟形象也好,名字也好,这都不是什么难事儿,大伙儿。"说完他便走出了起居舱。

第二十七章

确定虚拟形象后，我回到货舱继续手头的工作。我要在抵达璀尼尔星前，尽我所能升级"黑桃 A 号"的系统。我指导拉姆·查尔瓦，并用我的扈从身体协助他做一些飞船的修理以及手动升级的工作。在我忙于这些的时候，我的数个虚拟形象和其他船员待在一起。一个在尼克的桌上，我们一起升级他的无人机"米歇尔"和"戴安"；一个和莉莎聊天，我们聊了星图、导航，还有起居舱粉刷成什么颜色最好看；一个在舰桥的战术桌上，船长坐在桌旁她的椅子上，全神贯注地检查系统和物资。

我仔细地研究她的各种特征。我注意到她经常将她的黑发编成辫子，然后将它盘在颈后。今天她的辫子编得比较松，垂到了她的肩膀上。她试图表现出一副严肃、大权在握的模样，刻意保持冷静和距离感——有时候甚至过犹不及——但这些都是她的面具。她有时会在不经意地露出微笑，有时会不顾场合发出大笑，看向她的船员的眼神中总是饱含关切。

她对同伴卡德的死深感悲痛。

有几天晚上，我听见她在健身房愤怒且悲伤地踢打那些器械。我同情她。

"你的父亲，约翰·弗吉……"我开口说道。她从工作中抬起头来。

"他怎么？"

"你相信他还活着。"

她沉思了好一阵，"有时我也怀疑他可能已经不在了。我只知道，如果失踪的人换作是我，他一定会来找我，哪怕去到银河的尽头，他也绝不会放弃。"

"原谅我这么说，但你对他的了解非常少。"

"是啊。我们生命中的二十六年都没有彼此。我知道希望渺茫，毕竟找他找了这么久，但只要有一丝一毫的机会，我就一定要去试。"

这一点上，我们是一样的。她找她的父亲，我找智库长。

"那他如果死了怎么办？"我问。

"那至少我知道了真相。"

"那你会怎么做呢？"

"不知道。往前看，然后继续工作，我猜。"

"你的朋友们，你的船员，对你很重要。"

"是的。他们很重要。"她歪着头仔细看着我，猜测我会把话题引向何处，"就像你的朋友们对你也很重要一样。我肯定。"

"其实，莱瑟、雯伊芙娜和'新星'，他们早就不在世上了，已化为星尘。他们的死是很久以前的事了，但我最近又想起了他们，那种失去他们的感觉……恍如昨日。这种感觉很奇妙。"

"你真的认为智库长能让他们复活吗？"

"当然。"

芮恩咬着嘴唇，犹豫了一阵，然后说："有时候如果某人已经过世很久……我们必须放手，让他们安息。"说完她笑了，"我知道我来说这话毫无说服力，我已经寻找我的父亲二十年了。"

"你还没有明确表示我们能否共进退。你会帮我，并陪我去地球吗？"

我已经给予她充分的时间考虑。现在我必须知道答案。

"你帮我把我们的东西夺回来，我就帮你。"她说。

"那么我们说定了。"

她点头，"一言为定。"

我不再多说，她也回头工作。我继续看着她，奇怪自己为何欺骗了她而没有负罪感。

她父亲已经死了。

而我没有告诉她真相。

有时候我们必须为了正确的事行必要之恶。

第二十八章

2557 年 7 月，璀尼尔星。

　　三小时前，"黑桃 A 号"脱离了跃迁空间，调整航向，以亚光速朝璀尼尔星进发。芮恩一直渴望着的、想一睹真容的那颗蔚蓝与翠绿交织的行星，现在出现了在飞船的观测屏上，"黑桃 A 号"已进入了它的高行星轨道。

　　这颗行星是威尼西亚星的 1.5 倍大，由蔚蓝的海洋和三块绿意盎然的大陆组成。据扈从说，这颗行星形成初期，三块狭长的大陆曾是连在一起的，其上遍布火山，连绵如一个大圆环缠绕在行星表面。随着时间的流逝，圆环断裂为三截。断裂之后，火山喷发的频率逐渐降低，整片大陆的温度也随之下降，慢慢演变成了温度适宜、植被繁盛的世界，最终形成了先行者殖民的绝佳环境。

　　璀尼尔星自从先行者与洪魔的大战结束后就无人造访过。

　　随着飞船的下降，他们看到了一座座林立于绿色大地之上的城市，它们就这么空了十万年……

芮恩一直幻想夺得拾荒界的"头奖"——哪个拾荒者不想呢——但她哪能想到今天这样的阵仗。尽管从他们所在的高度俯瞰，此地美不胜收，但她心思完全不在上面，她在心底不停地提醒自己，要克制"开奖"的欲望。不管是不是"头奖"，他们都无法想象会在这里找到什么，扈从来此地的真实意图，也无法百分百确定。

尼克和莉莎已经开始用他的新名字称呼他了，而芮恩发现自己还叫不出口。对她来说，只要他一天未证明自己值得信任，他就一直是那个的扈从。他说得对，信任是要自己争取的，而现在他还没有做出任何争取信任的实际行动。璀尼尔星之行，或许就是揭晓答案之旅。

芮恩操纵"黑桃 A 号"进入近地轨道，她瞥见战术桌上扈从的新虚拟形象背对她站着，正和尼克、莉莎还有拉姆一起欣赏这颗星球。

"我们是第一批亲眼看到这个世界的人类。"他说道。

拉姆听到这句话，和芮恩对视了一眼，但没有说什么。扈从将自己视作人类有些奇怪，之前决定虚拟形象时，他曾特意表明不要人类形象。

芮恩推测可能这正是他想表达的。他既是人类也是扈从，他无意掩藏这一点。

他在战术桌上生成了行星的全息影像，显示出透明的山脉地带,再到大大小小的城市中耸立天际的大规模建筑群。"这就是我们的目的地。"他一挥手,行星的影像拉近放大,定位到中央大陆上最高的一座山峰,那里的山体上修建有一座设施。"这是一处'构建者'的设施。里面有我们需要的所有东西。"

"但你以前不是没来过吗?"尼克问,兴奋地看着眼前的影像。

"是的。当我还是04特区的监守者时,我搞到了璀尼尔星的资料,我是通过那些资料了解到的。虽然当时这些资料都是机密,不过我的好多知识都是这样得来的。我通过各种来源学到了大量知识。"

"什么样的来源?"尼克回过头来,问道。

"我的监守者同侪,光环阵列的数据仓库,我所在特区的访客们,我自己的探索、交流还有盟友们……每次交流都有大量的数据,远远超过常人的想象。"他答道。

拉姆的视线从观测屏移到了全息投影上,脸上满是毫无保留的、难以置信的神情,"没想到我能看到这样的东西……光一个建筑就能让我们倒腾一辈子了。想想光是日常用的机器、能量源、护甲……清单上列都列不完。"

"大家伙儿,这比残骸带不知好到哪里去了。"尼克说着,也聚到了战术桌前。

芮恩不能否定这点,只是她还没有完全相信。当事情看上去太过美好时,往往当不得真。"好吧,咱们下去。"她和扈从交换了下眼色,点头将控制权交给了他。

"黑桃 A 号"下降进入大气层,很快他们捕获到了生命迹象。"海洋生物、哺乳动物和鸟类……"扈从一边看着传感器一边念道,"璀尼尔星如此繁盛,真是令人欢欣鼓舞!"

他们刚穿过云层,大陆中央的山脉便映入眼帘。浩荡的山脉以绿林为被,绵延崎岖,覆盖大陆东西两侧,直至入海。在他们前方,一个体型巨大的有翼生物展开双翼滑翔没入下方迷雾弥漫的山谷中。那东西差不多和"黑桃 A 号"一样大。

随着他们继续下降,飞得离大山更近了一些,看清了包覆在山石之上的巨大根茎,如水杉一般粗壮老迈,根茎上长满了尖刺,刺向不同方向伸出,有些刺的尖端挑着动物的残肢或白骨——都是些陆地和海洋生物,腐败阶段各不相同。

这幅残忍的景象和周围的美景搭配起来,显得怪异且出乎意料。芮恩在椅子上坐直了身体。尖刺之间的空间有几百个晶莹剔透的卵囊,里面是某种生物的胚胎,眼前腐败的残骸就是它们的食物。

"令人印象深刻。"扈从说,"它们原来是小体型的鸟,和地球上的屠夫鸟差不多,是它们把食物串在棘刺上的,存着喂养它们的后代,也是为了求偶。战利品越多,交配机会也越大。"

"不过它们现在个头可不小。"莉莎指着另一只栖息在棘刺上的大鸟说道,它正在啄食尖刺上挂着的动物的内脏。

"他们有领地意识吗?"芮恩问。

"噢,多半有的。"扈从回答,他很欣赏这种巨大的有翼生物。

"那咱们得离远点儿。"

山峰之间有一处平整的山谷,那里有一座大型的城市。棱角分明的尖塔高耸林立,银灰色的金属塔身经历岁月,仍然在阳光下闪耀。城中还修建有许多桥梁,架在极高的地方;也有些建筑是由石头堆砌而成的,这类建筑呈梯形状,石材中夹杂的明净矿物也星星点点地反射出光芒。所有建筑虽然不尽然保持原始的状态,但都笔直挺拔,风貌依旧。巨大的根茎沿着摩天高楼绕爬而上,野蛮生长,如同绑缚在棘刺般建筑上的绸带,根茎间甚至隔楼相连,形成了天然的桥梁。

显而易见,异星大鸟统治着这片区域,但即使自然生命如此疯长,也无法掩盖璀尼尔星上这些上古建筑的恢宏和美丽。

舰桥内响起拉姆的口哨声。"不得不服!"他赞叹地说道,"这些先行者真知道怎么建造城市。"

除了穿在棘刺上的鸟食的可怕画面,目之所及,到处都美得惊人。城里有种树木,树上悬垂的枝条开满粉红色的小花,它们到处都是,开遍了整座城市,城中绿色的树、粉色的花、金属和棘刺的根茎全都夹糅在一起。

有那么一会儿,芮恩暂时忘却了不安,放开身心去感受眼前令人敬畏且独特的景象。这时,海岸袭来一阵微风,吹起了周围的花瓣,它们乘着风,形成粉色的云彩,轻柔地在空中沉浮,翩翩起舞。

"难以置信。"扈从若有所思地自言自语,"我相信大气中的毒素不只影响了鸟类的进化过程,还影响了所有植物和动物。"

芮恩的好心情立即烟消云散,问道:"你说的毒素是怎么回事?"

扈从转身面朝她,"在大战的末期,璀尼尔星上的居民成了洪魔的攻击目标。没有任何办法可想,没有任何人前来救援,也没有地方可以逃……出于绝不屈服的骄傲,也有人说是莫大的勇气,他们对整个星球投毒,情愿自杀也不愿成为洪魔的食物,很可能是这种毒素造成了星球上的动物和植物的异常生长。"他顿了一下,"洪魔还没袭来,这个世界就已经死了。"

舰桥气氛一下变得肃穆。

"他们都死了吗?"莉莎瞪大眼睛问,"大规模自杀?"

"是的,他们都死了。与即将到来的灾难相比,他们更愿意这样了结。他们不是唯一这么做的星球。"

所有那些高塔、建筑和家园——他们并不是被弃置或迁移了,里面还有数百万生命化作的尘埃。这片美丽的土地、野蛮生长的植物、满城盛开的鲜花和无处不在的根系,成为了这颗以放弃生命作最后抵抗的世界的纪念碑。

飞船的指示灯熄灭,他们来到大陆之巅,到达了那个保存着构建者种子的设施的斜坡,从这里能看到远方蔚蓝的大海。

扈从控制"黑桃 A 号"飞到一条横跨两个山脊的巨大根系

下方,一个停机坪随即映入眼帘,这里早已杂草丛生,长满了青苔和开花的蔓藤,还有一些废墟碎片散落四处。芮恩看着巨大的设施和周围生长的植物,不禁感到自己的渺小。就像一只小苍蝇,来到了上古时期众星之神们的居处。

一个可供搜刮的地方。

一个稍不留神,或成为他们自己的坟墓的地方。

芮恩和船员都在更衣间穿戴装备,然后她从武器库拿上她的步枪和手枪,解锁她的搬运车;她在做这些日常任务时,才有安心的感觉。这是她熟知的事,闭上眼睛都能做。最后她将工具包挂在搬运车的钩子上,一切就准备停当了。接着她和船员互相检查完通信器,便等在装卸踏板前,等着空气闸门打开,装卸踏板放下。

扈从的脚步声在她身后响起,让她手臂泛起鸡皮疙瘩。她回头看到高大的金属轮廓显现,他的硬光提醒她,他属于这里,他是这片上古遗迹和技术中的一员。

他在她身后站定,"准备好了吗,船长?"

她挤出一个微笑,是的。虽然她亲自做了所有的测试,但还是不放心地问道:"你确定这星球上的毒素现在都不再活跃了吗?"

"非常确定。已经过了那么久了。"

"你带路。"她说,让扈从在她前面走下装卸踏板。芮恩挥手示意其他船员,他们也跟了上来,以扇形队列朝设施进发。

璀尼尔星的重力比人类适宜的要重一些，不过尚可承受，大气则完全没有问题。靴子踏过枯叶和废墟，来到停机坪，野生动物的叫声和异星海鸟的声音在四周回荡。温暖的空气带着海风和花的味道。他们刚踏进设施内，周围墙上和地上便浮现出熟悉的符号文字。

扈从一马当先，朝一个控制台走去。芮恩一眼就认出那个控制台和残骸带的遗迹里的非常像，上部都是一个圆顶面板。他往旁边一站，然后用手势示意芮恩把手放到面板上。

"会发生什么事？"

"设施能量源将恢复。"

想通过注视一个十万岁的 AI 的眼睛看清虚实，似乎是在做无用功，不过芮恩还是这么干了。他表示理解，"你记得我们关于信任问题的交流吗，船长？"

"我不会管那个叫交流。"她说着皱起眉头。

他耸耸肩，说选择在于她。他不会强迫她。他可真是个好人。

他在飞船上说的那番话很对，信任是很难给予的东西。特别是对于过来人，他们的教训都是从摸爬滚打中学来的。但她现在押在他身上的信任并不是完全自主的选择。他们来璀尼尔星并不是出于双方共同的意愿，如果他们想安全地回家，陪着扈从玩这场游戏也是不得已而为之，无论这局游戏是否公正透明。

"是时候开启这趟旅程了。"她小声地自言自语道, 将手拍到冰凉的面板上。

控制台立即点亮了。整个设施恢复了运转, 符号文字、光带和照明都像多米诺牌般依序亮起, 把空旷的大厅映照得灯火通明。大厅是圆形, 中央是一个柱状的空洞, 空洞往上顺着山势通往山巅, 往下则深不见底。这个地方的宽阔程度超出了芮恩的想象, 比她以前见过的任何遗迹都更大、更奇特、更令人敬畏。

除了这里根本不能算是遗迹。

和璀尼尔星的其他事物一样, 这里是一个等待来人的地方。

当他们来到空洞边缘的围栏处往下俯瞰, 空洞就像活过来一样, 沿着内壁出现螺旋的走道, 灯光从头顶不可见的地方开始亮起, 一盏接一盏, 一直往下没入深不见底的空间, 灯光点亮的速度很快, 一圈圈的看得人头晕。空洞内每一步台阶都被照亮, 除了走道, 一同显现的还有修建在柱状空间内, 以玻璃作外墙的几百间房间。

台阶往下稍远处, 古代技术造物的一角展露出身形, 它由四周伸出的辐条固定在空洞的中央, 辐条另一端深深地嵌入到山体中。

尼克抓着栏杆往下看, "那是什么?"

扈从也把身子探出栏杆外, "一个超光速引擎。这个的下面还有好几个。这个空洞很深的——"

拉姆突然笑了，笑声在空间中回荡，听起来有点模糊和滑稽。"一个超光速引擎。噢，不是什么大不了的，就是个超光速引擎而已……"他离开栏杆处，从耳朵后取下一根手卷烟，使劲地闻了闻，然后又笑了。

如果有任何场合值得抽烟庆祝的话，就是现在了。不过他只是把烟夹在手指间，脸上带着不相信的微笑。

"这太不真实了。"莉莎喃喃地说道。

芮恩仔细观察这个空旷的大厅，有种说不上来的感觉，但肯定不是兴奋。这里的技术相当先进，她也牢记着 ONI 的警告和凯普失去了塞德拉星上家人的事。"怎么走？"她问扈从，想把事情进行下去。

扈从前去操作附近的一个终端，她则在一旁等着。现在能量恢复了，他不需要她的 DNA 也可以搜寻终端的知识库。"在我们下方的第三层。"他终于答道，但仍站在原地没动。

芮恩靠近他问："你在干吗？"

"给行星轨道上的通信卫星输送能量。这里的中继器传输信号还需要些时间，之后就可以使用卫星了。"

"真了不起，这些东西都还能工作。"莉莎说着，在他们身后东走西瞧。

"先行者建造的城市可以屹立数百万年。"他以实事求是的口吻告诉她道，"璀尼尔星的所有城市都可以随时被点亮……

就像拨动开关那样,它们轻松就能恢复运转。"

"咱们可别鲁莽行事。"芮恩给他们打预防针,防止他们突发奇想做什么事。她往扈从身边靠了靠,问:"你连接卫星做什么?"

"发一则消息。"

"什么样的消息?"

扈从离开了终端,"请跟我来。"

芮恩抢在他前面挡住他的去路,不让他走开,不许他略过了她的问题。

"我们都有自己的秘密,船长。"他低头看着她说道,"我要求你把你的秘密告诉我了吗?我们说好的。还是你已经忘记了?"

"不,我没有。"

"那不就完了。"他绕过她,往不远处的一个圆形平台走去。那处平台比地面稍高,发出轻柔的蓝光。

不,这不算完。她想着。他踏上了平台,让其他人也上去。路遥知马力。

所有人都站上去后,他按下身旁的面板。

眨眼间,他们就到了数层之下,站在了另一个平台上。奇怪的是,除了扈从和拉姆,其他人都弯下腰喘起粗气来,他们两人则像没事一样,得意地笑着,因为他们没受到瞬间传送带来的物理副作用的影响。

芮恩瞪了他一眼，跌跌撞撞地找到最近的一个控制台，倚在上面，此刻她急需抓住某个稳固的实物来恢复平衡。她感觉像是被撕碎后又拼了回去，她的身体无所适从，不确定是要呕吐、晕倒还是干脆爆炸。

"那是什么鬼东西？"尼克上气不接下气地问道。

"瞬间移动平台。"扈从走过他们身旁，朝一段开凿在山体中的长廊走去。

芮恩抬起头，和船员们面面相觑，一副难以置信的神色。然后她强忍着身体的不适，跟了上去。

他们到达的第一个房间看起来很整洁，而且做了无菌处理，里面有许多工作台，上面悬停有奇特的装置。"这是切割晶体的实验室。"扈从来到矩形房间中长的一面墙前，这面墙有许多架子，有灯光照着，上面陈列着发着光的大大小小的矩形盒子。扈从上前选了其中最小的一个——看着还没手指大——打开来。

盒子中溢出莹莹光亮。他又马上合上盖子，"这个就够用了。不过我必须先警告你们：即便这么一小块，也足以造成空间畸变，你们可能会受到辐射或迷失在空间中。它能够弯曲时间和空间、能量和重力，除了这个盒子，其他没有任何办法可以束缚它。"

尼克马上被迷住了，往那排架子靠近了点，"如果这些晶片这么厉害，他们怎么切割它呢？我猜这些都是从一块更大的晶体上面切下来的吧？"

"切割师们把那叫作'源晶'或'母晶'。那个不会放在这里，而且切割下来的较大的晶体会送往居境另一边的制造设施去。切割师会再切成小块，用在各种飞船上，从最小的飞船到最大的。那些悬停在上方的装置就是晶体切割机。"

"那现在'晶体妈妈'到哪里去了？"尼克问。其他人则在检视着这里的各种东西。

"我不知道。它的所在是居境保守最严的秘密之一。只有切割师们知道，而且他们宁愿牺牲自己也不会透露它的位置。晶体是非常危险的。"他举起一只手，让其他人离那些盒子远点，"所以我不能让你们拿这些东西。我们只拿一个，供升级种子使用，而且开始升级之前，这东西要一直放在保护盒里。"

芮恩还没准备好正式考虑给飞船升级的事，不过现在争论这个也没有意义。

他们离开了那个房间，朝另一个让胃打结的瞬间移动平台走去。他们要前往其他楼层。第二次传送还是一样令人难受，恢复好了之后，他们跟着崐从到了另一个实验室。这里的墙壁光滑洁白，工作台好像是用一整块石头刻凿而成——也可能是金属的，芮恩也不太确定。他们刚进去，四周墙壁的全息投影装置就开启了，显示出先行者的符号文字，许多飞船的蓝图还有其他的设计元素。

"他们就是在这里研发设计种子的吧。"芮恩看着其中一个大型投影说。这是一艘有三个长翼的轮廓分明的飞船的蓝图,她从来没见过这样巨大的飞船。她非常喜欢飞船——它们的设计、力量、线条——她喜欢飞船的一切。看到上古的先进种族的飞船设计着实让她震撼。

"是的。种子就是代码,是由硬光纤维绘制,再加上量子指令编写的代码组合。"

扈从站在她身边,研究那幅吸引了芮恩注意力的蓝图。"这是一艘'圣匙船'。"他告诉她,然后看了好一阵才回头操作工作台上的一个玻璃面板。又一块屏幕亮起,上面显示陌生的符号文字、图形和发光的线段。这块屏幕本身的技术也很先进,不过还没等她仔细看,随着扈从的手伸进屏幕,开始拉取和操作发光的线段,一幅水手级飞船出现在屏幕的背景上。她惊艳得下巴都要掉下来了,她看着蓝图,为之着迷。接下来扈从把"黑桃 A 号"的结构图放到了屏幕中,然后以让她眼化缭乱的速度将发光的线段和代码注入图上。

"这过程要花些时间。"他回过头来说,"我要完成设计种子,然后修复这具扈从身体的神经框架。这层的东西你们随便拿就是。"

"黑桃 A 号"的船员们留下他,往走廊深处走去。

"那个……有没有人觉得奇怪?"尼克问。

芮恩回头看了他一眼,"你什么意思?"

"我不知道。这整个地方,整个行星——就是一个巨大的坟头。在这里寻宝……"

"感觉不太厚道?"莉莎总结道。

"是啊,差不多吧。"他说着朝他们露出苦笑,"看看我们,多么有良知的拾荒者。"

对拾荒者来说,找到先行者器物是最高的成就——它们非常稀有,要想找到它们,需要投入大量的精力、时间和金钱。拉姆是对的:来到这里是美梦成真了——然而眼下芮恩的搬运车还是空空如也。

芮恩和拉姆交换了下眼色。他们干拾荒这行都有些年头了。他们打捞过失事船只,也会尽量尊重逝者,发现遇难者遗体后一律遵循相应的处理规范操作。但他们也要吃饭,他们要买燃料和补给,没办法太过讲究,或是让感性阻碍自己讨生活。

即使如此,她还是很犹豫,她强迫自己将这种感觉抛诸脑后。"试着别去想它。"她说道,她明白整个星球范围的自杀行为是很难忘记的,但他们必须把注意力集中在这趟旅途的任务上,只待此间事情一了就拿回飞船的控制权。"无论这里曾经有什么人,逝者已矣。我们就像平时那样工作就好。把ONI从我们这里偷走的东西拿回来。"

一小时后,他们各自的搬运车里都装了些小型设备和器物,这些东西都是摆在实验室的工作台上或者抽屉里的,至于是干什么用的,他们一概不知。他们拿的所有东西都有着光滑的表面,看着就是异星产物,远超他们的认知。他们需要扈从帮他们辨识这些东西。他们的进展很慢,以探索距离来说并没有走很远,因为有太多神奇的东西让他们驻足停留,而且有许多东西他们不想去扰乱。

他们回种子制造实验室的路上,尼克带头转入了一条他们之前略过的小走廊。这里和他们在其他地方看到的一样,墙壁打磨过,刻凿有奇怪的线条和符号文字。走廊末端的门是开着的,门很高,而且是梯形的,上面刻凿的东西和其他地方别无二致。

进门后,几个房间次第相连,和他们之前去的那些实验室不同,要紧密许多。房间地面都铺有地毯,还有座椅,墙上有装饰性的几何图形……他们一个房间一个房间地看着……所有房间的时间仿佛都定格在以前,就好像有人刚从这里离开不久:东西还放在桌上,有盛放饮料的器皿、餐具……

接着他们看到了几具遗骸。

四套没有头盔的护甲——护肩和护臂上有一些装饰,胸甲蚀刻有纹章,护腿和靴子也在。它们的动作还保留着上一任主人的形态——姿势优雅地坐在一张长椅上,其中一对护甲呈相拥的姿势;另一对互相依偎着,手套十指紧扣在一起。四副头盔安然无恙地放在它们身旁的靠垫上,看起来他们脱下头盔是为了面对彼此，做最后的告别，低声倾诉爱意或恐惧……护甲和沙发上留有少许灰尘，还有些微骨灰，痕迹显示这些上古的巨人已经分解成了尘埃，仅留下灰烬和空洞的护甲，作为很久以前曾经存在过的印记。

"啊，我要到外面去。"莉莎说完马上转身朝走廊跑去。

一个发光的控制面板上方有块屏幕，它的前面还坐着第五个先行者的护甲。手臂和手停留在正在操作的姿势，头盔是戴着的。芮恩从头到脚泛起一阵寒意。尼克上前一点，好看清面板上的内容。

他慢慢靠近，按下了手套手指下方的符号文字。屏幕亮了起来，吓得他们退了一步。屏幕中一个先行者盯着他们，这个人穿着和屏幕前的人一样的护甲，只是他没有戴头盔。

多亏扈从之前给他们讲的故事，他们见过先行者穿或没穿护甲的图片，不过看到一个栩栩如生的影像还是很震撼的。他看起来惊人地……相似。他的面部轮廓和骨骼结构几乎和人类一样，眼睛几乎相同，就是鼻子和嘴特别小，鼻子只是两个狭缝，两片嘴唇薄而紧实。他的皮肤是带点儿蓝色调的灰黑色。

他开口说话了，但用的是听不懂的语言。

门口的动静是莉莎发出的，她蹑手蹑脚地又走了进来，她的身后还跟着扈从。他看了眼房间，然后靠近屏幕，用面板输入了几条命令，画面重新开始播放，这回经过了翻译：

"毒素是通过空气传播的。他们说毒素无色无味，我们不会感到痛苦，我们只会觉得累，然后一睡不起。洪魔来了，我们的感应器显示，星路差不多在我们的轨道防线外打开。我们只有几小时的时间了。"这位先行者顿了顿，"我和其他两人还留在这里。他们的配偶和他们一起。我们几个会关闭这座设施，关掉我们的私人智仆，以免它们对我们展开施救。这是我们最后的抵抗。洪魔什么也别想从璀尼尔星捞到。我们共赴黄泉吧。"他清了清嗓子，咬紧牙关，说道，"愿我们从最年幼的到最年迈的，共 883 489 876 人的牺牲永远被记录和铭记在神圣的智域中。"

屏幕暗了下来。

"我的任务完成了。"扈从的声音打破了沉寂。

"很好。"芮恩简洁地说道，转过身来，"那咱们赶快离开这座坟墓吧。"

离开之前，扈从来到主层的终端处，查看通信发射器是否恢复运转。芮恩等着他把之前提到的消息发送出去。但他犹豫了。

"一旦中继卫星开始工作，"莉莎来到扈从身边问，"其他人就会找到璀尼尔星，对吗？"

扈从沉默了好一会儿，然后点点头道："是的，最终会是这样。"

她伤感地叹口气，"真遗憾……"

"黑桃 A 号"掠过一座座粉绿色相间、泛着金属光泽、布满根系的城市，飞越山脉和大海，进入大气层，飞过十万年都没有启用过的通信阵列和卫星网络。

　　扈从没等它们重启完成就断掉了连接。他也是有良心的。

　　璀尼尔星仍旧会是银河中一颗失落的行星，在一个失落的星系，一个失落的星区，不会被大规模探索惊扰。

　　本应如此。

第二十九章

我们离开了那个星系，弗吉船长将航线设定到夏普斯星系中一个叫"迈尔之月"的小型卫星上。那是他们熟悉的地方，经常去那里补充燃料、购买补给，任务间隙也会在那里休息。

我们花了十天时间才到那里，先是匆匆忙忙去了前哨基地一趟，然后在一处浅海宽阔的沙滩上休息。我利用这段时间启动了神经界面，然后指挥扈从的机械细胞开始将外形转换成我所希望的形态。我放缓了转换进度，这样船员们更容易接受些。

要是飞船升了级的话，我们几小时就能到这里，不过船长挺顽固的，害怕变化。变化是一股她无法控制的力量，所以她拒绝了理应采取的行动，舍近求远地寻求其他办法。

我不需要说服她或者催促她走对方向，她迟早会想通的。

我知道她的过去，我也知道她的命运绝无可能再回到从前。她找到了太多，也失去了太多，已经回不去了。

她也明白这一点。

飞船熄火，空气闸打开，货舱的装卸踏板缓缓下降。货舱中响起我脚步的金属回声，尼克和莉莎一溜烟跑下来，他们穿着清凉，腋下夹着毛巾。

几分钟后，他们已经跑下飞船，你追我赶地穿过沙滩扑进了水里。

我走到货舱装卸踏板的上部，透过货舱出口形成的金属画框，赞叹这非常"人类"的画面。他们的笑声随着轻柔的海浪远远传开，披着虹彩外壳的月光蟹踮起脚尖四处躲藏，小鸟在头顶歌唱。

他们说，这是他们的地方。是他们多年前发现的。

弗吉船长出现在我的身旁。她也穿得非常清凉，双手拿着毛巾和毯子。

我没有和她说话，我突然发现自己没了聊天的心情。

拉姆·查尔瓦推着一个搬运车，里面有椅子和吃喝。船长把她手上拿的东西都放到了车上，然后我们一步一个脚印地朝沙滩走去。

过了一阵，他们游累了，拉姆从水中站起，朝我笑了笑，黑色的胡子下面亮出一口大白牙。"我要去捡些生火用的木材。来帮忙吧。"他边说边走开了。

我跟着他上到一处山间的平地，这片地方有一片稀疏的针叶林，几棵树散落在各处。我一边好奇自己的感伤从何而来，一边开始捡拾干树枝。

"这里和太空中很不一样。"他说道。

他身上有一种其他人所没有的智慧。

"是啊。"我说。

这是一个非常⋯⋯"人类"的一天。

我的扈从身体在这里感觉很不自然。太空中确实和这里有很大不同。我周围都是高科技的东西，包括我自己。但是到了这样一个沙滩，我显得格格不入。我不会游泳，也不能喝酒或吃东西⋯⋯虽然我记得以前做那些事的经历。

"你曾经是人类。"他边说边寻找木柴。

我以前是，现在也是。

我不知道如何回答。

"你想是什么就是什么，火花。"

拉姆·查尔瓦是一个洞察力很强的人，这种人能比大多数人更容易看到事物的本质。

一声尖叫在山石间回荡，接着又是一阵笑声。我们来到山坡边，看到尼克和莉莎半拖半拽地把船长拖回了水里。

"你有没有想过放弃你的任务呢？"他问我。

我转身面对他，正要马上否认，但话到嘴边又卡在了我的声学组件中。最后我还是说道："没有，当然没有。"但这句话的背后却没有热情。"你想过放弃你的吗？"

我指的当然是他找盖克·拉尔报仇的事。

他看着我好一会儿，然后点了点头表示肯定。

我们又继续捡木材。

夜幕降临, 天空色彩流转, 从橙色到粉色, 再到紫色, 然后是一片墨蓝。星星挂上了夜空。营火噼啪作响, 余烬在夜色中缭绕而上。这里的声音悦耳动听, 篝火的声音, 朋友们的声音, 欢笑的声音。

我通过尼克的数据板, 以虚拟形象加入了他们, 跟他们一起欣赏点点星光映照在深沉海水中的景色。

莉莎转过头来对我说:"你认为有神存在吗? 我是说那种无所不知、无所不能的神。"

我还没来得及回答, 尼克翻了个白眼笑出声来。莉莎的脸色顿时沉下来。

"我活得还不够久, 尚没有足够的智慧, 还不知道这种事。"我说。

"那你在马洛提克城那会儿相信神的存在吗,"她继续道, "当你还是人类的时候?"

"许多西部草原的居民们相信动物灵的存在: 豹、鳄鱼、大象还有阿巴达犀牛等。不过在那之上, 我们信仰的是智库长, 至高的创世者。她是我们的女神, 我们的母亲——善良、慈爱、美丽, 没有什么能与她相比。我们还是原始人时, 她驾驭一艘巨大的星船降临在我们之中。在马洛提克城, 我们以她的名字修建了一座神庙, 我的妹妹在那里做祝祭。"

"你真的认为她还活着吗?"尼克问。

"我知道她还活着。"

"你口气好像芮恩，"莉莎笑着说，"我猜有时候你就是知道，对吗？"

弗吉船长朝莉莎点头致意，脸上挂着微笑，但也有一丝伤感。她不知道她的父亲是否还活着，她唯有如此希望。

和我一样，她没有得到答案是不会善罢甘休的。长久以来，约翰·弗吉失踪这么多年——以芮恩的生命长度来说是相当长的一段时间——她还是无法放弃搜寻。他是她的家人。驱动她的只有希望。

这是我们的共同点。因为孤独，愈发强烈地需要家庭和爱人的牵绊。我们两人都被这种感觉所驱使。

突然之间，一阵愧疚袭上心头。或许就是这一刻，我现在感受到我和她之间的联系。我有她要的答案。

我应该告诉她真相。

这样算是善举吗？

我看着她和大家有说有笑，她的眼里有光，抿嘴笑着，在日常小事中发现乐趣……

告诉她会对她造成什么影响？我想着。她如果知道他早已不在人世，那她这么多年不管不顾地搜寻都虚度了吗？她会做出什么事来？

"芮恩……？"我趁念头打消前开口了。

她转过头来。火光在她黑色的眼睛里跳动。此刻的她暂时卸下了肩上的重担，看起来也年轻了些。

我发现我没办法说出口, 没办法成为这份痛苦的传递者。

我还怕失去她对我仅有的一点信任。在璀尼尔星时我中断了通信阵列的重启, 我做了件好事。我赢得了他们的信任, 我现在不能失去它。

"你想说什么吗? "她问。

"没什么大不了的。"我回答道。

不。

现在还不到揭开真相和承受痛苦的时候。

第三十章

2557 年 7 月，迈尔之月，夏普斯星系。

第二天早上，芮恩美美地伸了个懒腰，身心舒畅。阳光和新鲜空气让她神清气爽。在简单地冲了个凉，拿了包能量补给吃后，她决定连上轨道上的本地通信卫星，看看拾荒圈有什么新闻。

建立连接后，她打开聊天室、航点网络论坛还有私人频道，开始下载最新的新闻、消息和帖子。没过一会儿，她已经开始浏览商贩和拾荒者的频道了。

她发现自己成了许多帖子讨论的主角。

盖克·拉尔悬赏重金捉拿她和"黑桃 A 号"的船员。

金额非常、非常高。

她一枪射烂了他的脸，又在价值无可估量的先行者残骸带被炸成灰的时候无情地在他耳旁嘲笑他，有这样的待遇也不奇怪了。

她一手撑着脸, 重重地叹了一口气。

还不算太糟。

诺尔发了几条消息来。关于人情、盖克·拉尔, 还有……一则来自哈恩探员的消息映入她的眼帘。她立即打开消息读了起来。

好嘛, 好嘛, 好嘛。现在哈恩想要交易了。他提出归还小不点儿的星图投影、他们在新泰恩城外的仓库中的私人物品, 还有被 ONI 冻结的银行账号中的信用点。作为交换, 他要求他们归还从吉兰诺斯 A 星上打捞的东西。

她承认, 他的说辞还真是有一套。他说要诚信交易, 不在背后搞小动作——就是简单的交换, 然后各走各的路, 他的唯一目标就是那个打捞物, 然后他们触犯《UNSC 打捞法》的所有罪状都将一笔勾销。

好一堆废话。

这事儿不可能这么简单。

ONI 一定会把打捞物连同芮恩, 还有她的船员和飞船一网打尽。他们绝不可能只让他们放下打捞物, 然后毫发无伤、大摇大摆地走人。ONI 必须确保他们拿到了全部, 而为了达成这点, 刑讯和全飞船范围的搜索都是必需的流程。

她咬了一口能量棒, 脑筋开始转动。

她不只想要回他们的东西，她还要海军情报局从此别再烦他们。

过了一会儿，芮恩走下飞船找其他人。她在海滩边的潮汐池旁找到了他们，他们正拿着用细棍子制成的钓鱼竿蹲在那里钓鱼。

她爬上山坡，看他们玩了一会儿，发现潮汐池里的东西个头太小，都没法吃。她双手放在后腰上，笑着对他们说道："这就是我们所谓的做无用功了，孩子们。"

莉莎钓到一只月光蟹，"真的？现在是谁做无用功呀？"她嗖地一挑，把那东西甩出水面，朝芮恩的方向飞去。

芮恩往后一跳，晕头转向的小家伙从她旁边飞过，栽进了另一个池子里。她笑了。她看到扈从坐在他们头顶的山坡上，于是朝他走了过去。

"喜欢这个假期吗？"

他没有回答这个问题，说道："我都忘记我有多喜欢水了。"自从离开璀尼尔星，他的变化越来越大，他的合金表面愈加光滑，散发出银灰色的光泽。他的脸也不一样了，她在飞船上时就注意到了，他的眼睛变得更大、更友善，轮廓也变得不那么凶恶了。"看着他们玩耍挺有意思的——啊，终于。"他突然站起来喊道,"还有其他抓鱼的办法!"

突然间,扈从的前臂和手重组成了一把武器,朝海浪发射出金色的能量射线。一秒后,一条大鱼扑通一声跳到了陆地上,正好落在尼克的脚边。那小子吓得怪叫一声。接下来姐弟俩手忙脚乱地要抓大鱼,和大鱼玩起摔跤来。

扈从又坐了下来,一边笑着一边将手恢复原状,"我一直在等那条鱼游得离这边足够近,才好施展那招。"

芮恩还没回过神来——她刚才看到扈从把身体的一部分变成了武器。她说:"有这样的幽默感,你适应得挺好啊。"然后指了指他的手臂,"你一直都能那样做吗?"

"我在璀尼尔星修复了我的神经机械细胞界面后才能做到。"

所以他即使赤手空拳,也是有武器的。芮恩站起身,拍掉屁股上的沙,"来吧,我正要招集大家。看来哈恩特工为我们准备好了一场交易。"

一段时间过后。拉姆又新架起一堆营火,尼克把鱼架在上面开始烤,芮恩则把她了解的情况和哈恩特工索要的东西说给大家听。

"你不能把他卖了,他经历的已经够多了!"尼克说着站了起来，准备不惜一切代价保护火花。

"冷静点，小鬼。"芮恩说，"没人要出卖任何人。我只是把他们说的转述给大家，而不是我们要做什么。"

尼克把注意力转向了虚拟形象，扈从是通过尼克放在冰箱上的小型全息投影台加入他们的，他的本体在飞船的货舱里。"我们不会出卖你的。"

"我从来没担心过这点。"

"我们知道这是个陷阱，"芮恩说道，"但是可能有办法参加这次交易，并在不被抓的前提下把我们的东西拿回来。如果由我们决定会面的时间和地点，就可以做个局。还有……"她深吸一口气后说："我不敢相信我会说这句话，不过我们要用升级种子。"

他们大张嘴巴瞪着她。尼克的鱼烧了起来，接着掉进了火里。但还是没人动，也没人说话。芮恩用棍子把鱼挑离了炭火。她想他们有这样的反应也是理所应当的。他们都知道"黑桃 A 号"在她心中有特殊的地位，所以她愿意改变它，是个极大的转变。

"要逃的话，我们的飞船至少要比 ONI 派来的飞船先进。"芮恩接着说道。

"芮恩。"莉莎说，"你不用做到这个地步，'黑桃 A 号'是你的飞船……如果你为了我们这么做……"

芮恩摇了摇头。她已经仔仔细细地想过了，"我这么做也是为了自己。父亲留给我的东西本就不多,我一定要拿回来。我们一路经历了许多艰难险阻得来的那些东西,我不想就这么弄没了。"她把脚埋进沙子里,"这是我们的目的,也是我们当初去吉兰诺斯 A 星的原因。无论我做出什么样的决定,我们已经被 ONI 盯上了,这点不会改变。我不知道你们怎么想的,但我很想让他们学会一件事,那就是让他们以后在招惹我们这些拾荒者之前先过过脑子。"

"那你想怎么做?"拉姆问。

"我们把控好事情发展的每个细节。ONI 会低估我们——这是刻在他们骨子里的。他们不知道扈从是站在我们这边的。他们不知道他已经不是当初'卢比孔号'上的他,他现在更完整了。我们就利用这点作为我们的优势。我们给他们的东西,只是他们以为我们有的那些。"

"如果出了岔子呢?"拉姆又问。

"噢,我可盼着事情出岔子呢。"

尼克吃惊地眨眨眼,"等等。我们想要事情出岔子吗?"

"声东击西。"扈从总结道。

"正是。你们知道盖克·拉尔花大价钱发布悬赏要抓我们,尤其是我。所有的拾荒者、商贩和雇佣兵都在谈论这个悬赏。也就是说,当其他所有人都想抓我们的时候,ONI 要抓我们只会更难。"

尼克皱眉道:"听起来真是'安全'。"

"会的，只要我们走对路。"

"他们的巡猎舰会在行星轨道上候着。"拉姆说，"可能还不止那一艘。就算我们能在交易的时候逃走，到时候怎么逃离所在的行星呢？"

"这就是我们要使用升级种子的原因。如果我们在太空被抓到，地面上的所有成果都会打水漂。我们需要确保能跑得过他们。"

这番话一出口，她的胸口收紧了。她不想改装她的飞船，想所有东西保持原来的样子。但世事无常……此时再不接纳改变，更待何时？是时候按新规则游戏了，旧的规则已经成为过去。

现在，她得到一个教训海军情报局，并且夺回她的私人物品的机会。有了扈从和他的升级种子，她能以极快的速度去到银河系的任何地方——比她认为可能的最快的速度还要快得多。只要拿回星图投影，寻找父亲的事将比以前任何时候都更有把握。

这样的机会她怎么可能会放过呢？

"是的，"她终于回答道，"我很肯定。"

"那我们怎么做呢？"拉姆看着扈从问道，"我们会得到什么？"

"升级种子不会改变飞船的外形，只会用硬光与既有材料绑定，起到强化的作用。量子和硬光纤维会深入飞船内部，与现有系统融合。这些都将由我在璀尼尔星设计的智能代码实现。智能代码会实施一个定制的、将先行者技术和你们飞船当前的规格和技术相结合的方案。所以提升的程度其实会受限于这艘由人类设计的飞船。

"升级可以在行星轨道上进行,但最好将飞船停在地面上,并在应用种子时只启用辅助动力。升级完成后,'黑桃 A 号'将完全和先行者的技术融合,从隐形能力到升级的武器、通信和导航系统。各项功能的操控还是在人类惯用的系统框架内做加强。然而,最大的升级,是先进的跃迁空间航行系统。升级种子会将先行者的超光速技术——跃迁空间晶片——无缝地集成到你们的超光速引擎中,当然,会考虑到现有的材料和飞船的大小。"

"好嘛。"尼克说,"尽管我很喜欢小不点儿,不过他以前做的提升和这次的相比,真是望尘莫及呀。"

"好了,那就这么定了。我们就在这个沙滩上升级。"芮恩说,"我先回复哈恩,然后咱们就开始。"

第三十一章

大家都睡了。

黎明将至。

升级过程大概持续了 8 小时 53 分钟 11 秒，现在升级已经完成。这艘飞船已经准备妥当，足以助我完成任务。

我站在货舱处的控制面板前，正用它接入行星轨道上的通信卫星。

我将律法者的密文输入一条保密信息，发送了出去，然后静待回复。

货舱的装卸踏板外，一阵暖风从海的那边吹来，拨动着海浪。我想这阵风应该沾上了海盐味，然后把这气味也带进了货舱里。海浪的韵律声相当恬适悦耳。

我让思绪穿过现在，沉入遥远的过去，马洛提克城建立的友谊、年轻时的胆气、对无敌鲁莽又狂野的追求。那是在恐惧和残酷的环境之中建立的友谊……

他们都在那里，等着我——他们的人格在鲜活的记忆大厅中漫游。唯独缺了我。

屏幕上出现了一则回信。

如我所料，它带来了书记员的信息。

这一位书记员是他们那个三人组中最后一个幸存者，这个三人组是在洪魔战争末期组建的，其宗旨是调查有违"衣钵"的罪行，以及记录宣教士、智库长和"新星"周围发生的事件。其中第一个书记员在光环阵列发射前跟着智库长到了地球，第二个死在了利盾世界。作为一个群体，他们有自己的内部网络来共享所有的记录和调查发现。正如他们所说："一体三面。"

而我需要这第三位书记员的视角和配合。

……

……

他阻止我接入他们的网络。

好大的胆子！

狂妄！他把所有的存取节点都收归己有了！

我再次输入命令：

——立即给我接入权限。

——就连宣教士我也不给权限，为什么要给你？

——宣教士找你要过权限吗？什么时候？

——有什么关系？他已经不在了。现在也早死了。

——请求访问律法日志。书记员三人组 #879。地球。人类地球时间：公元前 97 445 年。

——拒绝访问。

——谁拒绝的？

——我。

——可恶！我自己会去查的。

——请便。你要找的并没有丢失。是有记录的。

——是的，在日志里。请求接入权限。

——拒绝访问。

我关闭了通信。

忍无可忍！实在忍无可忍！

第三十二章

2557 年 8 月，缤特沃星。

缤特沃星是一个干燥多山的几近荒废的行星，稀稀拉拉地住着一些人类和外星人。这里曾经是商人、海盗、雇佣兵和拾荒者的驿站，比起云屋星，这样的地方要更粗犷、人口更少，也没那么发达，是个见不到 UNSC 踪影，也没有下作地方政府管理的穷乡僻壤。这些条件让这里成了避世者、做买卖或干任何不想政府或武装组织盯上的勾当的天堂。

实际上，很难在当地居民或常来缤特沃星的人里找个对 ONI 或 UNSC 有好感的人，所以芮恩选择了这里，作为会面的最佳场所。

在欢乐港的市场中央进行交易或许是有点冒险，不过他们不是第一个、也不会是最后一个这么干的人。如果事情出了任何岔子——她非常肯定——他们不会缺想要加入这场干仗的人，尤其是对付 UNSC，手痒的尤其多。

哈恩特工和他的队伍将清楚地认识到，想在公共地方抓住他们只会是场灾难。如果斯巴达战士穿着他们华丽的盔甲闪亮登场，肯定会引起不必要的注意和许多麻烦。

ONI 出动整个舰队的可能性还是挺高的，但停靠在欢乐港的飞船在任何时候都足以组成好几支舰队，而且他们都有武器，随时准备好作战。再者，尼克在聊天频道里听到不少传言，说 UNSC 近期有大型的军事活动，抽调了许多资源到某个未知的空间。有许多报道说地球的新凤凰城受到直接攻击，死了几百万人。地球联合政府称这是来自星盟的攻击，但坊间传言说此事另有隐情。

尽管这则消息令人发指，但如果它是真的，那么就意味着 ONI 和 UNSC 用于追捕芮恩他们的资源将会非常有限，足以让芮恩搞定这场交易。

他们停靠在欢乐港的外面——其实这里压根儿就不是正经的港口，只是一座位于一个干涸湖泊湖床南面的低矮平顶山，周围有一些不起眼的建筑错综复杂地拼在一起，其间有几条路到山侧。这些建筑就是市场，为疲累的旅人们提供各种服务和物资。芮恩和"黑桃 A 号"的船员就在这里设局等候。

他们头上的悬赏是这次计划的关键，也让事情更加棘手，但现在在欢乐港中露面还不会有什么问题，因为这里人人都身负一两个通缉令。帽兜和面罩，地下交易和冲突，在这里都是家常便饭。

不像许多其他旅人，芮恩没有把飞船停在湖床上，她将"黑桃 A 号"隐蔽地停在地势高于港口的南面的山丘后。她还在习惯飞船的新功能和系统，"黑桃 A 号"的新能力她仅仅知道点儿皮毛。不过扈从的教学课只有等此间事了再继续了。

此前，哈恩特工同意在指定的时间会面后，芮恩发给他一个清单，上面列出了所有他们想要要回的东西。经过协商，他们最终敲定了交易条目。接着她给诺尔发了一条消息。

最初，这个齐格亚尔人拒绝帮忙，但一番甜言蜜语后，芮恩便说服她，盖克·拉尔很可能拿一部分赏金给诺尔，以换取芮恩的位置。之后，就等着盖克·拉尔上钩了。这取决于他在银河系的位置和消息送达给他的时间——诺尔自有她的办法——他可能亲自出马，或是派出他信任的精英猎杀芮恩。

接下来的六天时间里，他们将从吉兰诺斯 A 星打捞的残骸装上悬浮运输车准备到时候运往市场，尼克和扈从联手制作 ONI 想要的打捞物。他们用了一个从"卢比孔号"的研究舱回收的坏掉的能量核心，把 343 罪恶火花的记忆片段植入到了核心中。

这是一段残缺不全的代码，和一个分离出的记忆循环，重复地述说着监守者在"卢比孔号"坠毁前说的那些故事——它的设计很复杂，已经足够使 ONI 相信这就是他们要的资产。

剩下的时间就是在等待中虚度。船员们聚在货舱里，教扈从玩牌出老千的精妙技艺，以及怎样摆出真假难辨的扑克脸——对于脸上本来就没表情的人来说显然是没事找事。在扈从学会了这一重要技艺后，莉莎抓住机会，来了一次小小的、她所谓的"艺术装饰"，在扈从的合金肩膀上画了一张黑桃 A 的小扑克牌。

拉姆和尼克在尼克的工作台前研究各自的牌，扈从站在桌子对面，表情茫然地看着自己的手。

"你是要扮喜怒不形于色，不是演脑残。"尼克说。

不消说，那是悠长的六天。

第三十三章

六天之后，欢乐港，缤特沃星。

芮恩、尼克和莉莎三人戴着宽大的帽兜，并用面罩遮住了下半张脸。他们穿过连接南面峭壁和平顶山的桥，来到欢乐港平平无奇的街市中。拉姆则留守在"黑桃 A 号"上以备随时策应。

这天炎热又繁忙，市场主干道的两旁挤满了商贩和旅人，有人类也有外星人。芮恩全副武装，通过通信器随时和其他船员保持联系。尼克和莉莎跟在她身后，控制装着"卢比孔号"打捞物的搬运车向中心广场走去。

中心广场是拥挤的平顶山上最大的开放空间，售卖物资的商人、餐馆还有酒吧，以广场为中心，围了一圈又一圈。广场中央立着一尊老旧残破的雕像，这是一位年轻的殖民者的雕像，就是她发现了暗藏在平顶山地下的水源，成为欢乐港的女英雄。

芮恩通过通信器让拉姆保持警惕，然后又和藏身在河床南边山崖上的扈从同步情况，他从高处监控着整个平顶山的状况。他的任务是在需要时为他们提供火力掩护，帮助他们逃走，而且要尽力、再尽力地，不杀任何一人。

扈从所在的地方一是要隐蔽，二是不能让 ONI 知道吉兰诺斯 A 星上还有这么一个远远超出他们预期的存在。芮恩给扈从挑选的藏身地已经是保证以上两点的前提下，离他们现在所处位置最近的了。

"注意了。"芮恩突然说道。

拥挤的市场对面，哈恩特工正带着一个小队朝这边穿行。护在他左右的是她在"金牛角号"上见过的两个斯巴达战士——大块头和他的女搭档。这三人组身后几步远还有一个高大的战士——不用说，又一个斯巴达战士——以及另外六名神情严肃的军人，他们应该是特种兵吧，她猜。

尽管他们一行人的穿着打扮都改为了平民的服装，武器装备也和雇佣兵相似，但在人群里还是显得引人注目——他们的鞋太新了，衣服没有一般雇佣兵的那种因日常穿戴造成的皱褶和破损，他们的皮肤和头发，还有携带的武器都有点儿太过干净。

双方人马都来到了广场上，芮恩在 ONI 队伍几步之外站定，先和哈恩四目相交，然后视线再移到大块头身上。他审视的目光久久地停留在她身上，她并不喜欢这种被人当麻烦看待的目光。

她做这些事还不都是他们逼的吗? 他们才是始作俑者。

她将注意力转回到哈恩身上, 看着他磨损的皮夹克、破洞的黄褐色裤子, 还有棕色靴子直笑。他的乔装打扮显然是下了一番工夫的, 但还是太业余了。其实只要在这样的地方待上个把月, 他自然会从头到脚地糙起来。

她拿下面罩, 帽兜还戴着。"欢迎来到欢乐港, 哈恩特工。"然后她不由自主地朝他的两位保镖打了声招呼, "还有斯巴达战士们。"

"弗吉船长," 哈恩说道, "咱们到私密点儿的地方谈吧, 如何?"

他当然会这么说。她耸耸肩说道: "我们就在大庭广众下谈, 要不就别谈。你把偷我们的东西都带来了吗?"

"你们带了我要的东西吗?" 站在芮恩身旁的莉莎插话道, 她的声音很坚定, 毫不掩饰她的愤怒。

其中一个特种兵绕过前面的三人组将一个行李袋丢到她身前的地上, 那个女性斯巴达战士则将另一个行李袋递给了尼克。他瞥了她一眼, 拿下他的面罩说道: "偷了我妈的毯子感觉怎么样呀?"

莉莎马上将头转向了尼克。莉莎的面罩是一块棕色的布料, 她选择这个掩藏她的面容。此时她露在面罩外的双眼瞪大, 看着尼克拉开袋子拉链检查里面的东西。他边看边喃喃地说道:

"肯定让你们觉得自己是个狠角色吧，嗯哼？"

几个斯巴达战士没有回答，那个女战士抬了下眉毛，表情不为所动，下巴紧绷着。

"我的星图投影和我父亲的东西呢？"芮恩问。

大块头拍了拍挂在他肩上的小袋子，哈恩在一旁说道："都在这里了。吉兰诺斯 A 星的打捞物呢？"

"在车上。"芮恩随口说着，指了指他们后面的搬运车。六名特种兵立即上前扫描车上的东西。"都是你们的了。我猜你真正想找的是这个吧。"她把随身带着的一个小盒子抛给他，"这个数据核心是我们从坠毁地点找到的唯一真正有价值的东西。"

哈恩抬手要去接盒子，但特种兵中有个人——一个黑发，但鬓边泛白的人——在半空截住了盒子。他相当专业，盒子到手后他立即用某种扫描仪读取核心的数据。几秒钟后，他抬起头朝哈恩点了点头，接着将数据核心装入一个奇特的光滑的白色容器里，然后那人将它交给另外三个军人，那三人立即后撤消失在了人群中。

哈恩此时看起来已经放松了下来，这让她有点意外。

不过几个斯巴达战士看上去并非如此。芮恩环顾市场，发现他们已经引起相当多的人的注意。她心跳加快了。现在，拉姆应该已经在当地聊天室里故意说漏嘴，把芮恩和她的船员们都在欢乐港的消息撒了出去。

随时可能……

她伸出手,"好了,我的东西。"

哈恩迟疑了。

"看——公平交易,对吗? 这是之前说好的。你把我的东西还我,咱们就两清了。你不惹我们,我们也不来招惹你们。"她看向大块头,说道,"还有请记住,这堆破事儿不是我们起的头。"

大块头意味不明地看了她一眼,然后很快收回目光,继续监视广场的情况。哈恩从上衣口袋取出一个小型芯片盒子递给芮恩。她伸手接过丢给了尼克。他扫描了芯片中的内容后说道:"对的。这是小不点儿的星图,没有动过手脚。视频文件也都是好的,没有损坏。"

"诚如所言。"哈恩说着,从另一边的口袋里拿出一张纸。

她皱眉看着,对他要提的任何东西都没兴趣。

"收下吧,考虑考虑。如果有兴趣就保持联系。"

芮恩一把夺过那张纸,揣进了裤兜里。

大块头把背着的袋子递给她。"你的私人物品。"他说道。那些东西都是她多年来收集到的,有的是从地球带出来的,还有的是"哈康号"时期的东西。东西不多,但是,就像莉莎认为的那样,有些东西很重要。

芮恩抓住袋子的提手,但这个斯巴达战士并没有放手。她立即提起十二分的警惕,说道:"你不会想在这里搞事的。"

"我想我们搞得定。"他答道。

芮恩看到他身后的人群被推开了，立即感到一阵放松。真是奇怪，六个圣赫利精英穿过市场的景象会让她觉得高兴。但圣赫利人的出现将创造他们需要的机会。

"呃……芮恩？"

听到尼克的提醒，她转过头一看，北边一队齐格亚尔人海盗正往他们这边走来。

接着，一群武装分子从街边的一个酒吧里冒出来，几乎可以肯定的是，人类的赏金猎人团体已经收到了消息。

同时，更多打扮成雇佣兵的 ONI 特工也从座位上站了起来。

芮恩皱眉看着眼前的斯巴达战士，说道："我发现你带了朋友来啊。"

对方以敏锐的目光扫视周围，嘴角弯起一道弧线，"我发现不光是我呢。"

"噢，他们绝对不能算是我的朋友。"

好戏开始了。

大块头伸手到腰间取拘束带。

"还想来第二次吗，没用的。"芮恩用力一扯夺下他手里的袋子，马上抛给了尼克，"跑！"

其他几方势力也加速朝广场中央赶来。

尼克和莉莎冲出广场跑到街上，一群海盗和 ONI 的人追了上去。她不担心他俩，他们肯定能轻松甩掉追踪者回到"黑桃A号"上的。这种场面对于从小在满是尘嚣的阿莱里亚星街道上长大的莉莎和尼克来说，早已驾轻就熟，他们知道怎么利用欢乐港这样的地形。

芮恩瞅准时机，在大块头的拘束带刚搭上她的一只手时，用尽全身力气奋力一脚往他右脚膝盖踢去。这一脚就像踢到了铁板上——他几乎纹丝不动，不过还好让他失去了片刻的平衡，足以让芮恩挣脱他手里的拘束带的另一端。

他们对峙时，他说："你知道我没出全力。"

"你知道我怎么想的吗？我认为你不喜欢ONI对待我们平民的那一套。你是一个战士，我猜是海军陆战队的吧？藏在暗处阴人和拿小孩毯子不可能是你的风格。"

就在此时，那帮齐格亚尔人可没什么讲究，他们眼里只有芮恩头上的悬赏。他们开火了，那位女性斯巴达战士不得不拉着哈恩跑到安全的地方，另一名斯巴达战士和剩下的特种兵一起和圣赫利人打了起来。

一束能量射线从上方破空而来，击中了市场中央那个有些年代的喷泉，一时间碎石四射飞溅。

好嘛，这下估计会让当地人十分不爽了。芮恩想着。与此同时，广场上乱作一团。

芮恩趁大块头分身对付一个冲上前来的齐格亚尔人时，挥拳朝他打去。他一边拔枪朝那个豺狼人射击，一边闪步避开，然后马上狠狠一脚踢中她的肋部。虽然她的骨头结结实实地挨了一脚，不过他手上抓她的动作也受到阻滞，她强忍身侧的剧痛避过了他的一抓。斯巴达再次出击，这次他没能抓到她的手臂，但抓住了她手腕上悬垂的拘束带的一端，他顺势把她往自己方向拉。

芮恩被拉了过去，站立不稳，一个趔趄跪跌在地，接着她快速应变，朝他胯下狠狠地来了一下。他们此次前来刻意乔装改扮，自然没有穿雷神之锤护甲，她出其不意的这一下奏效了。

他定住了，没有跳起来，没有蹒跚后退，也没有放开拘束带。但他下巴的一束肌肉颤动着，脸稍微有点涨红。

他们两人都呆住了。

他不动是因为她不讲武德，她不动是因为惊诧于他应对是如此的——那个……斯巴达式的。

他一把将她提起，仿佛她轻若无物一般。

一发刺针手枪的子弹击中了他们身旁的一个圣赫利人，紧接着又是另一发朝他们飞来。

他和她同时看到了。大块头表情严峻，他当机立断，抓着她的手腕和上臂，使尽全身力气把她抛了出去。刺针擦着她的胸口飞过，刺入她的肩膀，又从后面飞了出去，扎进后面一个雇佣兵的胸膛里，爆炸了。那人当场倒地，眼见是活不了了。大块头将她抛出的力道很大，把她的肩膀都拉脱臼了，此时她身在半空中，正画出一道弧线。

她咬紧牙关,准备面对即将到来的硬着陆。

不过她没有等到。半空之中,她撞到了一副金属盔甲。一只合金手臂和手掌牢牢地接住了她,冲击让她一时无法呼吸,眼冒金星。冲击力加重了疼痛、烧伤、头晕和呕吐感。

她没有掉到地上。

扈从不知道什么时候出现的,他全力冲向芮恩,然后跳起来接住了她,同时用整合在手部的武器朝四下射击。

"计划不是这样的。"她呻吟着说。他不应该现身的。

"很遗憾,现在是了。"他说道。

"他们在哪儿,莉莎和尼——"

她想他说了句什么,但是她此时听觉已经朦胧了。她用力眨眼,试图保持清醒。她从扈从的怀里看出去,最后的景象是整个市场陷入了大混战,而且眼前的画面离她越来越远。

她嘴角翘起。好吧,至少这部分是完全按计划进行了。

下一秒,她已被黑暗吞噬。

第三十四章

"就好像回到了从前!"莉莎笑着大喊,嘴角咧到了耳根。她把行李袋背在背上,手臂环过袋子的把手,在欢乐港的一条后巷里疾跑,尼克跑在她身边,尘土在他们身后扬起。四个ONI特工跟在他们后面,紧追不舍。

尼克险些和一个刚从仓库开门出来的商人撞个满怀,脚步不稳,踉跄跑了几步,不过还是稳住了,他抱稳芮恩的行李袋,继续往前跑。"哪有,一点都不像!以前我身材好多了!"

他背着一包又抱着一包,跑起来要比莉莎吃力一些,尽管有所阻碍,他们还是跑得很快,而且要说在这种兜兜转转的巷子里甩掉尾巴的经验,他们可是有一大把。欢乐港的所有东西都挤在一起,形成了一个毫无规则的迷宫,有街、巷和地道——等同有上千个能藏身的地方。

心脏怦怦跳,莉莎快速朝尼克的方向看了一眼,被他的样子逗笑了。三个齐格亚尔人海盗出现在巷子的另一头,她赶紧躲到暗处。她心思敏捷,看到前面的房屋之间有一条狭窄的小路,赶紧跑了过去,尼克跟在她身后。

她领头穿过了小路,又穿过了几条人行道,最后跑进一条狭窄的街道。每个转弯,每次低头从商贩的桌底钻过,每次跨过障碍物,都让他们离"黑桃 A 号"越来越近。莉莎有极佳的方向感,无论他们在哪里被迫转往了别的方向,她总能把他们带到通往南面的路上。

"来,扔给我!"她叫道。她看到尼克因为多背了一个包有点累了。

他摇摇头,继续往前跑。

老样子。

什么时候起,这变成了他们之间的竞争? 什么时候起,他在任何事情上都拒绝接受她的帮助?

她暂时忽略内心的声音,快速回头看了一眼。ONI 的那几个特工已经不见了,但现在又冒出来一群要拿他们头上悬赏的雇佣兵。她已经可以看到远处的山崖和来时经过的桥,上了桥就可以安全地进入丘陵地带。不远了。

她在人群中奔行,听着远处的枪响,她发现她其实知道问题的答案——前段时间就知道了。尼克不再是小孩了,他不再需要她的照顾。

要承认这点不容易,要放手则更难……

而且,可能,只是可能,是啊,她让他觉得,他亏欠她太多……她并不想这样,只是他对于她的付出和牺牲,好像从来都不明白，也不曾表现出任何形式的感恩。实际上，他总是避免表现出来。

不远处，她已经能透过风沙看到通往桥上的路，但前方又有一大群 ONI 的特工，他们把守着这条进出欢乐港的通路。不仅如此，他们已经在桥那边引起了很大的骚动。见鬼。

"尼克！"她大喊，一边寻找替代的路。她发现一幢两层楼建筑的外墙上有一个通往楼顶的梯子。她转入巷子，带头朝梯子跑去。

"你先。"她说着抓住他拿着的袋子，"我还有点力气，你太累了。没时间争这个了，快上！"

他摇摇头，把包扔给她，爬上了楼梯。

莉莎没来得及跟上，她发现前面的巷子里有豺狼人正在四处搜寻。她朝尼克吹声口哨，令他停止了动作，梯子刚爬了一半。她看看街上，他们还没被发现，不过她爬梯子时有可能被发现，她不会冒这个险。"到桥边去。"

他们已经有了计较。因为平顶山太过拥挤，房屋和建筑都建在山崖边，离桥下的支撑梁也非常近。他们打算利用鳞次栉比的房屋一路去到桥边，然后从桥下的支撑梁过去，不走桥上。

他们暂时还不需要接应，暴露"黑桃 A 号"或火花是最后的选择。

"来吧！还有时间！"尼克在高处朝她喊道。

她摇了摇头，示意他快走，不等他回应便转头跑进右边的街道,看样子明显是朝着那些豺狼人走去,要把他们引到远离尼克的地方。

是啊,好像回到了从前,真是积习难改。

尼克应该现在也在翻白眼吧。

莉莎虽然个子娇小,但这无法掩盖她是个斗士的事实。她的行动悄无声息,速度极快,几乎她所有的对手都会被她的外形迷惑而低估她。

她随手抓起一根支撑杆,穿过交叉路口,急转跑向另一个方向,差点撞上一队看上去挺厉害的、由人类和一个圣赫利人浪人组成的队伍——她快速扫了一眼,估计他们可能是干走私或拾荒的人。"哇噢,走路看路,小姑娘!"他们中的一人说道。

气喘吁吁的她开始施展魅力,眼睛睁大,作惊弓之鸟状,"请,请救救我!那几个豺狼人——他们要把我拿去卖……"

其中一人弯下身,抓着她的双臂,看起来很气愤的样子,问她:"拿去卖?卖给谁?!"

就在这时,那队齐格亚尔人也过了交叉路口,他们张着嘴,豆圆的眼睛兴奋得亮了起来。

"求求你们,"莉莎央求道,"我不想被豺狼人吃掉!"

那人骂了一句,把莉莎藏在他的身后,他的圣赫利人同伴则上前一步,沉身摆好架势,朝豺狼人大吼一声,做好了战斗的准备。莉莎一步步退入这群人之中,退到他们所有人后面。她没有待在那里看后续的发展,默祝他们好运后拼命地逃进一条小路,钻进了另一条巷子,这里有一条通往桥边峭壁的路。

尼克现在应该已经走过那段路,去到桥边了吧。莉莎翻过人行道路边的安全围栏,下了几级台阶,来到一户人家的阳台上。她悄悄地快速通过阳台,翻过阳台的栏杆来到了桥头东面的角落。

莉莎从峭壁处往下滑落一米左右,双脚站在了桥下的支撑梁上,虽然距离短但她落地还是很重,她在原地缓了一会儿,重新拿稳了芮恩的袋子。恢复过来后,她在 V 字形的支撑梁间移动,找了个稳当的落脚点,来到了贯穿支撑梁的长梁上。然后她看到了尼克。他站在一条与她平行的长梁上,正腾出一只手向她挥着。

她也向他挥了挥手,然后一起沿着支撑梁往桥对面攀去。

莉莎还没走几米,一发刺针枪的子弹从她身后的平顶山上射来,击中了她上方的支撑梁。她立即放低身子,但重心没稳住,令她一只脚滑下了支撑梁。

糟糕。

莉莎屏住呼吸往前扑倒,她的膝盖重重地撞在了梁上。就在她向另一边跌落时,她把芮恩的袋子往前推到安全的地方,然后在翻滚下跌的当口,她抓住了一根支撑梁止住了跌势,但身体已经悬空。

她的心脏狂跳不止,此时又听见尼克的叫喊声,她背上的袋子拽得她慢慢往下滑。"尼克!"

　　她眼角的余光捕捉到了尼克，他全力跑向前方的一处交叉梁，到达后立即折转朝她的方向跑来。他跑到她身边，先放下背着的袋子，然后骑跨在支撑梁上，抓住了她的前臂。"我抓住你了，我不会让你掉下去的。"

　　他试着保持自身平衡的同时把她拉上来，但只能把莉莎拉上来一点，让她够得到另一边的支撑梁，暂时稳住身形。

　　她只能提醒自己调匀呼吸，冷静下来，回想自己曾经历过的那些比此时更困难的时刻。

　　"抓稳了，"他说道，"救援马上就到。"

　　此时齐格亚尔人正从桥边下到支撑梁上。"不，你快走。太危险了。"他们下方的河床沙尘飞扬，表示有飞船从底下起飞了。

　　"我不管，我不会放手的。我做不到。"他看着她的眼睛，而她吃惊地从他眼里看到了某种东西，她好久都不曾见到了。"你不会掉下去的，莉莎。不过如果你真掉下去了，我会跟着跳下去。我知道从小到大，你为了我一直都是这样做的。我明白，然后，对不起。对不起我没能帮到你。我一直很……不好意思——"

　　那便让她弟弟做决定吧。她笑了，然后调整了下姿势，"不好意思，为什么？"

　　"因为我没办法照顾好自己。"

　　"你还是个孩子，你本来就不需要做到。"

　　"你不也是吗。"

多么令人心痛的话，他说得对。她只能扮大人。五岁时，他们被丢在了庇护所，从此以后，她承担起了照顾、保护和关心她弟弟的责任。

现在他懂了。

"不过，现在你已经不是小孩子了，"她说着，眼睛刺刺的，"你能够照顾好自己的。"她以为大声说出来会让自己伤心，但相反她感受到的情绪绝大部分都是骄傲和轻松。

他笑了，"那你可能错了。我不像你。大多数时候我脑袋不清醒，或者只想着干自己的事。我倔得很，我自己知道，但我需要你，莉莎。我们两人是最佳组合，这不是你一直以来跟我说的吗？"

她的喉咙发紧，紧得没办法再回答。他们两人的力量都在衰减。她的手臂火辣辣地痛，她知道自己坚持不了多久了，而且齐格亚尔人正朝这边走来。

"对不起我说了那些话……"他跟她说。

"我知道，没关系的。"

桥上响起阵阵枪声，一个熟悉的轰鸣声在他们耳边响起，震得他们衣服上的金属件微微颤动。她松了口气，再次用尽全身力气抓紧桥梁。"天哪，我爱死这个声音了。"她说道，她认得这"黑桃 A 号"熟悉的引擎声，这只"黑鸟"从他们下方升起，驾驶舱里的是拉姆，他操纵飞船做了一个一百八十度的转身。

货舱装卸踏板打开，火花站在里面，双脚绑着安全绳。拉姆控制飞船稳稳地朝他们靠拢, 待距离差不多了后, 火花单膝跪在装卸踏板的最边缘处接应他们。

火花靠近支撑梁, 一手托住莉莎的后颈, 一手抓住她背后的袋子将她举起, 高过尼克所在的位置。她身体悬在半空, 怕得不自禁地大叫一声, 接着便被火花抛进了飞船里。

然后他伸手到尼克腋下将他抱了起来。

"这可不是游乐的地方。"火花边说边将他抱进了飞船, 接着他去把两个袋子也拿了上来, "你们能成功过桥的概率相当低。我不明白为什么你们不早点呼叫撤离……" 随着他的说教开始, 装卸踏板慢慢收起。

"黑桃 A 号"飞到空中, 一路承受来自地面的攻击。莉莎双脚颤抖地站起来, 朝舰桥走去。她没有直接进去, 而是回头等着尼克跟上来。

"怎么了?" 他问, 气喘吁吁, 脸色苍白, 汗流浃背, 脸上还有斑驳的泥点。

天哪, 她爱他。她用力地搂着他的脖子, 哪怕全身肌肉酸痛。他也紧紧抱住了她。

"莉莎," 他轻轻地说, "谢谢你救了我那么多次。"

"我觉得今天你才是英雄呢, 小弟。谢谢你救了我。"

她松开手, 看到他像白痴一样傻笑。尼克一脸洋洋自得的样子, "我一定不会让你失望的。"

她笑道:"噢, 我知道你不会的。"

第三十五章

UNSC "金牛角号"，缤特沃星上空。

"舰长，"土耳其说道，"找到'黑桃 A 号'了。"

"总算找到了。"卡拉怒道，双手按在战术桌上，双唇紧闭。他们已经在缤特沃星上找这艘飞船找了一整天，什么也没找到。即使是"妖月初升号"于十二小时前和他们一起联合搜寻也一无所获。卡拉几乎确定，那艘拾荒船的船员搞到了某种极为先进的——毫无疑问，也是严重违法的——隐形技术。

哈恩的声音通过战舰和地面的公共通信频道传了出来，可以听出他所在的欢乐港正处于冲突的混乱中。"向那艘船开火，舰长！"

"那飞船上还有小孩子。"诺瓦克的声音切入进来，还能听到模糊的呻吟声和武器开火的声音，"都是平民。"

"是拾荒者，诺瓦克。"哈恩吼道，"是犯罪分子！"

"不能——"诺瓦克那边传来一声哀号，听着像是齐格亚尔人, "因为非法打捞或欺骗 ONI 就判他们死刑。"

"他们明目张胆地违反了《UNSC 打捞法》!"

"我们都拿到打捞物了!"

"先生们! 够了!"卡拉吼道。"黑桃 A 号"正在提升高度。如果它到了太空进入跃迁空间, 他们将再次失去它。

"妖月初升号"到了, 位于"黑桃 A 号"后方。他们已经无处可逃, 但他们没有停下, 也没有回应呼叫。卡拉一生做过不少艰难的决定, 但是她和诺瓦克意见相同——她不打算朝一艘上面有受伤的船员和小孩的飞船开火。如有必要的话, 她会做——但经验告诉她, 通常会有其他办法的。

"土耳其, 向他们船头前方开火, 以示警告。"

第三十六章

"黑桃 A 号"舰桥，缤特沃星上空。

"是'金牛角号'。他们发现我们了。"莉莎上气不接下气，汗流浃背地说道，周身都是在欢乐港东躲西藏时沾染的泥污。就在"黑桃 A 号"持续升空时，一发警告射击从他们的船头飞过。

"芮恩到哪里去了？"尼克问。

"火花带她到医疗舱去了。"拉姆回头答道。

莉莎一时六神无主。她呆立原地，不知道是该留下来协助拉姆摆脱追兵，还是跑去医疗舱。就在她犹豫不决间，火花的虚拟形象出现在了全息投影桌上。

"我们该怎么办？"莉莎问。

"我们先回到各自的岗位上，带'黑桃 A 号'逃离这个是非之地。"拉姆沉着地说道，"然后我们再去看芮恩的伤情如何。"

拉姆操纵着飞船，始终让船头与"金牛角号"保持十度的夹角。"他们发来了通信请求。"尼克说。

"不理他们。不要接。"拉姆冷静地说道,接着他回过头来说:"火花,我想是时候让咱们见识见识升级的效果了,带咱们离开这鬼地方吧。"

"乐意之至。"

第三十七章

UNSC "金牛角号"，缤特沃星上空。

卡拉舰长看着"黑桃 A 号"的动作，欣赏这艘小飞船的灵动设计，也赞赏其船员的勇气。诺瓦克说得对，触犯《UNSC 打捞法》罪不至死，但他们必须得拿下这艘飞船。"土耳其，再发射——"

就在她眼前，飞船以见所未见的速度飙射而出，飞进了一秒钟前尚不存在的跃迁空间传送门。

"……土耳其？汇报情况。"

"他们……跑了，舰长。传感器上没了他们的踪影。"

通信器中传来了哈恩特工愤怒的咒骂声。

第三十八章

此时，我的扈从身体待在货舱，我的虚拟形象浮现在医疗舱的系统面板之上。船员们聚集在弗吉船长的病床边。他们把她围在中间，周围还有各种精密的监控仪器，她的手上扎着点滴。她脸色苍白，眼窝泛着青黄，双颊浮肿，嘴唇几乎没有血色。

不过，她还活着。

我松了口气。

她为了让大伙儿放心，正试图挤出一个笑容。

芮恩给大家讲述受伤的经过时，尼克边听边摇头，焦虑地啃着一只手的指甲，莉莎的一只手一直握着他的手，拉姆则站在床脚。他们看着她的样子都很心痛，同时也感叹她的运气。

"运气"。这个字眼触动了我。

什么是运气？一系列随机事件导致的好运吗？一股看不见的无形力量，推动某些人走向成功，或是引导他们走向自己的命运吗？或许，这是一种世代相传的先天气运，由某种更高级的存在编排？

不管它是什么，芮恩·弗吉显然拥有它。

他们在笑，细数欢乐港发生的许多事情，但我没怎么听。我沉浸在自己的思绪中，直到我感觉到他们安静了下来。他们正看着我，等待着。

"听他们说，我得谢谢你。"芮恩对我说道。

"你不记得了吗？"

她咽了一口口水，她越来越虚弱了，"我记得飘在空中，下一秒就是从你肩膀后看到市场……"

"你吐了他一背，"尼克告诉她，然后看向我，"是他把你带回飞船的。"尼克想说得尽量轻松一些，但他越说情绪越激动，差点说不下去，"然后你因为失血过多晕了过去，差点没心跳了……刺针子弹从你的锁骨下穿过，在你背后的肩胛骨处炸出一个洞……你差点儿死了。"

之后很久都没人说话。

过了良久，拉姆走到医疗台前给每个人倒了杯酒。他递了一杯给芮恩，她的这杯只有一小口，其他人的则是满杯。她眉头一扬。

"我烟戒了，但酒可没戒。而且，每个大难不死的人都值得咱们为她干一杯。你熬过生死关，我们又带着东西顺利跑出来了。"拉姆笑道，"要我说，这次算是成功的行动，你不这么认为吗？"

她笑了, 声音沙哑, 道:"是啊, 足够成功了。"

尼克很挣扎, 他想为之高兴, 但也同时为之愤慨。其实他们每个人的感受都是如此, 只是有些人比其他人藏得更深。莉莎看着她的弟弟还在纠结, 隔着芮恩的病床, 用她的酒杯碰了下他的酒杯, 对他点了下头表示支持。他这才放松下来, 干了杯中的酒。

"这件事只要传扬出去, 我想你妥妥地会成为传奇人物。"拉姆对芮恩说, 尽量保持气氛轻松, 也是为了她好。

"不见得吧。"她说。

"我认真的。欢乐港发生的事会很快传开的。敢和ONI、斯巴达战士、前星盟的人对着干, 而且次次成功逃脱的平民可不多。"

"那是他们之前太小看我们。我们本来应该是他们的'资产', 该保护我们不受伤害才是, 死了可就什么都审不出来了。我看他们下次不会再低估咱们了。"

她说得对。

"不过我们这次确实把事情办成了。"她向大家宣布道, 然后看向我。"敬咱们的秘密王牌,"她举杯, "敬……火花。"

这是她第一次叫我的名字。

我点头, 还不太习惯他们的感激, 想着我为什么会有如此的感觉。他们说得对, 我差不多算是他们成功的关键。

莉莎用ONI还回来的毯子给芮恩盖上——这是代表她过

去的圣物。"好了，我很高兴你没事了。过不了几天你就会回到舰桥的。"

芮恩太累了，都没问我们接下来的目的地。我们已经到了太阳系，停留在主小行星带中。

我急于前往地球，但是我们必须耐心等待。

还有时间，有的是时间。

船长会康复的，纳米技术正在缝合她的组织和骨头，很快她就能重回岗位。

等她回归后，我们将向目的地进发。

我们还给 ONI 的罪恶火花的分身同样会被送往地球。

"那些芯片，"芮恩问尼克，"你确定它们是干净的吗？"

"是的，老大。火花和我检查了所有的东西。芯片都没问题，行李袋里所有的东西和我们的私人物品都检查过了。我们找到了一些窃听器，不过改造后的飞船很轻易地就将它们找出来了。现在我们很干净。我们把你的私人物品和芯片都放到你的房间了。"

"谢谢你们。"她看着所有人说道。

和其他人一样，我朝她点点头，便不再打扰她。

第三十九章

"黑桃 A 号"，主小行星带，太阳系。

九天之后，芮恩出了医疗舱，逐渐回归飞船上的日常生活。她缠着绷带的肋骨还有点疼，肩膀噬骨的疼痛更是一刻都没停止过……

那是一种永不休止的痛。

病痛不散，她只有整理私人物品分散点注意力。整理完后，她才记起哈恩特工在她中枪前给她的那张纸。

"收下吧，"他说，"考虑考虑。如果有兴趣就保持联系。"

她在房间中到处翻找，可是一无所获。她打开通信器问道："有谁知道我的血衣在哪里？"

"你说'血'衣，"尼克回道，"是问'我他妈的衣服在哪里'还是字面上的'我沾了血的衣服在哪里'？因为两者是有——"

"尼克，是沾了血的衣服。它们在哪里？"

"莉莎，"他回道，芮恩猜他姐姐应该就在他附近，"你把船长在欢乐港穿的那身沾了血的衣服放哪里了？"

莉莎的声音从通信器中传来："被我装进生化污染物的袋子里然后丢焚化炉了。怎么了？"

芮恩闭上双眼，努力平静下来。肩胛骨传来的疼痛就像有一个豺狼人用他沾满细菌的爪子在她骨头上一遍一遍地刻写名字一般，在这样的情况下保持冷静可不是易事。"没什么。"她说道，今天就这么着吧，累了。她爬上床，慢慢地侧躺下来。

反正哈恩或者 ONI 的任何人给的任何东西，都不大可能改变她现在的航向。

第四十章

2557 年 9 月 1 日, 沃伊镇的设施内, 肯尼亚, 非洲, 地球。

霍利尔舰长的脸出现在安娜贝尔的屏幕上,"主任, 我们正在前往本星系的途中。预计下午三点整回到基地。"他告诉她。

这支 AR 小组从缤特沃星的混战中脱身时, 只有几名队员受了轻伤, 然后立即依照安娜贝尔的命令, 和"金牛角号"一道跃迁回了太阳系。巴顿不会高兴的, 不过他已经就安娜贝尔在上次临时抽调走他的飞船, 且在飞船刚回到岗位后又立即、再次临时调走的事情发过脾气了。

虽然哈恩特工的计划成功, 但安娜贝尔对于没能抓到拾荒者和他们的飞船感到不快……不过她的部队安全归来, 又带回了罪恶火花留在"卢比孔号"中的数据核心残余, 对她来说, 尚算差强人意。他们拿回了安娜贝尔期望的东西。不过, 她还不能掉以轻心, 高兴得太早, 接下来还需要检测和进行后续的工作。

安娜贝尔已经读过忒亚关于吉兰诺斯 A 星的回收工作和缤特沃星会面的详细报告。现在她开始翻阅部队人员的个人报告，其中她最为关注的，是霍利尔的报告和随附的数据核心中的视频文件，还有阿波罗火力小组队长斯巴达战士诺瓦克详述芮恩·弗吉逃走过程的报告，还有他的现场视频中的干扰信号，那正好让芮恩的救援者看起来相当模糊……

"很好。收容舱情况如何？"

"工作正常。"

"没有交流？"

"没有。以我们看来，这个东西好像有点呆。我肯定，等我们回到设施后伊克巴尔博士是有办法的，届时你会知道更多情况。"

"当然。忒亚能修复诺瓦克的视频吗？"

他摇摇头，"她没办法清除干扰，这让她很是郁闷。"

安娜贝尔笑了，"AI 遇到自己解不开的难题都会不高兴的。我会让弗格森也看看。你怎么想，舰长？"

"老实说，很难讲。整个市场一片混乱，我也没看到。以我们所见猜测，它像是某种机器人。"

"等你距离够近，让忒亚把源文件发给弗格森。"

"好的，主任。一会儿见。"

第四十一章

2557 年 9 月，"黑桃 A 号"，地球。

"黑桃 A 号"从主小行星带出发，抵达地球并进入了行星大气层。火花此时以虚拟形象出现在战术桌上，引导飞船悄声无息地缓慢向地面降下。多亏升级种子的改造，他们全程隐形，未被任何雷达侦测到。船员们聚集在观测屏前，随着飞船下降，被呈现在眼前的、自己家园的景象深深震撼——他们中有三人是第一次来到地球。他们以朝圣般敬仰的目光看着这颗蓝色的星球。

芮恩坐在椅子上观察火花，奇怪他为什么不现身加入到其他三人中去，毕竟只要条件允许，他都用真实身体在飞船里四处走动。他们都知道他的故事，听他讲过新星和智库长的事迹。她听他说过想再次成为人类，和老友重逢。或许此刻对他来说，情感上的冲击比她想象的更深吧。

有时很容易忘记，在那金属外壳和虚拟形象的背后，有一颗没有命令和程序桎梏的人心。他曾经是自由的,他也一直记得这一点。现在,他甚至没有办法亲眼直视这个他长久以来想尽办法拼命前来的地方。

"黑桃 A 号"降落在乞力马扎罗山的第二高峰马文济峰东面的山坡,一处刚好高于森林带的裸露岩石地带,这里的西面是三座山峰中最矮的席拉峰,东面是最高峰基博峰。从山坡上往东南方看去,首先可以看到远处的疏林草原,然后是草原另一头的沃伊镇,再到中非洲东岸的新蒙巴萨城,在那后面就是印度洋。

着陆后,船员们准备了够维持一天的登山物资,然后到货舱集合。空气闸嘶嘶作响,货舱门缓缓降下,大家精神振奋。暖风中带着熟悉的大地、干草与泥土的气息,暖风涌入货舱,与他们的兴奋、不安和好奇的心情交织在了一起。

拉姆透过他黑色的胡须咧嘴笑着,他的眼角也透着笑意。莉莎和尼克有说有笑,他们周期性融洽的关系对芮恩来说就是个谜,火花站在装卸踏板末端一动不动,即将踏上故土的他心情五味杂陈。

他察觉到芮恩的凝视,态度发生了一些变化,表情仿佛拨云见日一般,他朝芮恩微微点头,抬起下巴,走下了飞船。

他闻不到气味,也没法将空气吸进肺里,或是感受暖风吹拂身体的感觉。他到家了,但只能通过模拟感官感受这一切。

她知道那样挺让人难受的。

芮恩挺直肩膀——又因伤痛缩了缩身子——跟在他身后。火花跟她说过，她的伤已经差不多痊愈了，不过她的痛觉似乎还没有跟上纳米机器人修复的速度。

不过，以她现在的状态，应付一天的登山行程已经够了。

而且，约定就是约定。她有工作要做——简单快速的工作。进去，为火花开启前路，然后走人。

之后可能，只是可能，找个温暖、宁静又无聊的地方放个假。

他们所在的山坡下方是森林带，高过他们头顶的山坡上方也长有许多粗壮的树木。一群鸟儿从他们脚下的林中起飞，攀上他们头顶的树梢。船员们四散开来，尽情感受着这一切。

芮恩也是一样，在周围漫步转了一圈，她惊讶于"黑桃 A 号"几乎完全隐形，虽然知道她的飞船现在装备了上古的厉害隐形技术，但从外面亲眼看到又是完全不同的感受。

只有当你知道它停在那里时，才能看出一些端倪: 飞船起落架在地面的压痕，和极其难以辨识的"黑桃 A 号"的轮廓。现在唯一可见的地方是货舱内部，凭空出现在那里，就像一扇通往异世界的传送门。

一直以来她都没有足够的时间好好了解"黑桃 A 号"的各项新功能。她的飞船是融合了人类和先行者技术的独一无二的存在——与人工改造不同，这是由先行者所用的技术对其进行的无缝的、全面的融合。所以她的飞船和 ONI 改造的那些飞船不同，和银河中任何一艘飞船都不同。

芮恩再度意识到有这样一艘飞船，将使得多少可能性成为现实……

心情大好，她转向火花，一个问题正要出口，却发现不见了扈从的身影。她沿着飞船外围找他，发现他正站在飞船停靠的悬崖边上，一动不动地看着眼前这片非洲大陆的美景。

他们从几千米之上往下看，森林、平原、远方城市模糊的轮廓尽收眼底。天空湛蓝无云，午前的阳光亮得耀眼。

芮恩站在他身旁，她奇怪为什么她自己的情感会如此脱节和封闭。这里也是她的故乡，虽然她没有离开千万年之久，但以人类生命度量，也是一段很长的时间了。地球的美丽，一个种族的家园，唤起人们的骄傲和归属感。但她自己的家呢？显然不是这里。对她来说，已经不再是了。这里是她度过童年的地方，充满悲伤与悔恨回忆的地方。

她的家没有了。她的船员是她这些年里拥有的最接近家人的存在，他们现在第一次亲眼看到了这块人类的发源地，心怀敬畏。

她瞥了一眼火花的侧影。他站得笔挺，一动不动。

"还和以前一样。"就在她转身要离去时，他转过身来说道。他的声音几不可闻，"但又不一样。"

芮恩点头表示理解他所说的。"不着急，你慢慢看吧。"她和他说，然后离开了他身边。

第四十二章

我把眼前的一切都记录了下来，连最小的细节都不放过，记下五彩的颜色，昆虫的鸣叫，野兽的声响——草鼠在草丛中穿梭的窸窣声，蹄踏坚石和尾巴甩动的嗖嗖声，历经年岁的牙口有韵律的咀嚼声，还有风吹过草原，野草摆荡并互相拍打发出的一种奇怪又清脆的声音……

我记得这个声音。

这是家乡的声音。

小时候，我躺在高高的草丛中，手枕头仰望天空。视线中的草在风的吹拂下时隐时现，整个疏林草原上的草一齐歌唱。

马洛提克城早已消亡，被时间扫进了历史，随着地壳的运动，掩埋在数层沙土之下。

万籁俱寂。

唯有草的歌唱继续。

我想象我的家乡就在眼前……一幅泥筑房屋的海市蜃楼，有些房子有三四层楼高，袅袅炊烟从家家户户的炉灶中随着跃动的火焰升入橙色的天空。

有语言能准确地描述我所看到的景象，还有它唤起的感受。但我在我浩瀚的存储空间中找不到它们了。

如果我会哭，泪水可能早已流过我的面颊，虽然我说不清为什么而哭。如果我有心，或许早已破碎。如果我能呼吸，我可能会将此地的所有气息吸入身体，直到我倒下。

这是我的家乡。

但我已不再确定这个词有何意义。更甚之，我不确定它对现在的我有何意义。

还不到二十岁时，我以宣教士俘虏的身份离开了这里。离开时我天真又单纯，愚昧且莽撞，完全想不到星空之上有何等恐怖的事等着我，以及那些将改变我的心灵和身体的审判……

想到我跨越如此遥远的距离、穿越超越想象的漫长时间终于回来，我就心痛不已。

我因悔恨而心碎。

因悲伤而窒息。

因愤怒而燃烧。

我想起母亲和妹妹，不知道她们发现我失踪后会怎么想。或许以为我像我父亲那样，偷到不该偷的一帮暴徒头上，然后死于一场械斗，最后我的尸体被拽进草丛深处，被秃鹰和豺狼吃掉。

她们有没有找我？为我伤心？为我哀歌？

她们有没有向无上的创世者祈祷我的回归?

她们一定想不到,就是创世者为我铺设的道路,将我带到年轻的先行者"新星"的面前,又和弗洛里安人莱瑟一起去了巨人湖,唤醒了她长眠的丈夫——宣教士。

智库长有没有关心过我们?

有吧,有一点儿吧,我相信。

但最终,我们几个只是她的工具。

这是难以接受的事实。

我想知道……她会再次利用我吗?

恐怕我已经知道了答案。

而我不喜欢这个答案。

第四十三章

乞力马扎罗山,坦桑尼亚,非洲,地球。

火花再度现身时,芮恩正坐在附近的一块石头上,清理着指甲缝中的泥污。她自认为是一个善解人意的人,场合需要时,她也是很有同情心的——她同情这个 AI——但她无法忽略内心深处升起的小小警觉。

他看起来比之前任何时候都要心不在焉和失落。

或许是她的错觉吧。现在已经接近旅途的终点,他们的合作即将结束。火花确实心不在焉,但他终于回到地球,正在实现他宏大的目标,不管那些目标是什么。

现在更像是风暴来临前的宁静。

"你好些了吗?"她问他。

他微微点头。

尼克悠悠地走过来,挨着芮恩一屁股坐到石头上,笑着问火花:"哪,十万年后再回家乡是个什么感觉?"

芮恩瞥了他一眼。尼克的神经向来大条。

"怎么了?"尼克看到她的眼神,问道,"这个问题合情合理。"

火花转向"黑桃A号"。他双眼放空,下巴稍稍收起,看样子他可能正在和飞船的系统通信。

莉莎把一直把玩的一块橙色的石头丢回地上,"我们打开你说的那些终端后会发生什么事呢?"她问他,"你要留在这里吗?"

"我们要做的事,"芮恩站起身,做好了了结此事的准备,"就是为他打开终端。然后我们的约定就到此为止了。"

"不错。"火花说道,还是继续专注在飞船上。

"把你们的装备都拿上,"芮恩吩咐众人,一边从地上拿起她刚才放在地上的装备,"对了,拉姆跑哪里去了?"

就在她手臂刚穿过背包的肩带时,一束硬光开始抹除"黑桃A号"的货舱入口,最后入口完全消失了,只留下一丝入口打开时造成的土地上的压痕。她的飞船已经完全隐形了,包括门和所有的地方。

火花还是没动。"啊,你在那里啊。"他以几不可闻的声音说道,是高兴的语调。

芮恩突然感觉一阵恶寒。怎么回事?

第四十四章

沃伊镇的设施内，肯尼亚，非洲，地球。

一直以来，如能在办公室里享有宝贵的几分钟私人时间，安娜贝尔都会感到些许满足。当然，这样的时间都不长。作为这里的主任，每天总会被各种各样的事情打扰。

二十分钟前，"妖月初升号"和"金牛角号"已在停机坪停好。伊克巴尔博士和他的团队现在正等在外围，准备护送数据核心到深入地下的永久收容设施内，这一路都需要经过严格的安全检测。

霍利尔舰长、AR小组和阿波罗火力小组，还有卡拉舰长与哈恩特工都前往一号机库做汇报了，他们将在那里接受设施AI弗格森的问询。

可以肯定的是，弗格森出面绝对比安娜贝尔亲自去好太多。一想到缤特沃星的惨败，就令她如芒在背。她不敢保证不在问询过程中发飙。

她给自己续了一杯咖啡, 仰靠在办公椅里, 看 AR 小组和阿波罗火力小组在缤特沃星会面期间的视频资料。这些资料是弗格森刚整理好的, 视频中受到干扰的部分也被复原了一大半。

当忒亚知道弗格森毫不费力地修复了影像时, 忒亚提请对她自己进行全面检查, 她认为自己肯定是哪里出了故障。

批准了忒亚的请求后, 安娜贝尔派弗格森去听汇报。现在她专心看着欢乐港广场那一幕。

她本来以为会看到一个衣衫不整、邋遢脏污的拾荒者, 然而她看到的是一个身材高挑的黑发女人, 武装得和反叛军不相上下, 还有两个年轻的船员, 看着二十岁上下。多亏阿波罗小组的组长, 安娜贝尔可以听到他们的对话, 她饶有兴味地看着船长交出的那个装有罪恶火花数据核心的盒子。

随后就发生了交火, 安娜贝尔不得不承认其高明之处。弗吉船长显然谋划周详, 制订了一个出人意料的逃脱计划。虽然被刺针子弹穿身而过并非计划之内, 但还好阿波罗小组的组长反应迅速。可惜的是, 他们最终没能按计划抓捕这几个拾荒者。

随后就是神秘的灰影切入到画面中。

安娜贝尔倒回去又看了一次。

她手臂的汗毛竖立。这次她以慢动作播放。

不可能。鸡皮疙瘩像野火般在她身上扩散开, 她再看了一遍, 这次速度放得更慢。那里。她将画面暂停在那个影子从半空接住芮恩·弗吉那一帧。

她清楚地知道自己看到了什么。

一个先行者的战斗扈从突然像骑兵一般出现在眼前的事实，令她大为震撼。上次她在影像中看到战斗扈从，还是她在方舟的时候。那时她非常幸运，待在安全的"混沌号"上，但即使通过屏幕看，也能感受到方舟上的战斗扈从是有知觉的、致命的，浮空的四肢和发光的眼睛相当有威慑力……

一个上古的先行者战斗扈从跑到缤特沃星去干吗？更重要的是，那么多人之中，它为什么偏偏去救芮恩·弗吉？

等等。安娜贝尔贴近屏幕，将画面放大数倍。

扈从的肩上画了一个"黑桃 A 号"的图案。

一阵恶寒袭遍全身，冷冽刺骨。

天哪。不。

"拉迪恩！"她急忙从桌后走出，侍从官也瞬间应声出现在她的门外。"叫他们停止收容！不要让那个数据核心进入设施！快去！弗格森！"

她跑到走廊上，急匆匆地上了电梯，心脏狂跳，弗格森没有回应。

这些天，安娜贝尔一直在绞尽脑汁想一个问题，想搞清楚两艘先进的 ONI 巡猎舰为什么拿一艘平民的水手级飞船毫无办法。

现在她他妈的知道了。

监守者能控制战斗扈从。

343 罪恶火花并没有损坏, 也没有被困在一个数据核心里。他活蹦乱跳地和拾荒者们混在一起, 也就是说他是自由的, 而且功能完好。而这一切都不是偶然。安娜贝尔的直觉在大声疾呼, 可怕的预感在体内吞噬着她, 她急切地踏着电梯的地板, 想要它再快点儿。

"安娜贝尔? 到底出什么事了?" 伊克巴尔博士的声音从她的通信器中传来, "数据核心还在巡猎舰的收容舱里。"

"弗格森!" 电梯门刚开, 她一边大喊一边全力跑过停机坪, "启动关闭整座设施的程序! 马上!"

机关正在一步步收紧, 严丝合缝。她担心的不是数据核心的实体, 而是数据核心没有被收容的那个短暂时刻, 是芮恩·弗吉扔给哈恩特工, 组员对它进行扫描和封装的那一刻。

只有几秒钟。他要的就是这几秒钟。

老天。

在缤特沃星的骚乱开始之前, 罪恶火花可能就已经侵入了他们的通信器和设备。

她刚到他们做汇报的机库, 所有电力开始接连关闭, 她停下了脚步。机库的门紧闭着。

"拉迪恩! 谁启动的关闭程序? 是弗格森吗?"

"主任," 拉迪恩的声音无比镇定, 反而让她呆立原地。"我在你的办公室。视频里的影像有问题。画面……破了。变成了流动的代码。他在——"

通信断了。

是弗格森修复的视频。弗格森现在没有回应了。他藏在视频里，现在他侵入了弗格森。"该死的！"

她看到伊克巴尔博士从"妖月初升号"慌慌张张地跑出来，面带疲惫和困惑。停机坪也处于一片混乱和骚动之中，刚才一辆地面运输车失去能量，顺着一架鹈鹕运输机打开的装卸踏板冲进了运输机的货舱并翻了车；一架重型无人机从天上掉了下来，撞到停机坪的边缘爆炸了。安娜贝尔看着这一切，在她视野中如慢动作一般上演，从感知到觉悟。

忒亚没有任何问题。

他们被耍了。

343 罪恶火花和"黑桃 A 号"的船员是同谋。

天知道那个监守者向他们许诺了什么。

一群白痴！

一群白痴和整个银河系中最强大也最不稳定的人物混在一起，他破坏了她的设施，又把她的整支队伍关在了机库里。

第四十五章

乞力马扎罗山，坦桑尼亚，非洲，地球。

火花结束和"黑桃 A 号"的通信后，他眨了眨眼，转过身来，歪着头看着芮恩。他面部的蓝色线条似乎柔和了些。如果让她猜的话，她会说他突然心情变好了，也做好了出发的准备。

"你刚才在找什么？"她问他。

"一个老朋友。"他从她身旁走过，没有再解释。

芮恩叹了口气，然后把船员们集中到一起，说道："好了，大家伙儿，我们出发吧。还有，拉姆到哪儿去了？"

他们在山坡上面找到了他。他正双膝跪地，双手捧着一大堆泥土。芮恩停下来，让他享受属于他的这一刻，她知道有些人很喜欢这样。他笑着把手上的泥土举到鼻子前闻。第一次来到地球的人们会做各种奇怪的事。芮恩抬起靴子开玩笑地踢了他一下，"你也是，朝圣者，咱们出发了。"

拉姆站起身，把泥土揣进口袋，将肩背的步枪调到身前，跟上了同伴们的步伐。队伍由火花领头，芮恩断后。

位于山坡下方的森林带，也有几片树林延伸到了山坡上面，爬到山上气候所能允许的最高处。一路山石嶙峋，有几处陡坡需要攀爬才能上去，有的地方还有溪流，需要涉水穿行。莉莎和拉姆很喜欢沿途的风景，喜欢他们路上偶遇到的几只猴子和鸟。而尼克则不时拍打着自己的脖子，嘟囔道："噢，好极了。"

"它们叫'蚊子'。"芮恩笑着朝前方喊道。

"还不如叫'小粪蛋'。"他抱怨道，拍打着手臂，"妈的，不管到哪里都有虫子。"

"可能是你的问题——它们就不会来烦我。"莉莎说道，为又一场相爱相争的姐弟拌嘴开了个头，一路上他俩几乎就没停过，拌嘴一场接着一场。

一小时后，山势越来越陡，队伍的行进速度比之前慢了一些。不过还好他们一直是沿着山坡走，没有往高处爬。他们贴着一处峭壁的边缘，转进一大块宽阔的悬突岩石下方，低头走了进去。芮恩开始怀疑火花并不知道确切的位置，打算找机会问问他。

"把照明打开。"芮恩说道。

他们往悬突岩石里面走去，莉莎把照明转向上方，照向头顶的山岩。"哇，看哪。"原来岩石上画着数十幅象形图——有动物和猎人，手势和符号，图案由土黄色、深灰色和白色绘成。

悬突岩石的尽头与山体相连, 他们随之进入了山中。随着他们的深入, 光线也越来越暗。那些象形图案也越来越密集, 到后来甚至有从岩石上跃然而出、凭空浮现在视野中的感觉。

"这里要小心。"火花说着贴着一小段岩壁往下跳。

他们小心翼翼地跟着他继续往下。随着他们下得越深, 洞窟也越来越宽敞, 岩石和泥土的气味越来越重。呼吸和迈步的声音都被空洞的空间放得老大。

"看起来这里往后是没人去过的了。"莉莎说, "壁画从这里就没有了。"她用手电在四周的山壁上扫射了一圈。

"不, 看那里。"尼克说着用他的灯光照在一个——

"等等。那是一个先行者的符号文字。"芮恩说着上前几步。那个文字不是画, 而是刻凿在山壁上的, 所以不易被发现。刻凿的痕迹看起来非常久远, 应该比他们先前所见的那些都要古老。

"你有把握吗?"尼克问火花, "你怎么知道智库长在这里?"

四周太黑, 扈从蓝色的硬光照亮了他身周的空间。他转向尼克, 他的眼睛看起来就像两个悬浮在空中的光球, "她在发给她丈夫的消息中提到过这座山。"

"就这样吗? 你就凭这点线索去找?"

"不是。"

见扈从不再言语, 尼克小声说道: "好嘛, 真让人信心十足。"

扈从走进了黑暗之中，这次他走得比刚才更慢，让他有更多时间仔细地检视四周的山壁。过了一阵，他伸手招呼芮恩过去。"这里。"他说道，手指向山壁上的一块黑暗区域。

芮恩用手拂去那处山壁上的石尘和尘埃，发现岩石中插着一个合金面板。面板边缘有小型的符号文字，中央是一个较大的手掌的轮廓。"不用说也知道该干什么了。"她说着把手放到中央的那个符号文字上。

一阵震动传入她的手掌，同时一声巨响在空间中响起。他们四周的岩石一齐颤抖着，震动从芮恩的脚下攀升，晃动着她的双腿。

蓝色的光芒像喷火枪发射一般喷吐而出，在一侧山壁上逐渐勾勒出一扇门的形状。

芮恩跌跌撞撞地后退了几步。待线条勾勒完成，硬光形成的通道也同时出现了。光芒没有持续多久便消失了，留下一扇高大的、开着的门。

"酷啊。"尼克喃喃地说道，抢在他们前面朝通道走去。

芮恩赶紧抓住他的衣领把他提了回来。

"哎哟！"

"小心行事。"她一字一顿地说道，帮他把背着的武器调到身前，塞在他手里，"小心行事。"

"好吧。"他说道，"我明白了，小心行事。"

扈从带队往里走。

"招子放亮点。"她提醒船员们。

芮恩不知道接下来会有什么发现——可能是一个先行者设施，就跟他们在璀尼尔星去过的那个一样。不过这里显然石头更多、光线更暗、空气更闷、味道更刺鼻一些。

"贴着山壁走。"火花告诉他们，芮恩此时也感觉到远处的空间一下子变开阔了。视野有限，但他们很明显是贴着某个斜坡在走。

"所以我们现在是要找什么？"拉姆问，他的声音在黑暗中回荡。

"一个护卫。"扈从答道。

"一个什么？"

地势往上，逐渐开阔，但他们似乎来到了一个死胡同。

"武装守卫机器人。最终时刻有两个这种机器人随一艘巨人级飞船来到了地球。"火花再次检视墙壁，"是我派它们来的。一共派出了三个。"他看着他们，指向上空说道。"就像这座大山的三座山峰。"他笑道，"它们是被大雪遮盖的护卫。"

"其中两个的任务是护送一艘巨型飞船……"芮恩若有所思地说道，"你是说它们就在这里，在这群山之下？"

火花没怎么专心听她说话，专注于清理岩壁上的一处地方，"不全是。那艘巨人飞船被拆卸，用于在附近修建一座通往方舟的传送门。一个护卫受命护送一艘造物者的圣匙船和救起的人类离开地球。"

"那另一个呢?"莉莎问道。

"留下了。被重新安排,留在马文济峰下面。"

"为什么是这座峰,而不是另外两座?"拉姆问。

"马文济峰能看到沃伊镇和传送门。"

"那智库长怎么能在这里活下来呢?"尼克怀疑地问道。

"我没说她在这里活下来了。"

芮恩愣住了。怎么回事?他想来地球不就是因为这个吗?她张嘴正要发问,但他动了,突然消失在岩石中。

芮恩仔细一看,岩壁上有一处裂缝:平视时看着就是平整的岩壁,但以某个角度去看,就能看到一个既高且窄的入口,里面是一条迂回曲折的隧道,还有光从隧道的另一头照进来。

一行人沿隧道来到一个宽阔的山崖边,头顶的山体伸出一块岩石悬在半空,在这里他们被一堵光墙挡住了去路。

旁边的石壁处有一个终端。芮恩走过去,把手放到终端顶部。光墙立即消失无踪。他们慢慢走到山崖边缘,那里也有一个终端,山崖下是一道沟壑,沟壑对面有一个岩石构成的半岛。半岛的地面上有一个圆环,向上发出柱状的光芒。光柱内有一个椭圆形的物体悬浮在中央。

芮恩可以看到光柱前有一个终端,但眼前似乎没有路可以让他们跨过这道宽阔的沟壑去到对面。

"那和我见过的所有机器人都不一样。"尼克说。

"因为本来就不是机器人了,不再是了。它的零件被用来制造这些设备了。"火花说着向边缘的终端走去。

芮恩跟了上去。当她的手放到面板上时,一道较宽的光束从崖边射出,直直地跨越沟壑到达了另一边。"这是一座光桥,"她说。她在星盟的飞船上见过几座,不过她从来没有在上面走过。

"什么?"尼克惊到,"老天,这太不可思议了。"

火花走到光桥边,抬起一只脚,从崖边跨到了固实的光上。

第四十六章

我们现在可以跨过那道沟壑了。我带头踏了上去，但注意到我的一个同伴没有跟上来。

啊。他对这座硬光组成的桥心怀警惕。

我回身向他走去，尼克倒是没有这些担心，他从我身旁走过，到我前头去了。

"你确定它不会突然关掉吗？"拉姆一边问我，一边小心翼翼地踩上去，试探它是否牢靠。

"我确定它不会。"我说。

芮恩一巴掌拍在这个来自云屋星的人类背上，咧嘴大笑道："终于有你怕的东西了。我很高兴能目睹如此有纪念意义的时刻。"

我和芮恩一样，觉得拉姆的反应很有意思。她和莉莎走过我身边，我则等拉姆走过来，和他一起向平台走去。

与此同时，我一直和我的分身保持联系。关闭ONI的设施是早就计划好的，这都是为了让我们在此间的行动不被他们觉察。我的分身要找的是他们在非洲的疏林草原下回收的过时的书记员,还有书记员随机侵入他们的网络所掌握的一些记录。

879挑战我,让我自己去找需要的情报。所以我来了。

"黑桃A号"的船员在研究从平台的圆形底座上发射出的硬光光柱。

我停下来,被他们脸上好奇的神情打动。光映在他们的身上,照亮了他们的眼睛。

我们在一起的时光就快要完结了。

我喜欢他们每个人的性格和不可预测性,我发现我有些舍不得结束我们的合作。

而且我一直对自己保守的那个秘密感到愧疚。

把芮恩·弗吉父亲的死讯告诉她不会是什么好事,而我也不想成为传递坏消息的人。

所以我决定保守秘密。我并不打算履行我们达成的协议。

怀着复杂的心情,我转身朝向光罩。

"她在里面吗?"莉莎问,"你的智库长?"

"这么说吧。这就是我们的旅程真正结束的时候了。在打开这个终端后,我不再需要你们。"

我透过光罩,看着后面飘着的,长长的椭圆形飞行舱。

这是一个造物者的飞行舱,是这一阶级非常普通和常见的那种。在它里面的,当然不会是智库长,但它确实收容了某种东西。

一个礼物，如果我猜得没错的话。

"接下来呢？"芮恩开口了，把我的思绪带回到当下。他们都用鼓励的神情看着我。接下来我只需要等光罩关闭，走上踏板，进入硬光中……

我犹豫了。

姐弟俩还不太会隐藏自己的情绪，尽管他们努力不表现出来，然而情绪几乎就写在脸上。拉姆·查尔瓦倒是擅长此道，不过他此时完全没打算隐藏。芮恩也是一样。

他们看起来都很……高兴。为我高兴。

我不知所措。

芮恩看着光桥的另一端。我感觉到她有一些警惕，可能是担心能不能安全地回到飞船上吧。

或许……

或许在我拉上他们经历这一切之后……我应该将某些事情以实相告。

这样，才算礼尚往来吧。我改变了主意。

她的目光对上了我的注视，她抬起手要去触碰终端，那将关闭围绕光柱的屏障。我突然伸出手，抓住了她的手腕。

"怎么了？"她问，眼中带着一丝警惕，"有什么问题吗？"

我自知选择的时机不太好，但我突然间非常确信，遵守缔结的承诺会是最好的结局。然后我再进入光柱，不带任何愧疚。

"有件事我必须告诉你。"

她皱眉看着我,又低头看着我的合金手指。我松开了抓住她的手。

突然间我又一次迟疑了,刚才我还如此肯定。

这般摇摆不定可要不得。我必须踏出这一步。

"你的父亲已经死了。"我说。

终于,我说出来了。

她眨了眨眼,双眉紧蹙,接着后退了几步,好像我刚才真的打了她一样。然后她静静地看着我。没有任何的反应。船员们面面相觑,困惑又不知所措。

沉默让我越来越不安,"他死在伊川星港。"

第四十七章

"当时，必须要留下一个人引爆跃迁引擎。他牺牲了自己的生命。"

火花继续述说和解释着，但芮恩一个字也听不进去，突如其来的痛苦袭遍她的全身。她的脑子乱作一团，本能地拒绝接受这个事实。

"这算什么？"她终于开口了，她的语气苦涩，发出一声尖利、不明所以的笑声，她使劲眨眼不让眼泪流下来。她看了一眼火花和她的船员，试着找到什么打破这份不真实感。"不……不……"她摇头说道，"这算什么？为什么你要这么说？"

这不是真的。

这一定是 AI 编的某种扭曲的笑话。

你的父亲已经死了。

必须要留下一个人引爆跃迁引擎。必须要留下一个人……

他牺牲了自己的生命。

她记起许多的片段——小不点儿的叙述、视频文件、残骸带——所有细节和片段都源自同一件事,它们拼合在一起,还原出一个痛苦的真相。

她的父亲,他本不必留下。

但他会留下。

一定是这样。如果事关重大,他一定是第一个站出来的人。当时,星盟的侵略刚开始,他们一定遇到了万分紧急的情况。

为了阻止一整支先行者舰队落入星盟手中而炸毁护盾世界,这正是约翰·弗吉会挺身而出的事。

一只手搭在她的肩上,她一个激灵,下意识地跳开了。

这一吓,也让她开始听到周围的声音。有船员们的,也有火花的。

"对不起,我把这个坏消息告诉了你,芮恩。"火花说道,他的声音中有担心和困惑,甚至还带着歉意。

她柳眉倒竖,"对不起?"

震惊、悲痛和愤怒迅速、蛮横地占据了她的身体,在她体内膨胀,渗进身体的每个空隙和角落,直至四肢百骸。她想要大叫,在压力下破碎成百万碎片。她冲向扈从,用尽全身力气捶打在他的胸甲上,呜咽着。

他当然可以不费吹灰之力就制住她,但他故意示弱,连连蹒跚后退。

"你还说对不起!你不是现在才知道的吧。多久了?你知道多久了?"

"我一开始就知道。"

芮恩发了疯般对扈从又打又喊，他不断退后，也不还手。她的拳头从红肿一直打到受伤流血，雨点般地打在他坚如金石的合金护甲上，脚踢在他的腿上，还想要摔他在地，直到她发现躺倒在地的反而是她自己，而扈从在她身后，手稳稳地钳制住她的脖子。不过她还没完，她躺倒在地的那一瞬，本能地抽出了手枪，抵住扈从的下巴。

她的呼吸紊乱而急促，随着她的怒火渐退，周遭的情况逐渐重回她的感知——无论她是否想要这样。她模糊不清的视线看到火花的虚拟形象站在终端上头，吃惊地看着她，他脸上的表情比以前都要像人。

"开枪的话，子弹很可能会反弹打到你的头的。"他冷静地说道。

当然会的。芮恩放下枪，她的手臂瘫软，她的脸庞已被泪水和汗水浸湿，又因脖子被卡住有点喘不过气来。

"你知道你打不过我的。我杀你不费吹灰之力。"火花的虚拟形象继续说道。

她抬头恨恨地看了他一眼，"你已经这么做了。"

莉莎手捂着嘴，泪水止不住地流下来。

火花重重地叹了口气，声音中满是后悔，"我知道你的感受，但——"

"你哪里知道这是种什么感受。"她气恼地说道，她的眼中再次噙满火热的泪水,一边挣扎着脱离他的钳制。

扈从虚拟形象的态度转而强硬起来,他的蓝色光芒变成了猩红色,他面颊的线条勾勒出愤怒的表情。"我不懂?我?"他说着消失了,扈从松开钳制住她的手,把她往前推去。她手脚撑地,喘着粗气,眼泪一滴一滴地砸在地上。船员们看不下去了,纷纷走上前,不过芮恩举起一只手阻止了他们,自己站了起来。

扈从站直了身体,外形已经重新变化为更具威慑的样子。他气势汹汹地上前几步,弯下腰,双眼泛着红光,死死地盯住她的眼睛。

"我!不!知!道?"他大吼。

在她意识的某处已经觉察到了危险,但她没去管它。她双手推着扈从的胸甲,说道:"是啊!"她回答,"我就是这个意思!"

因为她现在无法退缩,也无法承受真相。真相太突然,太真实,太痛苦……她情愿选择流血和战斗。她大叫着又用力推了他一下,然后再次发动了攻击——不过他已经受够她了,这次紧紧地抓住了她的手腕。

"你凭什么说这话。你不过是浩渺宇宙中的一捧沙尘,还只是一个孩子,一个什么都不懂的孩子!"他踏步上前,步步进逼,她只得连连后退。但他仍没有停下,越来越用力地箍住她的手腕。"所有的种族,所有的行星都消逝了。如此还不够,不够。"他继续说道,"甚至在你清醒的时候眼睁睁地看着自己的身体被剥夺。你的整个文明都被扫除,而且你还是启动这个过程的帮凶。想象一下,你是唯一一个被抛下的人!"他的声音都变了,"这一弃就是十万年之久,而且当你最终醒来……"

他没办法再说下去了。他沉浸在自己的情绪中无法自拔,他的声音已带着哭腔。

扈从手指并拢,抬起她的脸,说道:"你的悲痛微不足道。"语调中带着怒意,"只是茫茫宇宙中的一小撮沙粒。"

他顿了顿道:"你的父亲不是我杀的,船长。他的命运是他自己选的。他有勇气去做必须要做的事。"他靠得更近,脸对着她的脸,声音低沉地说道,"等你见证了全银河的生命在眨眼间消亡后再来我这里哭吧。到时候如果你敢见我,再对我说我不懂什么是悲痛。"

他们互相瞪着彼此,迷失在各自的痛苦中,互相怪罪对方。

芮恩挣扎着要摆脱抓住她手腕的手,他顺势松开了手,他的红光也变回了蓝色。她揉了揉手腕,然后用手臂擦干脸上的泪水。"我不要再被牵着鼻子走了。"她说完走向终端,一巴掌拍在圆顶上,"我们两清了。"透明的屏障消失,光柱似乎随着屏障的消失更亮了。

芮恩转身走向光桥,她刚迈出一只脚想往回走,一束从光桥对面照过来的光让她停止了动作。

对面的山崖平台上站了好些荷枪实弹的士兵,手中都端着武器。她认出了人群中的哈恩特工和他身旁一个高大的穿着全副雷神之锤盔甲的斯巴达战士，他正在向山崖上另外两名斯巴达战士下达命令——大块头，不用取下头盔她也认得。

此时又有另一个小队出现了，他们全身黑色，穿戴的是特种部队的装备。

她数了数，对面一共有十个人。

芮恩即刻转身，背上生出一阵刺骨的恶寒。"把光桥关了。"她急切地喊道。

火花关闭了光桥后，默默地看着她，他犹豫了很久，最后说了句"再见了，船长"。

说完他转身径直走进了光柱，马上被光吞噬了，消失得无影无踪。

他就这么走了。

抛下了他们。

火花在他们面对不可能战胜的敌人的时候跑了。至少，人不在这里，没和他们共患难。

芮恩一时之间还没回过神来，此时在她的大脑中有太多的情绪阻碍她思考。想不到办法，尽管她绞尽脑汁，也没想到可以过得了眼前这关的办法。船员们……他们都要仰仗她，而且——

"芮恩。"说话的是尼克。他正站在她面前，他看起来也和她一样，为火花出其不意的举动和背叛感到打击和震惊，不过他抓住她的肩膀，双眼直视她，直到她的注意力聚焦到他的身上。

"嘿。嘿。把它装进一个盒子里。"他轻轻地说道,"还记得你教我的吗?把它锁起来,关进房间,不让它溜出来?然后——"他看了一眼沟壑的对面又再看着她,"等我们想要它的时候,你再狂风暴雨般地将它一股脑释放出来。记得吗?"

他年轻的双眼里噙着泪水。

眼前是一个相信她、依靠她、关心她的人。要不是她已经情绪消耗过度,她此时一定会瘫软在地,崩溃失控。不过,她发现内心反而正在逐渐坚强,有什么东西从她内心深处涌出。她想到了卡德,她永远无法释怀的损失,但会有办法的,总有办法的,让他们逃出生天、劫后余生的办法。她可以像以前一样,再一次,让她——他们——逃过眼前的这一劫。

慢慢地,她点了点头,将尼克的话放进心里,赐予她力量……

他对她笑了笑,表情悲伤又不自然,"那……船长,我们现在怎么办?背水一战吗?"

她深吸一口气,随即注意到对面有两个特种兵开始研究那个终端。"他们正想办法打开光桥。我们先在周围找一下,看有没有路能离开这里。"

"跟着火花走怎么样?"莉莎指着硬光光柱说道。

"我们不知道他去了哪里,而且我不知道你们的想法,但我已经不想再跟着那个混蛋不明不白地到处跑了。拉姆,你去左边，尼克走右边——顺着半岛和山体结合的边缘走，看看都通向哪里。"

"黑桃 A 号"的船员虽然个个都装备了武器，也把步枪拿在手里上了膛，但他们并没有举枪瞄准谁，也不打算这么做。

芮恩和莉莎站在终端旁看着沟壑对面的情况。如果那座光桥真的被启动了……

"弗吉船长。"洞穴里响起大块头的声音，"你们那边没路了。认输吧。把你们的武器放下，我们一起商量着解决这事。"

"不要，谢了！"芮恩大声答道，"我知道你们这些人会怎么对付我们。我还不打算就此消失。"

"没有人会消失。"斯巴达战士喊道。

"你能向我保证吗？"

他迟疑了。因为他显然无法代表 ONI——他不是做主的人。而且 ONI 有的是办法，可以无视司法系统和个体权利让人消失。

"船长！"哈恩叫道，"我们要的只有那个战斗扈从和监守者。把他们交出来，我保证你和你的船员不受此事牵连。"

莉莎向芮恩靠近了点，皱眉道："说的好像我们能控制火花一样。"

"长官，"研究终端的其中一个士兵汇报，"光桥正在启动中。"

第四十八章

我穿过光柱耀眼的光芒，进入一片朦胧的白色中。

最初我一无所见，然后……一个纤柔的身影凭空出现，我知道那就是她。

智库长。

我感受着让她苏醒和显形的技术。她的意识精华逐渐明晰，并朝我飘来。我清楚地看到了她。她一点儿也没变。她是优雅、美丽与智慧的化身。她穿着飘逸的衣服，佩戴着头饰，散发着背负责任的凝重气场。她黑色的大眼睛看着我，眼中带着爱、友情、悲伤和后悔。

她和在我还是婴孩时祝福我的她一样，和在我童年时的梦中出现的她一样，还是那么安详与慈爱。她和我一直以来记忆中的她一样。

女神。母亲。操纵者。济世者。

她检视着我，庄严且有力。突然间，我从扈从的身体里抽离，开始形成一个可见的实体，最终我再度拥有了契卡斯的身体。但我知道这只是她的一个手段，让我俩平等，让我俩回到记忆中的血肉之躯的样子。

"契卡斯，"她的问候仿佛一位母亲在欢迎与她失散多年的儿子回家一般，"看来你终于找到办法回来了，你做得很好。"

"而我每次都为之付出了代价。"

我并不想把我们的问候引向争吵。可是这些话语脱口而出，我都来不及阻止。不过它们并非虚言，所以我收紧下巴，冷静下来。

她头稍倾，若有所思。"我把你伤得这么深吗？"她问道，她的表情因悲伤和后悔而变得更加柔和。

的确如此！我的内心在呐喊。

她严肃地点点头，"对于这件事，我很伤心。看来我只能为此一直悔恨下去。"她痛苦的模样本应使我满足，但因为我爱她，她的样子只是让我更受伤了。

"你坚持下来了。"她语气中带着骄傲，"完成了适应变通。你是一个奇迹。"

"一个你设计好的奇迹吗？"我必须知道。她是不是说，这是注定的？她的谋划创造了太多可能性，而我必须知道我是否在她的算计之内。

她摇头，"不。你的进化完全出于你自身，或许也是出于某种必然，这种必然又将影响后续的结果。有时候……"她黑色的眼睛含着一丝笑意，"有时宇宙造物是出于它的需要，而非人为可以左右。"

"我不明白。"

"是啊，你不明白。但有一天你会的。你现在是有自主意识的存在，已经脱离了我的掌控和影响。你愿意侍奉衣钵吗？"

"衣钵是你的——它从来就不曾是我的。"

"不，它是你的，本身就属于你们这个物种，而不是先行者的。你看看我们现在。"她看着我，眼中带着无尽的惭愧，"衣钵的继承者如此难得……而且往后还有很多事要做。在安魂星，我和我的丈夫都已苏醒。"

我畏缩了，"宣教士还活着？"

书记员也这么说过，我记得。

她的表情变得绝望，接着叹了一口气。她没有回答，但显然他的威胁令人担忧。

"我看到人类演进的过程。"她说，"我看到他们接下来可能会选择的数条道路，以及从多方涌入的黑暗。我已经给予人类方法和帮助，我还将奉献我的所有。或许这次他们能做到我们未能做成的事。"她的嘴角微微上扬，"这次没有先行者阻挡他们了。"

历经万千岁月，我有太多的话想向她诉说，太多问题想要询问，太多抱怨、太多事想和她聊……然而现在我却一个词都想不起。

"我不关心你的战争和你的衣钵。"我说。

"但是……你还是关心的。一部分的你关心，另一部分则不然。一部分的你冷漠且富于心计，另一部分则心系众生。"

"我没有心，我的心早就被剥夺了。我已经为此付出了代价，完成了我自己的任务，以及对朋友的义务。"我说道，"莱瑟，雯伊芙娜……"

她看着我，审视良久，"作为一个人类，你身上有大将军弗斯科恩仇[①]的意识精华，就在你的体内。你能感受得到他的挣扎，他的苦痛和绝望。你是他的监狱。而你知道在他的强大存在感面前失去自我是怎样的感受……你会对他人做这样的事吗，唤起早已安息的朋友？让其他人类来背负他们的意识？"

"你干过一模一样的事。"对我。

"为了众生。"

"拿众生说事只是强者将自己的决定强加于弱者的借口罢了。"

她没有回答我，她已看出这是一场不会有胜利者的争吵。我的怒意逐渐消散。

"是吗？"我质疑她的话，"他们安息了吗？"

"他们被留下来平静地过回自己的生活，他们的基因印记

_____

① Forthencho，在先行者和洪魔之争之前，大将军弗斯科恩仇于人类-先行者战争中担任了一千多年的人类军团高阶指挥官。在战争后期，智库长将弗斯科恩仇的意识和精神刻在年轻人类——契卡斯的基因中得以重生。这一印记一直延续超过了十万年，直到弗斯科恩仇的意识被提取到 343 罪恶火花中时契卡斯才摆脱了这一印记。

一直沉睡着。"

"他们被记录在智域中。把我送去那里。给我权限，让我的记忆和他们在一起。"我恳求道。这些话语出口，让我感到难堪，但我愿意放弃一切和他们再在一起。

"他们现在只是往昔的投影，契卡斯。"她告诉我。"只是通过我的族人们和他们相处经历制造的复制品，没有其他的东西。你也不应活在过去，在回忆中度日。"她摇头道，"你要去的地方，恶的旁边也伴生有善。"

我不知道如何回应。我很困惑，活了这么久，第一次不知道我想要的是什么。

她是对的——她说的我早就知道。但真就没有希望了吗？

我发现自己开始慌乱了。

"那跟我一起走吧。"我提议道，"你可以像我一样，与人类同行。"对她来说，像我一样运用扈从只是小菜一碟。

她摇头道："这已不是我的时代。"

"那我跟着你。"

"亲爱的契卡斯，我明白你历经绵长岁月所承受的孤独之重负。要是你没有成为监守者，可能早已被如此重负压垮。不要在现在屈从于它。你必须克服它，超脱它。或许……你在找寻的朋友，已经找到了。"

周围的白色由朦胧转为清晰，我又看到了"黑桃A号"的船员，他们已身陷困境。他们逃不出这个山洞的。

纳秒之间，我回顾了我们一起的时光，说过的每句话，没有说出口的每句话，我们一起渡过的难关和一起走过的旅途，我们的信任与猜疑，我们的分歧和欢笑。

世上那么多的智慧生命，我偏偏遇到的是他们。如此符合我的需要，如此熟悉……

我又感觉到慌乱。我不想再次失去智库长，"你呢？你接下来会做什么？"

"我的其他几个印记已出发前往'无上智库'，这个印记也将前往那里。必须将人类接掌责任之衣钵所需的各种工具交付给他们。还有知识——他们必须要掌握运用和维护智域所需的知识……"她双目放空地看着别处，过了一阵，她眼神柔和地看着我说，"那之后，或许……"

"去堡垒星？"我问。

我从她温柔的笑容中感受到关爱与告别，我知道她不相信自己能到那里，或是她能找到可以让自己休息、获得宁静的任何地方。

"或许吧，"她答道，"运气好的话。"

如果我有心，一定会心碎。我感觉不到自己的幸运，反而感觉自己一直没走过好运，伴随我的只有毁灭和绝望。我已经打起退堂鼓……

"运气只属于你。"我提醒她。

"不，亲爱的契卡斯……火花。它是你的。"她透过薄薄的光层看着那几个船员，"还有他们的。一直如此。你没发现吗？你可以留下，和我一起前往无上智库……你也可以选择不同的道路。选择由你，我的老朋友。"

一个小小的蚀刻有花纹的盒子出现在她的手上，她将它递向我。

"这是什么？"

"一把钥匙。能找到失落之物。"她说，"能为矫正我族过失之遗害指明道路。"

我皱起了眉头。

"要不你和我一起走。"

时间仿佛静止了。

我将这一切都记录了下来，不放过每一个细节。

我想问她，她要的是什么。不是她希望达成的事，或是肩上重任所致的那些，而是她自己的愿望，她心之所向的东西。

但我发现我其实不必开口。我已经知道了，"宣教士还能获得安宁吗？"

她的眼中闪过一抹悲伤，我见状也为之心痛。"恐怕我的丈夫已经无可救药。"她转换情绪，问道，"你决定好了吗？"

我回头一看，那座光桥已经重新开启，几名斯巴达战士正走在上面，手中拿着武器。

我又转向智库长。她等着我的决定。

"我为了找回朋友已经等了十万年。如今我既然找到，为什么还要离开？"

　　智库长嘴角扬起，眼角含着笑意。她看着我的眼神满是关爱和骄傲。她知道我会做出正确的选择。她信任我。但愿我对自己也抱持同样的信任。

　　"我们会再见面的，老朋友。"

　　"是啊。我知道。"

第四十九章

尼克和拉姆沿着半岛走了一截，带着坏消息回来了，"那边什么都没有——只有石壁。"拉姆说。

"我们被困在这里了。"尼克话音刚落，硬光桥梁突然再度启动，连通了沟壑两岸。他跑向终端，但又不敢乱按，"这东西怎么关啊？"

几名斯巴达战士已经开始准备过桥了。他们列队缓慢向桥边行进。芮恩暗骂火花抛下他们跑了。这是她之前感受到的恶寒应验了吗？或许她早该跟从自己的直觉的。

"弗吉船长！放下你们的武器！立刻！"大块头喊道。他和他的队员已经一步步从光桥过来。

"怎么办？"莉莎问。

"这个嘛，反正我们是肯定不会朝几个斯巴达战士开枪的。把你们的武器都放下，手举起来。"她看到他们年轻的眼中的恐惧，心痛不已。

"我想说，和你们共事很愉快。"拉姆说，"只是……"

他们看着斯巴达向他们走来, 一动也不敢动, 他们知道要是稍微一动, 可能就会招来对方的子弹。

"他们到底怎么找到我们的?" 尼克问。

莉莎看着那道深沟说道:"我想我情愿跳下去也不要被关起来。"

"不准想这些。" 芮恩制止道, "我们会找到办法出去的。我们不是一直这样吗。"

"是啊, 只是, 我们的运气似乎已经——" 尼克说。

一道白色的亮光照亮了洞穴。

几名斯巴达战士停止了前进。芮恩用手挡在眼睛上方, 和其他人一样抬头往上看去。

亮光照亮了整个山洞, 而且好像还穿过了她的身体。她感觉得到这种光, 一种低频振动由外而内, 从她的皮肤开始, 接着到肌肉, 再传入骨头。这道光发出嗡嗡声, 充满了能量。她的脑中闪过各种画面, 快得她看不清也抓不着。

有旋律和歌曲, 还有许多记忆和话语。

光亮渐熄后, 她只觉天旋地转, 眩晕和各种情绪一齐涌现。她用力眨了眨眼, 试着找回平衡, 然后发现她周围的人也是差不多的情况。但此时没有时间细想刚才到底发生了什么, 因为他们身后的硬光光柱突然之间变得更亮了。各种颜色的粒子以垂直的线段状从光中穿过, 好像代码流一般, 越来越快, 越来越亮, 最后里面的飞行舱像子弹一样顺着光柱一飞冲天, 消失不见了。

芮恩收回视线，眼睛眨了眨，恢复了视力，只看见几名斯巴达和特种兵突然单膝跪地，举枪向他们瞄准，同时又有几个声音朝他们喊话，让他们不要轻举妄动。

芮恩愣住了，她的手朝空中伸得更高了。她的船员也跟着她做出同样的动作。

"嗥叫者们，都别开枪！不要开枪！"大块头同时喊道。

她的心脏狂跳，恐惧遍布全身。芮恩不知道到底发生了什么事。他们没有做什么有威胁性的动作啊，而且对面那么多喊话的，她都不知道该听谁的。

"不要开枪！"大块头又喊了一声。

"手放在脑后！"另一个人喊道，"双膝跪地！马上！"

芮恩双手十指相扣背在脑后，就在她跪下来时，她感到了背后传来的动静，回头一瞥，原来如此。

扈从站在平台上，手里拿着一个小小的金属物体，已然摆出了战斗姿态，发出气势汹汹、极具攻击性的红光。

噢，天哪。

"别——别，不要开枪！"她绝望地朝几名斯巴达战士喊道。老天，他们就在一触即发的修罗场的正中央。

船员们一个个看上去都又惊又怕，每个人都把手背在脑后。扈从向前走了几步，站在莉莎和尼克中间。他蹲下身，发出充满挑战意味的吼叫。芮恩的手上立即起了一层鸡皮疙瘩。

芮恩知道,虽然火花准备为他们而战……保护他们……但他挑选的时机确实糟得不能再糟了,而且他会害他们都被杀掉的。她的恐惧不是没来由的,这样一触即发的情况下他又做了件让态势升级的事——他取出了一把硬光步枪。

特种兵小队无视大块头的命令,开火了。

芮恩感觉她的噩梦像慢动作般开始了。她抓住离她最近的人——莉莎——然后把她朝终端那边抛过去。待她再度转身,她看到拉姆和尼克跌跌撞撞地跑到了终端后面寻求掩护。芮恩也朝那边飞扑过去,她感觉左手二头肌处一阵刺痛,一发子弹已穿透了她的皮肤和肌肉。

他们在仅有的小小掩体后挤成一团。"大家都没事吗?"她大声问。莉莎和尼克脸色苍白,眼睛瞪得有餐盘那么大。

拉姆朝她点点头。"我们都没事,你呢?"他问,眼睛看着从她手臂上不断溢出的鲜血。

"痛死了,不过这不算最糟的。我还好。迟点再担心这个。"

他的脸上浮现了然和敬佩的神色。他也有同样的经历,他干这行遇到过很多次了。他朝她点点头,随即发现自己的香烟从口袋里掉到了终端的角落处。他骂了一句,偷偷伸手去捡,数发子弹立即从他头上飞过。

芮恩扫了一眼终端周围,看到扈从没有把光枪对准那几个斯巴达战士,而是朝上方悬突的岩石射击。岩石被几发子弹从根部打断,旋即翻滚跌落。

山石砸向光桥，士兵们连忙撤了回去。落石不断砸到桥面上，整座桥很快被大大小小的碎石覆盖。

枪战自然也停止了。

火花并不打算伤他们性命。如果他想的话，只需要他们还在光桥上的时候关闭光桥就行了。见他们退回到了山崖上，火花这才操作终端关闭了光桥。桥上的碎石没了支撑，纷纷掉下了深沟。他将面板破坏，防止光桥再度被打开，然后走到终端后面，面对着他们。

他的合金脚步声在安静的山洞中回响。他站在他们面前，弯下腰，发光的红色眼睛慢慢变为了蓝色。

"跟我来。"他说着伸出一只手。

最初，他们都没动。

莉莎第一个把手拍在他手里，"好话不用跟我说两遍。"他将她拉起身，其他人也照做了。等他们都站起身后，火花带着他们来到原来有光柱的平台上。光柱没有了，但平台还发着光，像之前他们见过的那个——

瞬间移动平台，芮恩认出来了，随即他们在眨眼间被传送走了。

他们被传送到了外面，这里空气稀薄，地面也光秃秃的。原来他们出现在了马文济峰锯齿状的山峰下方。

芮恩的肚子又是一阵翻江倒海。他们站立不稳，跌跌撞撞地各自找附近较大的石头稳住身形。莉莎走到一块石头后面吐了。尼克一屁股坐在地上，眼冒金星。拉姆像没事似的和火花站在一起，和上次一样。

"没法呼吸了。"尼克说。

"是海拔的关系。"拉姆告诉他。

"我们得走好几个小时才能回到飞船。"芮恩说。他们所处的位置太高了，她放眼望去只能看到层层白云。她强忍着反胃的感觉，查看左臂的伤势。二头肌的皮肤和肌肉被一道深深的伤口一分为二。幸运的是这次只是皮肉伤。伤口火辣辣地痛，但它会好的。

"哇哦——你中枪了？"尼克瞪大眼睛。

"注意呼吸。"芮恩提醒他，"我没事。"

"莉莎！"尼克突然发现他姐姐的眉头有一处割伤，血流到了脸上，一下又慌了神。

"我没事。"她一边擦嘴一边说道，"我头撞到终端上了。"她坐在了一块石头上，他则跪在她身前，满是尘土的脸上透着关切。莉莎安慰好他后，看向了火花。他已经回复成了平时的蓝色，但他仍然拿着武器，正在扫描四周，寻找危险的信号。

"你回来救我们了。"她说。

没人再说话。是的，他回来救了他们……但他们也没忘记他最开始抛下他们，还有差点让他们被杀的事实。

那几名斯巴达战士用不了多久就会从洞窟里出来，而且芮恩非常肯定他们在头上的巨石砸下来前就已经呼叫了增援。

实际上，以他们所处的地方来看，现在军方很可能已经在整座山上布下了天罗地网。

她长长地呼出一口气，声音充满沮丧，"现在怎么办？我们要怎么才能在不被他们发现的前提下回到飞船？"

"我可以远程控制飞船，"火花安慰道，"它会来接你们的。"

"是'她'。"芮恩纠正他。

火花盯着她看了许久，芮恩觉得她可能需要稍微解释一下，她刚要开口，就见他点了点头，说道："她。"

"呃，各位……"尼克之前一直站在那里看周围的云，他发现云的另一端有三个黑影正飞快地向他们所在的位置前进。"有几架无人机飞过来了。"

扈从快步来到他们身边，随即一个透明的硬光圆顶将他们笼罩起来，无人机呼啸着从他们头顶飞过，接着围绕山巅飞了几圈。芮恩紧紧地握住手上的武器，透过光的迷雾看着上方，默默祈祷他们别被发现。

在这安静等待的数秒里，她脑海中浮现出她父亲的身影。

别，别是现在啊。

她不能让思绪去到那里。眼下他们必须要先从山上下去，确保自身安全。

无人机又围绕山巅盘旋了一圈，然后飞快地顺着山坡往下飞去。

圆顶消失了。"我们没被发现。"他说道。

"那玩意儿可真好用。"尼克打趣道。

"要不是他抛下了我们,我们现在哪里用得着他来帮。"芮恩说。

"我没有抛下你们。"

她狠狠地瞪了扈从一眼。

"好吧。你说得对,我是抛下了你们,但是我有我的理由。而且后来我改变了主意。"

她翻了个白眼,努力克服高海拔带来的不适,"我们还真是好运哪。"

正如火花所说,几架无人机飞走没多久,"黑桃 A 号"就来了,停在一个陡峭的山坡上。船员们集合在一旁,等待飞船的装卸踏板降下来。飞船推进器施加在地面的强风吹在他们身上。

芮恩看着尼克和莉莎先登上飞船,扈从跟着他们后面也上了飞船。拉姆在经过她身边时停了下来,拍了拍她没有受伤的那边肩膀,以理解的神情看着她,"一步步来吧,弗吉。"

他们都上了飞船后,未等芮恩下令,飞船就升空了。这本应该刺激到她,她也应该关心他们飞往何处,但她现在对此毫无感觉。

她和其他人一起来到更衣室,坐了下来,看着她的船员们。他们身上缠着绷带,浑身淤青,满身尘土,都一副精疲力竭的模样。尼克急切地脱下装备,打开急救包拿出消毒喷雾,为莉莎处理眉头的伤口。他仔细地为她清理好伤口，然后贴上创口贴。

拉姆低头褪下步枪的背带，将武器放到地上，在长椅上坐了下来，然后终于点燃了他的那根烟。他使劲吸了一口后，将头靠在墙上，闭上了双眼。

"芮恩。"

尼克拿着急救包站在她面前，指了指她的胳膊。她慢慢地脱下装备，左臂的疼痛和灼烧感、肌肉的酸痛、指关节的瘀伤，全身上下的伤痛逐渐清晰起来。还有她在缤特沃星受的肩伤，此时也疼痛不已。尼克为她清理好伤口，缠上了绷带。

"谢谢。"她说。

尼克和莉莎把装备放回原处后，走出更衣室回到货舱，又往楼上走去。

拉姆待在原地，享受着他的香烟。

芮恩走出更衣室，经过系统面板时她看也没看。她本可以查一下，看当前有没有设置目的地，或者是正飞往哪里，但显然火花会将他们带到某个或安全、或危险的地方，反正任何他觉得合适的地方。

老实说，她已经没有力气去弄明白了。

第五十章

沃伊镇的设施内，肯尼亚，非洲，地球。

安娜贝尔带着两组人马和一队地面机组人员展开工作。一组人马负责进入通信塔，另一组去二号机库的防爆门处待命。一号机库的门还关得死死的，但之前 AR 小组和阿波罗火力小组在机库的墙上开了一个鹈鹕飞船那么大的洞，早已出去了。

就在忒亚正要将自己提交检查时，这个 AI 侦测到乞力马扎罗山发出了一个奇怪的信号，这个信号同时具有先行者和人类飞船的特征——和她此前遇到的所有飞船都不同。她立即给霍利尔舰长发了一则简讯，时间是在设施被关闭的几秒钟前。

阿波罗火力小组和 AR 小组从机库出来，立即将信号的事告知了安娜贝尔。她知道这个信号一定是"黑桃 A 号"的，而且很有可能 343 罪恶火花也在上面——事情太过巧合，让人不得不将两者关联到一起。于是她立即命令两个小组整装出发，前往发现信号的地方搜寻猎物。如果他们能拿下监守者，他对设施的控制自然也会失灵，还有他此刻盘算的无论什么计划也将被阻止。

现在距离两个小组出发已经过了一个小时。设施被完全关闭，也没办法知道他们的状态。

两个小组只能自主行动了。

伊克巴尔博士和他的科研团队也来了。"是真的吗？"他凑到她耳旁低声问，"罪恶火花在这里？"

"我认为是的。他征用了一具战斗扈从的身体……"

"老天。你确定？"

安娜贝尔走到离他人稍远的地方，他们还在尝试打开机库的锁。她看了一眼远处的大山。"它们是被大雪遮盖的护卫。"她喃喃地道。

"什么？"

"他在找她，找智库长。一如统计机器人的预测。"

就在他们一起看着乞力马扎罗山时，一道耀眼的光柱从山巅射出，直冲霄汉，光柱所及的白云也被照映出彩虹般的色彩。

"那究竟是个什么东西？"伊克巴尔惊道。

安娜贝尔摇了摇头。无论那座山上发生了什么，她都祈祷她小组的表现对得起他们的名头。她转身向着博士，"你对手动解锁了解多少？"

"怎么了？"

"我们需要进通信塔，恢复通信。懂这个的技师现在又不在——"

"也就是说他们被困在下面了。"伊克巴尔推断。

"这些门纹丝不动。来吧。"安娜贝尔说,"我们也来想想办法,看能不能恢复通信。"

就在她们快步朝通信塔走去时,整个设施的供电突然恢复了。安娜贝尔停下了脚步。塔台的旋转灯亮起,机场进场灯光系统启动,闪光灯标和灯带照亮了停机坪和周围的区域,恢复了引导飞船起降的功能;同时机库的门也滑了开来。她耳边的通信器突然出其不意地响起,吓了她一跳,十几条消息一齐塞到了她的收件箱里。安娜贝尔把设备的音量拉到最低,深吸一口气,再把音量调了回去,开始发号施令。她的首要工作就是让设施恢复功能,并搞清楚有哪些损失。

"理查兹主任?"

"弗格森!是你吗?"

"是的,我……在这里。"

"出什么事了?"

"看起来像是我们被一个未经分类的 AI 片段用复杂的手段入侵了。它将整个系统用一个网罩住,切断了所有的命令、系统和通信,还困住了我的主体。真是……凶险……"

"损失如何?"

他犹豫了,这让安娜贝尔很是意外,并立即做好了接受坏消息的准备。"我没检测到任何的破坏。"

"怎么可能呢？"

"我正在进行全面诊断，但粗略检测结果显示我们的网络、硬件或操作系统没有任何内部损坏。他不是逃走的，主任。"他说道，"他是主动撤退的。我在我们的系统中找不到他。很抱歉，我——"

"没关系，弗格森。"妈的。那个 AI 分身要么留了点什么，要么就是在撤离前得到了想要的东西。而弗格森肯定被渗透了。

"我应该提请将自己提交审查吗？忒亚现在是待命状态。"

"是的，请照办。忒亚？"

"我在，理查兹主任。"

"再做一次全面诊断。现在给我接通现场的小组。"

第五十一章

“黑桃 A 号”，坦桑尼亚，非洲，地球。

芮恩爬上金属楼梯，穿过狭窄走道，弯身走进通往她船舱的走廊。她回到自己的房间，坐在床沿，她没办法清晰地思考，身心俱疲。

她的个人空间如今不再有家的感觉，所有东西都不同了，不只是因为 ONI 把整个房间翻了个遍。在她桌子抽屉里有她父亲的照片，还有小不点儿的星图投影。克服了那么多困难，冒了这么多险，到头来是为了什么？

他已经不在了。

她一只手托着脸。

想象中，她看到“火灵号”正飞离那个先行者的护盾世界，后者正在爆炸中被炸成碎片。一万一千条人命，因为约翰·弗吉活了下来。因为他的牺牲，人类才在与星盟的战争初期逃过一劫。

一个默默无闻的英雄。

自我牺牲，一如那艘星舰。

疲劳、心碎，她躺了下来，闭上了双眼。

芮恩不知道自己睡了多久，但她立刻察觉"黑桃 A 号"已经着陆了。她抓起几件干净衣服，洗了个澡，朝起居舱走去。

船员们都不在，她也不想呼叫他们。她还有点不在状态，就像是一种过敏反应，她现在仿佛仅靠一根丝线支撑，哪怕是最微不足道的刺激也会令这根线断掉——比如同情地点头、悲伤的表情……诸如此类的任何表示都将使她薄弱的保护膜破碎。

当她转身打算离开起居舱时，她那薄弱的保护膜在看到崖从弓身站在走廊上的身影时碎了。

她小心翼翼地吸了一口气，"让开。"

他没有动。

她的血压一下就上去了。火花的声音却从她身后叫住她，"弗吉船长……芮恩。"

她转过身去，看到起居舱中心桌上的全息投影台正投出他的虚拟形象。

"我一直想跟你说的……"他开口道，"是真的。但每次我想说的时候……我都不敢说。我不想成为那个让你如此痛苦的人。但我现在知道也晚了。"他顿了顿,"你还没问我是怎么知道的。"

是啊,她还没问。这事太突然,刚得知父亲的死讯,直到现在都还正在接受阶段。一直以来,她都觉得他的父亲只是失踪了,在某个地方等着她……

但她心里也很明白,她迟早要挺过这一关的。一大堆乱七八糟的细节和更多的悲痛……

她迎上火花的注视,退后几步又回到了起居舱,等待着。

"在我还是 343 罪恶火花时,我和前星盟的种族打过几次交道——圣赫利人、哈洛克人和圣西姆人——还有人类的联合国太空指挥部和海军情报局……因为和他们的相遇,我去了许多有趣的地方,我也从他们那里收集到浩如烟海的情报。大量的情报,你肯定会被震撼到。实际上,其数量……"

芮恩一边的眉毛扬起,把他带回到了主题。

"当我被你们找到,带回到飞船上后,我自然也搜罗了一番。我收集了数据。当我看到你父亲的飞船的名字时,唤起了我往日的一段记忆。我花了几天时间,终于把这段记忆复原了。

"'火灵号'的程序已经预先设置好定期的维护和数据投送等日常事务。他们曾经——或许现在也是——希望将自己的行踪告知世人,你明白了吧。在一个回收的数据包裹中有一段来自你父亲约翰·弗吉的消息。这段信息其实在每一次数据投送中都会被嵌入,因为这是星舰的 AI 瑟琳娜和舰长向你父亲承诺的事。

"我本应该清除这段信息的。但是按我的性格,哪怕是最细枝末节的情报都不舍得丢弃,特别是如此令人动容的留言……我把信息发到你船舱的数据板里了。"

他透露的这个消息本来对芮恩来说是件大事,但意料之外的事、令人敬畏的事物接踵而来,她已经开始习惯被震惊了,现在这些反而成了他们的日常。至少,她现在是这样跟自己说的。她低着头离开了起居舱。

她回到自己的房间,坐在桌前,打开了数据板。

她停了下来,不确定自己是否准备好了……

做了一个深呼吸,她打开数据板,点开了那则消息。

她的胸口剧痛,如遭雷击。她父亲的脸离镜头很近,画面由模糊转为清晰,他先是看着画面外,过了一会儿他一手托着胡子拉碴的下巴,重重地叹了口气。他此时身在一个先行者的设施中,正站在一座硬光桥梁上。芮恩现在知道了,他是在伊川星港,那个护盾世界。

他父亲的穿着和所在的地方,和小不点儿给她看的影像一样,她推测那段视频和眼前这个是在同一天录制的。

此时此刻,他的脸上没有了平时的笑容。

他的脸转了回来,看着镜头,她从他漆黑的眼中、脸上严肃的表情已经知道这意味着什么。她知道他接下来要做的事情。

他已经下定决心。她的心脏狂跳不止,想要吞口水却发觉喉咙又干又痛。他张口想要说什么,又摇了摇头,然后又试了一次。

"嘿,小家伙。"

他的话语哽咽在喉,正努力搜寻合适的开场白。但这样的情形下又怎么会有合适的说法,他将要去做的事根本就没有好的方式来传达。所以他耸耸肩,放弃了搜寻。

"我没有时间了,露希……这是场硬仗,危机迫在眉睫……"

"你看到这个的时候,已经长大些了吧。我让瑟琳娜不要马上发出来。别生气。你还小,不需要从小就背负如此沉重的包袱。但是……"他摇了摇头,紧绷的下巴肌肉跳了一下。他在挣扎,"没办法道别了。我们说好的,你和我,一定要对对方坦诚。我现在也不会违背的。"

"没有了聚变反应堆,'火灵号'会在宇宙中漂流很久才会被找到,或者飞回家。瑟琳娜将暂时保管这段消息,让你长到足够大的时候才会收到它。她和卡特向我保证过的。"

他看着别处,又揉了揉他的下巴。

"听着,小家伙……我们现在面对的……情况不容乐观。这里有一支外星舰队。它们的技术是我们从未见过的。如果它们落到坏人手里,我们就全完了。你、你的妈妈、你的爷爷,还有吉尔姑妈——每个人。所以我要贡献我的一份力量,知道了吗?

"这是必须要付出的代价。我做的这份工作需要我做出这样的牺牲,这是我接下它时就知道的。

"有你是我生命中最美好的事。永远不要怀疑这点。永远记得,我现在的选择不代表我不爱你,孩子,我发誓我的心里满是对你的爱。"

他双眼噙泪。他意识到了,很快擦掉了它们。接下来要说的事情似乎是他最难过的部分,"你会长成一个好姑娘的。我知道你会成为什么样的人,我已经很为她骄傲了。"

他停下来,他的呼吸都已经开始颤抖,他花了些时间稳定自己的情绪,才又看向镜头。

"所以这就是咱们的道别了。对不起。我希望有一天你会原谅我抛下了你。在那天到来前,你要振作,昂首挺胸,而且永远不要害怕生活带给你的艰难险阻,成为你想成为的任何人。"

他坚定地点了一下头,亲吻他的手指,然后把它们贴到镜头前。

芮恩直直地坐在那里,然而她内心已如刀绞,每一次跳动都伴随着剧痛。她生命中二十六年的努力就这样被冲刷得一干二净,只留下那个爱她父亲胜过自己生命的小女孩,她现在比任何时候都要想他。

泪水滴落到了桌上。

她几乎无法呼吸，她怕要是她眨眼、说话或动一动，她整个人都会碎掉，碎成一百万块碎片。她失去了对时间的感知，脑子晕晕的，过去和现在的模糊影像塞满了她的脑海。

她的父亲已经不在了。

她的救援行动已经走到了尽头，她的幻想也随之破灭。在她的美好幻想中，当她的父亲看到她前去救援，知道过了这么多年她都没有放弃他时，他的反应会让她幸福一辈子。她永远无法向她父亲伸出双臂，也不能紧紧地抱住他，直到他笑出声，告诉她他被抱得无法呼吸了。

就像战争中的许多人一样，他以英雄之姿牺牲了——一个地道的士兵、陆战队员。他爱他的事业，并确实地保护着他所拥有的一切。

他现在已然化为星尘。她曾驾驶飞船飞过他生命终结时所在的地方，然后从那里开始了她的冒险。约翰·弗吉为自己的信仰而活——正如他所说，永远不要害怕生活带给你的艰难险阻，让它屈从于你，即使那意味着牺牲生命。

一颗战士的心，和一个毫无畏惧的灵魂。

而她再也见不到他了。

一切都结束了。

如果芮恩年幼时就知道父亲的死讯，她将成为和现在完全不同的人。她肯定不会离开地球，不会深深地爱上在星空中翱翔的感觉……

她成为现在这样的人都是因为他。

她想象过那个她可能会过上的生活，想过类似命运的问题，也质疑过这些到底有何意义。她的理性告诉她这些都是随机的——这让所有一切都更容易得到解释——但她的心告诉她，冥冥之中自有定数，所以约翰·弗吉的死并非没有任何意义，或许他已经改变了很多事的走向，他个人的英勇行为产生的涟漪影响了整个银河系。

她选择相信后者，揉了揉湿润的眼睛，她的头因悲伤过度和得到启示而头痛，她的心因失去和悲伤而煎熬。

她将曾经的那些幻想和希冀抛诸脑后，全身心地接纳既成的事实。

她注定属于星辰大海。

和她的父亲一起。

这是她的归宿。

第五十二章

乞力马扎罗山，坦桑尼亚，非洲，地球。

当安娜贝尔与她的小组重新取得了联系后，她终于松了口气。没有伤亡。有些人受了点轻伤，哈恩的小腿骨折了，他是他们之中受伤最重的。

弗格森马不停蹄地与统计机器人协同工作，试图解释罪恶火花为何想要侵入设施系统。弗格森取得了一些进展，他制作了一个其分身在设施系统框架中移动轨迹的时间线。这位监守者不仅仅是想关闭这座设施，他还在搜寻非常具体的资料——一是有个未知的书记员，他曾多次入侵设施系统的资料，2552 年时这个书记员突然出现，之后 ONI 就一直在抓捕他；二是 ONI 在疏林草原下发现的另一个书记员的文件。

罪恶火花的那个小小的分身本来可以大肆破坏的，但他却没有对系统做任何破坏就撤走了，让他们深感疑惑。

他们可能永远也不会知道原因。

根据现场小组的汇报，这片地区有好几百人都看到了那道射向空中的彩光，AR 小组和阿波罗火力小组都说，那道光托着的飞行舱，就是他们在山里看到的、悬浮在光柱里的那个。彼时他们看到战斗扈从进入了光柱中，里面悬浮着两个人影。伊克巴尔博士推断那是一个造物者的飞行舱，而光柱中的另一个人影则是有智库长印记的意识精华。

安娜贝尔不得不承认这一说法有较高的可能性。且不管他们是否相信，两个小组的人的所见所闻全部都和 ONI 关于先行者的知识库中的记录吻合。

那个 343 罪恶火花真的来到了地球，来找智库长了。这让安娜贝尔觉得很没有实感。她原来根本不相信这样的事情会成真。不过他们之前还是为这一重大不测事件做好了准备。

他们抓捕监守者的行动没有取得任何进展，但现在有了一个新的先行者设施可供发掘、研究和学习。

"金牛角号"收到巴顿的命令，已经启程返回玛瑙星，阿波罗火力小组则受命与 UNSC "无尽号"会合，接受新的任务安排。安娜贝尔的小组和"书虫计划"的科研部门现在的主要任务是记录和探索山上新发现的先行者设施，这一过程将花费他们相当长的一段时间。

安娜贝尔进入发掘点，穿过狭窄的通道，来到那个山洞中，现在这里已经被硬光映照得异常明亮。之前差点砸到她的小组和几个斯巴达战士的落石已经被清理出了沟壑，光桥也被伊克巴尔博士重启了。

硬光发出的光把整个山洞照得泛白, 反射出奇特的光彩。

多么了不起的技术, 将光子收集起来, 将它们激活到足以形成固实表面的程度——只是走在上面的感觉仍然难以适应。安娜贝尔有点犹豫, 隔着横亘在中间的沟壑望向对面, 那里已经有好几个穿着实验室白大褂的科学家在研究那个瞬间移动平台, 记录发现和监测数据。另外还有一些无人机在测绘整个空间的地理构造。

伊克巴尔博士也在桥对面。他半跪在终端前研究着什么。安娜贝尔深吸一口气, 再将之呼出, 迈步朝对面的平台走去, 一边想象她的小队第一次来到这里, 找到 "黑桃 A 号" 的船员和一个先行者的战斗扈从的情形。他们亲眼看到光柱, 看到扈从进入其中, 然后拿着一个东西出来。

伊克巴尔博士感觉到有人靠近, 回过头来, "主任。"

"博士, 有他们去往哪里的线索吗?"

"毫无头绪。我们也可以打开这个瞬间移动平台。" 他看着上方被光柱凿出的通往地表的柱状空洞说道, "这是一个静态传送门, 会把我们传送到马文济峰下方。"

"所以弗吉和她的船员们是用它传送到了外面, 再回到了他们的飞船上。"

"还有那个扈从, 别忘了。"

她笑道: "想忘也忘不了。那他拿的器物呢?"

"没头绪。我看了小队的现场录像很多次，肯定你也一样吧。那东西大部分藏在尻从的掌中，不过它看起来像是某种金属盒子。我们的数据库中没有那样的东西。"

"有任何推测吗？"

"还说不上。但如果他找到的是智库长的印记……如果他和她有过交流，又从她那里得到了那个东西，那肯定很重要。"

或许那是她认为的在光环的脉冲到达地球之前必须要保存下来的东西……这只是安娜贝尔根据目前掌握的情报直觉产生的猜测。她再环顾了整个山洞，知道这里还有许多工作等着他们去做，"有发现随时通知我，博士。"

"那是当然。"

安娜贝尔让博士继续工作，自己走到半岛的边缘，向悬崖下光线照射不到的黑暗中看去，看了一会儿后她走过那处小队差点被落石砸到的地方。奇怪。如果尻从——由罪恶火花操纵着——想要他们的命，只需要关闭光桥就行，那她的 AR 小组和阿波罗火力小组都会掉进下面的深沟。

还有侵入设施的系统时，他的目的也不是毁灭或搞破坏。

罪恶火花的目的仅仅是翻看他们的文件，还有和推断为智库长的印记沟通。

想到这里，又走到了死胡同，他们可能永远不会知道原因。他们确实看到了冲天的光柱，小队也有捕获到这段影像，有三秒钟时间，整个山洞都被照亮了。这段影像的时间戳停止了，之后又捕获到四秒同样的异象。忒亚肯定光本身是带有代码的。

至于"黑桃 A 号"的船员……他们的好日子就要到头了。

第五十三章

事先声明，我们从未离开过地球。

过去一周里，"黑桃 A 号"藏了起来。我们还在非洲大陆，停靠在察沃国家森林的一处高地上。我操作飞船带着大家逃离时，芮恩没有心思过问我会将大家带去哪里，所以虽然我知道还有事情要做，但我还是选择了停留。

这些天来她好像什么事都不关心，让我开始担心自己把她父亲之死的真相告诉她是大错特错了。

她每天都去附近林中小径散步，和船员们一起过日常生活，竭尽所能地忽略我的存在。就像经历这一切之前的她的影子。

突然有一天，就像长久阴郁的雨天终于转晴一般，她恢复了。

虽然她还是没准备原谅我，也不怪她。

但她居然同意加入我们即将举行的仪式，真是让我喜出望外。看来离她原谅我的那天也不远了。

"你准备好了吗？"我问她。

莉莎、尼克、拉姆和我们一起，此时他们都穿上了自己最好的衣服。尼克穿的就是他天天穿的那身。莉莎穿了一条裙子。拉姆穿着他的拾荒者风衣，上面别满了他偷来的勋章和奖章。芮恩把黑发稍微束起，垂到肩上。她穿了一条干净的裤子和一件被称作"坎肩"的无袖衬衫。

我已将篝火生起。

太阳西沉，大地染上一片橙黄和粉色。

我在地球的短暂人生中，曾参加过很多向去世的亲人告别的仪式。我们歌唱、身上绘上花纹、围着熊熊大火起舞……我们可能是一群原始人，但我们对逝去亲人的爱和悲伤，跟现代人是一样的。这些仪式不会因为跨越了时间的长河而改变，也不会随文明的轮替而改变。

我相信很有可能我们不会再回地球了。所以这场告别仪式意义重大。

这一次，我将正式地和我的故乡、我的家人还有我的朋友们告别。

我打算离开他们。

造物者的飞行舱和印记离我而去了。从许多方面来说，那也是一种损失。一个数千年来的困难抉择，我做出了正确的选择。这一点，我现在很确定。

我将学会往前看，而不是沉溺于过去。

时候到了，太阳落山，我开始吟唱。

我为弗斯科恩仇、为嘉穆尔帕和雯伊芙娜、为"新星"和莱瑟而唱。我为失去船员的拉姆、为未曾见过双亲的姐弟、为约翰·弗吉和他伟大的牺牲而唱。

我们用红色的赭土和木炭，把他们的名字写在身旁的石壁上，然后我们将他们的魂灵送入旷野。

然后我们留下来，看着太阳消失在地平线之后。

我欣赏着眼前的景象。这个世上没有什么能与之相比，晚霞如火，橙、粉、紫、蓝交相辉映，漫天绚烂。

终于，天幕渐黑，气温转低。篝火也烧得差不多了。拉姆坐在高地的边缘，双腿悬垂在外，抽着他的手卷"香烟"，奇怪的习惯。我们身后，姐弟俩在刚才写了名字的石头上画各种图案。芮恩坐在篝火边上，她的手指被木炭和赭土染上了色。

"芮恩——"我开口了，但她举起一只手让我安静，她终于不再盯着火焰，转向了我。她的表情严肃，目光冷峻。

"你为什么要来这里？你想从智库长那里得到什么？"她问我。

"我想要连入智域。"

这部分是实话。

"为什么？"

我知道她在考验我，这是我应该坦诚相告的时刻。

"追寻记忆，找寻我朋友们的幽灵……然后和他们在一起，或者把他们带出来, 我不确定。"

"那你就离开这个世界了, 为了什么? 来生?"

"不算来生……不过是你说的那样。"

"那时你为什么回来了?"

"因为……当我取回我人类的记忆时, 首先想到的就是寻回我所知道的, 我的朋友们。很久以来我都是孤身一人……各种事情历历在目, 触目惊心……恐怖的经历。所以我马上想到要去找他们, 让智库长把他们还给我, 通过基因印记或许可以吧。当我在吉兰诺斯Ａ星梳理我的记忆时, 被你和你的船员们救起, 许多事情开始发生变化……现在我自由了。我的程序由我做主。而且我也不想再被过去束缚。是时候向前看了。"

她哼了一声。

"你也应该如此。"我说。

这不是为了讨好她, 这是事实。这方面, 我们是一样的。

"智库长给你的是什么东西?"

"一把坐标钥匙。"

"到哪里的?"

"一个安全的地方。"还有其他东西。

这一次, 她没有刨根问底。

"那你会用它吗?"

"或许。迟早。"

"那之前呢?"

"我相信你非常需要一个 AI 来管理你的飞船。"

她扬起眉毛,"然后你就是来应征这份工作的 AI？"

"没有半句虚言,船长。"

她死死地盯着我,我感觉我的扈从身体都要裂成两半了。

"没有半句虚言。"她说。

然而……

有些事情还是不说为好。

第五十四章

2557 年 9 月 7 日，"黑桃 A 号"，通往夏普斯星系的跃迁空间中。

告别仪式后，他们离开了地球，从家园舰队眼皮底下飞过，进入跃迁空间，朝夏普斯星系的迈尔之月卫星进发。

在那里，他们将明确接下来的行动。

跃迁空间中的第一晚，拉姆下厨为他们做了云屋星的传统晚餐，不过没有用任何传统的食材，所以其实就是很普通的晚餐而已。芮恩顾及拉姆的心情没有说出来，不过尼克可不讲究这些，甚至无比乐意地说了出来。

他们聚在桌前，火花通过桌上的全息投影台和他们待在一起。

晚餐后，他们聊到了未来，莉莎问出了每个人心里的疑问。

"我们现在该干什么呢？我是说……我们还能做回拾荒的老本行吗？我们应该这样做吗？"

气氛变得严肃起来。

"我们和盖克·拉尔的恩怨还没了结,"拉姆说道,"悬赏还在我们头上。"

"而且 ONI 也不会罢休的——永远不会。"莉莎补充说,"他们知道我们拿了他们的资产。"

"话说回来,真要说的话。"尼克皱着眉头说道,"他们的主张纯属无稽之谈。火花不属于任何人,除了他自己。"

火花朝这个小朋友点了点头。

想到未来只能提心吊胆、东躲西藏地生活,所有人都提不起什么精神。

"我们不是他们的敌人。"莉莎说,"区别只在于我们是向他学习,他们却想把他关起来。"

"他们也是为了自我保护。"火花告诉她,"我还是监守者的时候,没给人类军方留下好印象。不只是我,我的其他同僚也是如此。"

"那概括一下。"尼克说,"我们以后要做的包括:避开 ONI,躲着星盟的余孽,还要不被银河中所有雇佣兵和赏金猎人发现。这些……和我们的日常没什么区别。"

这番话引得众人笑了几声,芮恩也笑了,他们吃完晚餐,话题转向了盖克·拉尔和他现在会在哪里。

过去几个月的经历简直像坐过山车,她也没那么迫切把心思放在这件事上。

他们能再回到从前吗? 通过周详的计划……或许吧。那将需要做许多努力,但可以找回以前大部分的生活。

但那是她想要的吗?

她不太确定。

他们想的话,整个璀尼尔星都是他们的囊中之物,他们一辈子都有用不完的信用点和取之不竭的资源。不过她并不确定他们会再回到那里。从一整座行星墓地偷东西,不是太厚道,包括有这个想法本身就不太对。而且来得太过轻易的收获,也让拾荒变得没那么有吸引力了。

她记起在乞力马扎罗山的山洞中时,包裹她的光芒,还有朦胧中走出的人影。

她将之作为自己的秘密,她猜其他人或许也和她一样。

芮恩亲眼看到了智库长。

她抬头看向那位上古的先行者,完全被她眼中的慈爱和智慧震住了,也在那一刻明白了火花为什么历经无数岁月仍然忠于她。

她也明白了为什么他将她称作母亲、人类的救星和哺育者……

甚至芮恩都感到自己萌生了对她的忠诚和敬爱,她知道那些情绪来自哪里: 他们通过基因编排,早已深植在她的 DNA 里。智库长通过这种方式让人类愿意听她说的话,忠于她,她借此引导人类成长为继承者。

正如所有人类一样，芮恩倾听了她的话。

她听到了，她理解了。

前有试炼。大战将至。安全的地方。需要治愈和照顾的许多事物。

照顾好他。他比你以为的还要脆弱和重要。

过去几天里，她反复琢磨那个时刻，但她此时并不愿意将它说出来。

她也很纠结。一方面，她感觉自己有被眷顾；另一方面，她不是太喜欢被人从基因上安排，去追求他人所想的东西。

不过选择权还是在她手上。

但，老天，他们什么时候有选择了。

有了"黑桃 A 号"这样被升级种子强化过的飞船，加上火花这种等级的 AI，他们能去到绝大多数平民或军方人士做梦都想不到的地方。

这几天里，她一直想着的还有她的父亲。

他的牺牲……战争的规模，数十亿人为之丧生。基普·西拉斯失去的家人和塞德拉星的新凤凰城逝去的许多人……好像杀戮从未停止过。

她想到了恐怖的洪魔的威胁，火花和先行者们的惨痛经历。她心里很清楚，如果洪魔再临，银河中的各个种族如果仍然执迷不悟，还在互相残杀的话，等待他们的唯有毁灭一途。

或许先行者们如此看重的责任之衣钵，并非哪个种族的责任,而是应该所有种族共同承担的责任。人类、圣赫利人、齐格亚尔人、安格伊人……战后余生的人们已经开始组成一个个多种族共生的小群体。如果某些势力不再挑起战争、散播恐惧,也不再固守自己的情报和技术,自发地为银河系全体生命着想,或许将成为造就更好未来的开端。

只要开始行动,星星之火可以燎原,变革将逐渐遍布整个银河系……约翰·弗吉已经用行动证明了这点。

"芮恩。"尼克用胳膊肘碰了碰她,将她从沉思中唤起。

"怎么了?"

他表情古怪地看着她,"我们刚才问你,你是怎么想的。关于以后。"

他们满怀期待地望着她。她深吸一口气,道:"嗯……拉姆说得对。我们要撤销头上的悬赏。莉莎也说得对。我们不是ONI的敌人,我们也不是UNSC的敌人。他们可能竭尽所能地把我们渲染成坏人,但我们不会像他们认为的那样行事,我们追求的是不同的东西。"

尼克歪着脑袋,好奇地问:"我们追求的是什么?"

"我也不知道。"她答道,"说实话,我以前以为我知道。但现在……我只知道我要继续寻找'火灵号',既然开了这个头,就要做到。上面还有一万一千条人命……"她必须如此相信。芮恩虽然无法拯救她最重要的人,但她还有机会救下其他人。她的父亲肯定也希望这样,而且如果说有任何方式能配得上他的牺牲和对他的回忆,那就是这件事了。

她的视线对上火花蓝色的眼睛,他朝她点了点头,"我没有问题,船长。我们会找到那艘船的。"

这是一项艰巨的任务,但要说有谁能帮助她达成目标,那必须是火花。芮恩也以点头回应他,又将注意力转向其他船员,"在那之后……我们有一艘这么快的飞船,我们可以去之前绝无可能去到的地方,做从来没做过的事情。我们有璀尼尔星做后盾,所以资金不是问题。我们有奢侈的选择权。"芮恩喝了一口爱尔啤酒,"整个银河系任我们翱翔。"

"就为了这句话,我要干一杯。"拉姆的浓黑胡须后露出一口大白牙,咧嘴笑着,举起了他的酒杯。

尼克站起身,"敬那些破烂。"

"敬星辰大海。"莉莎附议。

"敬这位父亲。"拉姆朝芮恩点头,然后也对火花点头道,"还有那位母亲。"

火花变出酒杯,举杯道:"敬朋友们。"

芮恩挨着桌子,倾身和大家的酒杯碰在一起,"敬家人们。"

他们一饮而尽。

他们现在说我们是罪犯,称我们为"变节者"。

海军情报局将他们的花言巧语洒向银河各处,到处张贴悬赏,在这片星尘大海之中四处搜寻我们的身影。

但是我们有一艘快船。

是最快、最聪明的, 如果要我说的话。

他们害怕我们所知道的, 害怕我们会分享出去的, 害怕我们要去的地方, 害怕我们将带回来的东西。

他们知道那个东西还留存于世, 知道它可能会回来。

他们的恐惧并非捕风捉影。

尾　声

2557 年 12 月，斯巴达甲板，UNSC "无尽号"。

诺瓦克回到房间，看到他的个人数据板正在闪烁。

他把运动毛巾丢到床上，在桌前坐下。他收到的这条消息没有发送者，也没有时间戳。他将信息转去做了全面安全检查。并未检测到任何问题。神秘，但干净。

读着这封简略的信息，他嘴角微微扬起。读罢，他摇了摇头，仰靠在椅子上，笑容愈发明晰。

他衷心希望永远不要再遇到芮恩·弗吉，因为他讨厌将这样一只火鸟囚禁在牢笼中。

那只鸟，难以安分哪。

会心一笑之后，他打开通信器做了汇报，然后再看着这则消息。

嘿，大块头。

我现在抽不开身, 所以就让我扔点甜头给你吧, 你好像用得上。

盖克·拉尔 (你还记得他, 对吧?) 正前往地球, 准确地说, 是基多的一个难民营。

这次可别搞砸了。

致　谢

感谢 343 工业对我的信任，不但让我将芮恩·弗吉的故事继续下去，还给了另一位标志性角色一个获得救赎的机会。尤其感谢杰里米·帕特劳德、蒂芙尼·奥布莱恩和杰夫·埃斯特林。

最想感谢的是我的编辑，艾德·史列辛格。如果没有他的信任、支持和耐心，这本书很可能根本不会存在。谢谢你。

致乔纳森、奥黛丽和詹姆斯，谢谢你们坚定不移的爱和理解。致卡姆林，谢谢你一直是我的啦啦队队长和传声筒。

致谢名单中如果没有葛瑞格·贝尔先生的佳作——"先行者"三部曲，那一定是不完整的，这套书对我写作本书有很大的帮助。我深切希望我对部分故事的拓展走对了方向。